穿越人海的诗

李瑞雪　千　寻 | 著

Chuanyue Renhai De Shi

天津出版传媒集团
百花文艺出版社

图书在版编目（CIP）数据

穿越人海的诗 / 李瑞雪，千寻著 . -- 天津 : 百花文艺出版社，2023.7
ISBN 978-7-5306-8579-2

Ⅰ . ①穿… Ⅱ . ①李… ②千… Ⅲ . ①长篇小说—中国—当代 Ⅳ . ① I247.5

中国国家版本馆 CIP 数据核字 (2023) 第 100426 号

穿越人海的诗
CHUANYUE RENHAI DE SHI
李瑞雪　千　寻　著

策划编辑：王　欣　　**责任编辑：**由高峰
特约策划：苏爱丽　　**特约编辑：**张　赛
装帧设计：马　佳　　**排版制作：**刘　怡
出版发行：百花文艺出版社
地址：天津市和平区西康路 35 号　**邮编：**300051
电话传真：+86-22-23332651（发行部）
+86-22-23332656（总编室）
+86-22-23332478（邮购部）
网址：http://www.baihuawenyi.com
经销：全国新华书店
印刷：三河市龙大印装有限公司
开本：880 毫米 × 1230 毫米　1/32
字数：280 千字
印张：11.125
版次：2023 年 7 月第 1 版
印次：2023 年 7 月第 1 次印刷
定价：68.00 元

如有印装质量问题，请与三河市龙大印装有限公司联系调换
地址：河北省三河市泃阳镇兰各庄村
电话：（0316）3655788
邮编：065299

目 录
CONTENTS

爱情的王国里，我们都是主人，而不是什么所谓愿打愿挨的奴仆。

——题记

华语编剧网版权登记号：2020—B—07222

谁挡住了诗的光芒

Chapter 1

第一章

一

“你的诗，很有张力，也很有潜力！”

这是《穿越人海》杂志社胡社长见到梁凉后说出的第一句话，极简洁，却很有力度。

“我们的国粹需要我们用最虔诚的坚守来捍卫，当然，也包括诗人的高贵和高傲。”

随后胡社长说出第二句话。

梁凉听到胡社长的第一句话时，表面上唯唯诺诺地应承，心里却在盘算着这句话的可信度。他觉得面对这样一位不怒自威的领导，自我降低价值本身不是虚伪，而是能力，这种能力恰好可以时不时地拿来打发无聊的时刻，包括眼下。只是到了胡社长说第二句话时，他的内心却趋于手舞足蹈了。在他的内心深处，重任在肩的使命感像诗意的种子油然而生。他知道，只要种子优良，土壤适宜，这粒种子就可以发芽、生长、开花和结果，就能从一株独苗繁衍成一片绿地，扩张成一片森林。虽然自己永远只是森林里渺小而不起眼的一棵，但是自己愿意做这一棵为森林增加密度。

他很欣慰自己选择了写诗这条艰苦且浪漫的路。的确，诗歌在文学体裁中有让人仰望的高度，有人为之欣喜、为之疯狂、为之痴癫，甚至为之孤寂一生。

突然间，梁凉觉得自己的身体里甚至灵魂里某个一向被忽略或是被遗忘的点就这样被激活了。

他极力抑制住内心的欣喜若狂。

“等等。”

就在梁凉准备离开时，胡社长喊住了他。

梁凉回过身，真诚地看着胡社长。

胡社长不紧不慢地走到办公椅后面的书柜前，打开一扇玻璃柜门，从书柜里拿出一本崭新的精装本《诗经》。

“你再等一等。”

胡社长坐回自己的椅子上，依然是不紧不慢地略显随意洒脱地在《诗经》的扉页上一边写一边嘟哝道：“为今天留个纪念吧。”

胡社长写完惠赠签名，态度和蔼地将《诗经》递到梁凉手上。

梁凉异常激动。尽管他自己也有《诗经》，但是胡社长送自己的这种版本的却没有。他从见到《诗经》的那一刻起，内心便如春天草芽蠢蠢欲动，此时如果有纸笔在手，便可以呼之欲出很多诗篇，但他理智地克制住了自己。

他觉得不应该在胡社长面前卖弄自己的诗情，年轻人在长辈面前必须有一种谦虚的品质和低调的态度。而做人本身也是这样一步一步地往前修行着走。

二

“我们《穿越人海》杂志社就需要像你这样的诗歌编辑。”

这是《穿越人海》杂志社编辑部郭主任引领梁凉去编辑室的路上对他做出的比胡社长的鼓励更胜一筹的褒奖。这褒奖让他心潮澎湃得感觉重任在肩还嫌不够，觉得自己已被时代赋予了更高尚、更伟大的历史使命——以诗歌编辑的方式服务国家、服务大众、服务杂志社。这让他觉得确实只有诗才可以让自己与这个世界进行畅通无阻的对话，即便有些时候遇到阻碍，但是更多时候是通畅的，尽管历经了挣扎并拼尽了全力。

他跟在郭主任身后，与其仅间隔两步的距离，时不时侧脸看看杂志社房间内部的墙体，装饰得很有文化氛围，他喜欢这样的布局，让人如同遨游在文化的海洋里。墙体上挂着中外名家的像，有简介，也配了几句名家们的代表作。他的记忆力特别好，几乎过目不忘，所看过一遍的诗句他几乎会记得。

走过一段较长的走廊，他们转进了一间门头标牌上写着“《穿越人海》编辑部”的屋子。

三

“她叫袁莺莺，是我们《穿越人海》杂志社的散文编辑；他叫庄北，是我们杂志社的小说编辑。过一段时间，有可能过来一位美术编辑。”

郭主任说到后面这一句时，梁凉不经意间看到袁莺莺和庄北不约而同地相互对视一眼，然后，都心照不宣地露出仅仅是挂在脸上的皮笑肉不笑的“笑容”，根本就是无动于衷的不关心，甚至是一种排斥。

“希望你们合作愉快。”

郭主任与梁凉一样，也看到了袁莺莺和庄北之间的不谋而合，这让他觉得自己很多余，也非常尴尬，更有些不安甚至忐忑。忽然，他觉得此时屋子里的空气忽冷忽热，冷到寒冬，热到酷暑般，他身上的毛孔里被挤出一些细小的汗，至于是热汗还是冷汗他也一时体察不出来。他有点不自在地轻挪着脚步。

"我还有事，你们各自忙吧。"

"对了，以后那张办公桌就是你的了。"郭主任补充了一句。梁凉看过去，办公桌上乱七八糟堆放着各种报纸杂志以及其他杂物，感觉很久没有人来坐过这张办公桌了。

郭主任说完，看都没看他一眼便离开了。瞬间，梁凉觉得自己成了一个弃婴，刚刚的心潮澎湃只这一瞬间便全部消失得无影无踪了。

此时编辑部就三人，也没有人叫梁凉坐，梁凉走到刚才郭主任指给他的办公桌前坐下，桌子上没有被报纸杂志占据的地方已经落满了灰尘，电脑屏幕上也是一层薄薄的灰。

"那《诗经》是胡社长送你的吧？"

郭主任离开后，袁莺莺主动跟梁凉打起了招呼。

"你怎么知道？"

梁凉非常好奇，他甚至觉得袁莺莺询问自己的语气和神态中有一种未卜先知的神秘能力。

"那还用问？"

庄北头也不抬，不屑地应和了一句。

"连文学和文艺都分不清的人，反正送你也正所谓物尽其用了。"袁莺莺说了这样一句冷嘲热讽的话后，自觉有些欠妥当，便急忙补充了一句道，"虽然我们胡社长不太懂什么文学、文艺之类，但他是商业精英，他人脉极广，是一个有头有脸的人物。"

"包括咱郭主任，都是能人。"

庄北随后跟着补充夸赞，虽然内容是褒义的，但是，他看上去的表情和听上去的语气绝对是挖苦、不屑，甚至夹带着鄙视。

梁凉知趣地不再言语，开始整理自己的各种办公物品，很多杂志、很多打印诗稿、很多笔记、很多文档、很多参考资料。他有一种如梦幻泡影的感觉，明明自己准备了满满的雄心壮志，却在这冷热交替的外来影响中，让自己的思绪纷飞到一刻不得安宁。即便如此，他仍极力控制自己，不让此刻内心的不安和那点不满表现在脸上，但他这片刻的笑容一定是带着一种表演成分在里面的，甚至和他平时不太一样，也由不得他不得不违心一下。

梁凉一边整理物品，一边时不时地用眼睛的余光偷瞄着袁莺莺和庄北。

他觉得这两个说话尖酸刻薄的人应该不是什么等闲之辈。尽管知道他们的话可以当成《穿越人海》的杂音，但是他被这杂音所影响了，甚至被它左右了。这让他觉得自己非常孤立无援，好像在这个新的工作岗位上，自己站在无人岛上，唯一可以抓住的救命稻草除了诗还是诗。只是很遗憾，诗不可能是万能的；诗让他感受到一种可以安心的依靠时，也让他明了，诗无论具有多大的能量，都无法摆脱它自身的脆弱，即便有胡社长刚刚送的《诗经》在手，也不知该怎么拯救此时弱小的自己。

这好比春天，不管怎么翻耕让大地复苏，让万物重生，都抵挡不了夏天即将迈过来的脚步，还有秋天冷冷清清的残酷。接下来的事实也确实向他做了一个最有力的证明——梁凉的判断非常正确。

袁莺莺对梁凉说，郭主任之所以简单交代几句便走了，是因为郭主任必须出去跑业务，至于跑什么业务，按照袁莺莺引用的郭主任的话说，那叫无可奉告的商业机密。

“对了，梁老师，那边饮水机有水，饮水机下面的柜子里有水杯。”袁莺莺指着墙角的饮水机说。

“好的，谢谢。”梁凉的礼貌和客气是从小被妈妈教出来的。

“人都是自私的。”

庄北如是说。

从那一刻起，一向视诗为生命的梁凉对于诗歌的认知有了翻天覆地的变化。

他原以为自己怀抱着诗意灿烂的美梦，极其幸运地进入了诗意辉煌的殿堂，不承想，如同芸芸众生里的编辑们一样，在《穿越人海》杂志社的编辑部里，开始了日复一日的辛劳耕作——天天坐班、时刻守时，并被所有投稿文字所包围、所捆绑，名为为人做嫁衣，实为文字搬运工。

“诗歌编辑大多应该坐不住。”

中午，在餐厅进餐时，袁莺莺看着梁凉，对庄北说。

“是，像诗歌一样跳跃。”

庄北即刻回应了袁莺莺。

梁凉看到庄北回应袁莺莺时，嘴角处沾着一个白白的米粒儿。如果当时庄北没有说这么一句贬义大于褒义的话，他会及时告知庄北，但是他即刻打消了这个念头。不仅如此，他还要求自己，不仅不告诉庄北，还不流露出任何袁莺莺也发现了但有意不告诉庄北的诡态。他应该适宜地让自己不那么张扬，一个生人夹杂在原同事之间，张扬和过于表现都是不好的。

袁莺莺和庄北边吃饭边闲扯着一些无关紧要的闲事。

梁凉只顾着吃饭，没有理会他们。这是在《穿越人海》杂志社吃的第一顿饭，他感觉到这不是饭菜本身的那种香味，而是夹杂了一种世俗和社会的味道在里面。他吃得不快，但吃出了不同的味道，这顿饭应该会给他留下很深刻的印象，也许他能从中找到一些灵感，写出一首意义很深刻的诗，但现在他是没有这个灵感和心境了。

“你乐啥？”

离开餐厅往编辑部走的时候，庄北问袁莺莺，同时将目光转向了梁凉，好像梁凉与袁莺莺之间有着什么不可告人的秘密。当时梁凉决定，既要装作没看见，也要装作没听见。那一刻，他觉得自己与庄北和袁莺莺之间不过是为了各自的生存才在一起，至于见到了啥或是听到了啥，管它呢。人都是自私的，庄北说得没错。可是回到编辑部，大家都恢复到之前的工作状态后，梁凉一抬头，发现正在看稿的庄北脸上的白米粒儿没了，正纳闷儿时，他见庄北竟洋溢出满脸灿烂的笑容。

“不错，不错，很不错！”

庄北情不自禁地嘟哝，然后不经意间一抬头，发现了正在看着他的梁凉。

“确实不错！”

庄北没把梁凉当外人似的不自觉地补充了一句后，下意识地收敛了一些自己的兴奋度，但仅仅一瞬间，他再次沉浸在无比喜悦当中。

“他前女友投来小说稿了。”

庄北不在的时候，袁莺莺对梁凉说。

“前女友？”

梁凉好奇地问。

“你还没看出他那个高兴劲儿？肯定是写他们之间的爱情故事，不然，他不会高兴成那个样子。”袁莺莺撇了撇嘴，又补充了一句，“只是非常遗憾，庄北已经结婚了。而且是新婚。”

袁莺莺的话让梁凉惊异得不知该如何回答。他不禁想起袁莺莺和庄北之间的一唱一和，尤其对诗歌编辑的评价。他又不禁天马行空地神游复盘了一番刚刚的那些细节，觉得人和人之间真的很复杂，根本不像自己理解的那般简单，完全是云里雾里，连诗的理论都解释不了。

梁凉盯着电脑屏幕，做着自己的事情。旁边那杯水已经没了热气。

四

“如果投来的文稿都有‘黑土’这样的文字功底和认知，我就没白当一回散文编辑。”

快下班时，袁莺莺在大家都默不作声时发出了一声慨叹。

梁凉没敢言语。

“黑土，一个写散文的，就这名字，别说是听，就是看，都觉得不是什么写散文的料。”

袁莺莺离开时，庄北向梁凉揶揄了一番“黑土”的名字，一脸的不屑里流露出鄙夷和故意的不以为意。

“反正，这要是写诗的作者，我单凭名字就能给他扣几分。”

梁凉为庄北能对自己敞开心扉，很感激地、随帮唱应地附和，觉得这是不用心有灵犀便可以瞬间达成的共识，在梁凉和庄北两个男人看来，名字确实是一个人完全一目了然的一张脸。

“情人眼里出西施，女人眼里有帅哥。”

庄北说这句话时，脸上的表情和口吻的轻缓里都带有一种看破红尘的不屑，好像袁莺莺并不像梁凉感知到的那般聪明伶俐，反倒是愚痴蠢笨的那种傻女人。而这一念像惊鸿般闪过，他为自己这冒失或是不得体的一念摇头否认。

梁凉随即走马观花地看了一篇“黑土”的散文。文字确实可以，按照他对文字的判断，通篇空灵且不乏一丝不苟，前后呼应中，笔触细腻且不乏大气通脱，字里行间既有尘世的旷达大度，也有涓涓细流的绵长轻软，仿佛站在自己面前的抒怀之人既有雌雄同体的豪放，还兼具着婉约。但是这略显冗长的长文不乏明显可见的缺陷。

比如，语言确实拖沓冗长，但缺乏推敲和层次感。

比如，抒情含蓄，但缺乏精力具足的饱满。

比如，描绘和叙述间那种衔接过渡的脱节。

梁凉之所以这样评价，是因为他一向这样评价诗。当然，“黑土”的散文硬伤可见，显而易见的力量也是难能可贵，他甚至觉得“黑土”散文里的这种力量是对每一个白天和夜晚来临的感恩与祝福，既有由衷的肯定，也有安静的独白，更有平等的对话。但是，他没将自己的见解和认可说一句给袁莺莺。也许是因为觉得还不够熟甚至不够信任，没有必要全盘说出自己对“黑土”散文的见解和剖析，他不能这样卖弄自己天生对文字有种很精准的敏感。

当然了，他也想给一个女流之辈袁莺莺留足面子。

从男人的角度来看，尽管袁莺莺对“黑土”的散文情有独钟，但是，即便她给了“黑土”很多很多的偏爱，到头来，“黑土”也不一定会感恩于她。

就像人之所以孤独，要么你优秀于周围和你熟悉的人，要么周围熟悉的人都优秀于你。前者是别人自叹于不想和你来往，后者是你自卑于不敢和别人来往。

“袁莺莺从结婚起就没写出一篇像样的散文。”

庄北偷偷告诉梁凉。

“所谓的才女才尽，说的就是袁莺莺。”

庄北告诉梁凉时，大有看热闹的幸灾乐祸。

梁凉听后释然了。他知道了庄北与袁莺莺之间所谓的契合不过是某种利益上的天衣无缝。除此，两人之间便没有了任何交集。他看着自己视线中的袁莺莺和庄北，一个任劳任怨地在下班前最后的时间里，埋头修改着文稿；一个在杂乱无序的故事堆里，焦头烂额地寻找着被自己忽略的所谓珍珠或璞玉。而他自己因为诗的短小精悍，也因为对诗作者投来的诗稿瞬间做出的识别和判断，省去了大把大把的空闲时间。于是他把这些时间全部交给了思考。

他觉得一个诗人只有靠着既有高度又有深度的思考，才能找到人生的深度意义和更具高度意义的价值所在，他甚至又觉得，如果自己这个诗歌编辑都茫然无方向，无法在万象纷繁中梳理出为什么要坚守本我，那么，自己又能引领读者去向何方？

梁凉不禁深深陷入诗的宇宙空间里，而神游妄想时，一种沧桑和一些不甘，以及投稿诗里成堆成堆不清晰的心绪表达让他再次回归到清醒理性。原来编辑诗或写诗本身不一定是润泽灵魂的唯一美差，完全有可能是以另一种方式进行自我囚禁的禁锢，应该是无形的枷锁。

诗固然美好，有能穿透心灵深处的柔软，而太多人的生活和远方却很糟糕，也很迷茫。

五

下雨了，润物无声的蒙蒙细雨，也是春天的第一场雨。

“你不走？”

袁莺莺和庄北准备离开编辑部时，用一种很是惊异的眼神看着梁凉，而梁凉看到袁莺莺一边问，一边用手里的伞示意他外面在下雨。于是他不得不用手指了一下正在整理的一些文件和文案。

“我一会儿就走。”

梁凉对袁莺莺和庄北说。

他本以为自己可以轻描淡写地应付这一开场就让自己不太愉快的所谓相互了解，但是，一天即将结束时，不管在梁凉的灵魂里，不管打着转儿地让他无心于任何而只想对庄北和袁莺莺说一句：你们赶紧走吧，我暂时不想走。因为，他无处可走。可是，他不能对袁莺莺和庄北说这样的实话。

庄北和袁莺莺似是而非地冲他点了点头离开后，梁凉浑身无力地瘫坐在椅子上。难怪这份工作根本没有想象中的那么有难度，轻松顺利通过了，实在是太劳神经了！

他决定再晚些回家，这样就可以避免与老妈和梁冰之间的彼此冷漠、相互指责或干脆就是相互间的抱怨，最重要的是，这样的决定可以让他继续跟诗待在一起，这才是他和诗脱离不了干系最好的一个理由。

诗才是梁凉最好的陪伴。只是非常遗憾，直到下班也没看到一首能让他眼前一亮的诗。是诗人们把好作品投给了其他报纸杂志，还是?

春天不就是最好的诗吗?

他放下手里的一切，呆呆怔怔地看向窗外。

窗外偶尔有细线一样飘落到窗玻璃上的雨滴，一条透明的细雨丝由上至下地顺着玻璃窗下滑再下滑。这不失一种礼貌优雅的问候或是守候，让梁凉在这略显凄清的时刻，感受到富有诗意的一种亲和。春天不正是在这场润物细无声的雨落纷飞中，悄然到来了？这样一想，他即刻觉得，一天的工作结束后，归家反倒成了一个非常意外的圆满。

六

走在路上，沐浴在细雨中，低于体温的雨水淋在梁凉的头上，似乎让他清醒了很多。梁凉觉得自己的决定是非常正确的。对于这一天，他有过很多设想。但是，没有这冒雨归家的一项，当然，这也包括他看到的那些诗稿，良莠不齐且千奇百怪，重要的是，你刚刚觉得看得差不多了，邮箱里又如水草漫涌般冒出一大堆新诗稿。

他做梦都没有想到，不到一天的时间，自已对那些诗稿的兴致就从一开始的好奇迅速变成了怠惰，甚至带有多多少少的恐惧。因为无论打开哪一首，都是千篇一律的相似、千人一面的相同。但是作为编辑，不能失去本质和原则，可是那些诗稿，说好听的，叫一片片纯真的诗心带着一丝丝诗情画意的热情扑面而来，说不好听的，简直就是天昏地暗的飞沙走石。要从那一堆堆沙石中，历经挑选、筛选、修正，再到最后的美化，根本不是小项目，而是大工程。

他这才明白，胡社长和郭主任对自己说过的那些话有着多少虚假的水分和满怀的期待；他这才明白，《穿越人海》不是需要诗歌编辑，而是急需。像袁莺莺说的那样，没有几个诗人能坐住这个跳跃的位置。

自己怎么可能是个例外？有点搞笑。

他认为，所谓的诗，写的不仅是字里行间肉眼可见的字样，更应该是没能用字表达出来的内在品相，似乎要通过某种细微的触觉才能品味其中的奥妙之处、品味文字构架成诗意的甘苦咸淡。他有些搞不懂，原本就是初学者的诗、原本就是带着跌跌撞撞的生涩、原本就是拎着一堆又一堆生僻字，在一个又一个混沌不清的诗意天空里，怎么就是时代的宠儿了。

梁凉不禁叹了一口气，为自己的审美越来越苛责而水涨船高，也为那些投稿的诗歌作者感到悲哀，或许是自己的要求实在太高了。自觉失望时，他也深知自己不过是一介凡人，既不是可以拯救那些文字的圣人，也不是能很好地拯救自己的神人。

他就是他自己，代替不了别人，也不能被别人代替。

他停下脚步，在一个开满黄色香水藤的半圆的水泥门前，像天使一样张开了双臂，畅快安静地沐浴起淋漓的细雨。这一刻，他看着那些在雨滴中微微颤动的黄色花瓣，仿若心中陡然而起的一些愁烦只一瞬间便不明缘由地到来，又不明缘由地消退。然后循环往复地卷土重来，带着凉爽的一种惬意，仿佛是诗情画意，让梁凉在凝视中，体会到了岁月时光的一去不返。

梁凉看到，自己的周遭仿佛隐隐地退却在自己的视线中。虽然身边有匆匆走过的行人和来来往往的车辆，但是他却在雨中以这样的方式与这个世界进行了一次亲密和谐的交流。这种交流，在绵延悱恻中，缠裹着他的体温，仿若那一树的黄色花朵，合着不停滴落的雨水，情有不甘地缱绻在所有枝头，在微风细雨的飘荡中，虽涤尽了春风里残留的俗尘，但无法在他的视线里，弄舞翩跹地超越那些不停奔涌的绚烂灵感。

梁凉被自己诗意的世界完全包围了。

属于他所有的灵感像命运的符号，带着平日很难获得的景致和美轮美奂，用他熟悉得再无法熟悉的偏执，让他在这一刻，一边与接踵而来的灵感聚合，一边愣愣地看着因浸了太多雨水而泛着清冷光亮的手臂，觉得这世界的许多缘分来去无影踪地没有规律，实际上又不请自来。只是有些遗憾，这一次的灵感里，有着太多失意、沮丧、悲伤，甚至痛苦的愤怒。

七

“你俩！”

梁凉不得不像落汤鸡似的回到家里，不得不有意回避老妈和梁冰的疑惑问询，他洗了热水澡后，假装安然地坐到椅子上，心里有着老大不耐烦，只等老妈和梁冰详细问及自己这一天的人生体验，但他听到看到的却是老妈一脸的严肃、庄重。

他看了一眼梁冰，梁冰只顾低头吃平时根本不爱吃的瓜片虾仁，这让他预感到好像有重要的事情要发生。他不禁模仿着梁冰的样子，但只是一口接一口地吃着已经冰凉的米饭。

“你俩太让我失望了！”

梁凉看到，老妈也想夹菜的那一瞬间，突然用筷子指了指他和梁冰越低越不想抬起来的头。

“又咋了？”

梁凉和梁冰相互对视一眼后，不约而同地异口同声地问老妈。

“从今天开始，你俩都得给我交生活费，我不能再这么无偿地无止境地白白地养活你俩。”

梁凉和梁冰听了，面面相觑，懵懂着不知该如何应答。

“妈，您咋了？”

梁凉不得不问询一句，但不是因为关心，而是因为老妈看上去不是一般的反常。

一对装饰耳环取代了老妈戴了一辈子的金耳环，身上一件大花衣服，每一朵花都比小锅盖还要大，最重要的是，吃饭的当口，老妈明明涂了大红的唇膏，看上去不仅很夸张，也不是太好看。看着老妈满脸的严肃和庄重，梁凉知道，这反常里有着老妈的故意而为。果然，老妈用审时度势的眼神看了一眼梁冰，又看了一眼梁凉，确定了姐弟俩都在看着她时，认真严肃地开始了她的讲话，或严格意义上的训斥。

“你俩都三十多岁了，都是成年人了，我也得为我自己而活了。”

老妈说完，将筷子一把摔到桌面上，看都没看梁凉和梁冰一眼，便起身离开了。梁凉和梁冰不约而同地放下了各自的筷子。

梁凉觉得自己的预感超级准。

他就知道，下班不爱回家的感觉里就有这一刻的未卜先知。他看了看老妈离开的背影，又迅速与梁冰对视了一眼，只这一眼，梁凉和梁冰便在各自的内心达成了共识。

“我就知道，她这几天一直拉个长脸，我以为她要改嫁呢，没想到，是因为要钱。”

梁冰撇着嘴，非常不满地说完这句话，不以为然地拿起筷子，权当没听见老妈说了什么似的继续吃饭。梁凉这才发现，平时至少会有三盘菜的桌上，如今只有一盘梁冰最不爱吃的瓜片虾仁。

“我就弄不明白，你为什么不跟过去的那个你告别？”

梁冰吃了几口米饭，好像实在吃不下去了，便把矛头指向了梁凉，好像老妈要两人的生活费是因为他造成的。

梁凉非常想将这句话原封不动地再回怼给梁冰，因为他觉得，这句话也同时适合梁冰。他甚至觉得，梁冰作为比自己大的姐姐，如果不是因为恋爱失败后再不谈及感情地努力想着如何早点儿把自己嫁出去，老妈也不至于天天守着无心成家的一对儿女，要开始狠心绝情地断奶。

“请你把这句话一个字不要少地说给咱妈听。”梁冰瞪起眼珠，毫不客气地对梁凉说完，恶狠狠地又补充了一句道，“你听没听见？”

梁凉当然装听不见，因为在这个家里，梁冰一向被他和老妈认定为迟早会成为外人的人，只是谁都没想到，这盆水始终泼不出去。严格地说，以梁冰那性格，是很难找到接受她这盆水的地方的。

我才不可能交什么生活费。

他在内心对自己说了这么一句后，不经意间偷喵到梁冰脸上也是一副“感同身受”的表情。

“你俩早就不是什么孩子了，虽然在我眼里你们还是孩子，但是，你俩都已经是成年人了，不能总这么啃老！我不能被你俩欺负一辈子！”

老妈又返身回到了餐桌前。

“又来了。”

梁冰代表着梁凉的态度，小声地嘟哝了一句两人共同的心声。

“我没吓唬你俩，这是我无偿供你俩吃的最后一顿饭，我可说话算话。”老妈抱怨完，拿起自己的筷子使劲儿敲了一下已经见底儿的菜盘，见他俩都没听见似的，好像比之前更怒不可遏地叱喝他俩道，“你俩都给我听好了，我这辈子就是为了你俩才没再找老伴的，但我无论如何没想到你俩竟然都活成了这个样子。”

梁凉和梁冰听了，各自的脸上即刻显出了不开心和不耐烦。

梁凉没想到老妈竟能如此触碰自己的底线，这底线是他的生命线，这生命线是任何人都不可触碰的，即便对方是老妈。他感到异常失望，觉得自己在家里已完全感受不到任何的安然和自在，相反，每一天从早到晚都不得不听老妈的唠唠叨叨，而所有的唠唠叨叨都不过是与他和梁冰生活和成长有关的陈迹琐事，统统以老妈不厌其烦的方式一一进行着反复的清点、盘算、回放，最重要的是那些陈年旧事怎么听都是不值一提的陈糠烂谷子，既没有可圈可点的意义和价值，也没有让他再重复一次的任何兴致。

“我没吓唬你俩，不信就走着瞧。”

老妈说完又离开了。

梁凉和梁冰谁都没再看对方一眼，但是，在他俩的内心都自然而然地进行了一次又一次像以往那般的相互埋怨。

这埋怨既是相互的，也是共同的，更是共通的。因为他俩都知道，两人当中，但凡有一个人不是眼下这个样子，也不可能让老妈如此这般恩断义绝。

“就怨你，跟人家谈得好好的，谁都以为你们要结婚了，结果你倒好，跟人家分手了。”

梁冰咬牙切齿地用自己的鞋尖儿使劲儿踹了梁凉一脚。

他本想以牙还牙地用同样的方式还回去，但是，梁冰看都没看梁凉一眼，便起身离开了。

坏蛋。他才不屑于好男跟女斗。

梁凉在心里怒骂了一句后，觉得成年人的世界居然能如此让人感到恐怖。这恐怖里藏着平时被梁凉忽略掉的恐惧，这些恐惧不但不会随着时间而减少或消失，相反，它们会不断地滋生、繁衍，甚至无限度地壮大，梁凉也弄不清楚，这么多的恐惧怎会藏匿在各种无形的平凡和庸常中，虽不易被发觉，却无时无刻不在。

八

梁凉回到自己的房间，躺在床上发了一会儿呆。之后不禁想起下班路上那些诗意的灵感，在此时，它们依旧如同一道道光亮，在脑海中不停地若隐若现，出现和消逝仅在于一瞬间，而后又这样反复出现。

他依然可以感受到当时的自己在那些灵感的光环里，彳亍在细雨纷飞中，带着寂寥和无奈中唯一可以感知到的热度，相互纠缠又彼此相伴。他觉得，只有在这样的时刻，自己的灵魂才能生龙活虎地被唤醒。他即刻坐到写字台前，拿起笔，开始写灵魂的苏醒以及灵魂的挣扎，包括灵魂的成长、灵魂的升华。写着写着，他发现自己的诗有了与从前不一样的表达。

这世间，
哪有什么才华，
不过是灵魂苦痛的根芽，
借凡尘的一支俗笔，
染墨点画出的满纸残花。
再飘零随风地飞落天涯。

梁凉放下笔，躺回到床上，一边感受着从未如此安静的家，让自己的思绪在孤独中体会天马行空的自由，一边觉得自己仿佛在跟另一个自己和颜悦色地说着话。像写诗，又像在用诗的形式记录这个有自己生活在其间的世界。他再次起身坐到写字台前，拿起笔，看着刚刚写的那些文字，瞬间，延续出来的字句不是若隐若现，而是突如其来地跃然纸上。

这世间，
哪有什么才华，
不过是灵魂修行的苦苦挣扎，
醒着梦着的伤心话。
说与谁听的大浪淘沙，
再红袖年少地独饮清茶……

他看着一挥而就的诗，笑了。在越来越晦暗的房间里，兀自一个人，看着仿佛已经变成了暗灰色的四周，自己仿佛站在整个宇宙的中心，听不到任何声响。好像不经意间，沉寂到了海底，死亡在即般只等着重生。

用诗的形式。

用诗的语言。

以及诗的思考方式。

九

“给不给她？”

梁凉靠着蚕丝靠垫毫无目的地拿着手机刷屏时，梁冰走了进来，就像他刚才的灵感那样来得有些突然。是的，梁冰连门都没有敲一下，也许她一直习惯了这样，进弟弟的房间从不敲门，也从不招呼一下，来去就那么随意、自由。

“问我干吗，都是个人行为。”

他看都没看梁冰一眼地敷衍了一句。

“你爱给就给，反正我不给。”

梁冰说完离开了。

梁凉扭头看了一眼半开着的房门，觉得自己选择回家本身就是一个错误。他不禁在内心里哼笑了一声，觉得梁冰代替自己说出了心里话，但自己的心里不但不觉得爽快，反倒像被针扎了一下似的，他这才意识到问题的严重性。老妈为什么会在自己第一天到杂志社报到的晚上说出这样的一番话？是因为自己有工作了，可以养活自己了，还是因为自己对待柳绒的态度确实让老妈失望了？只是，他十分纳闷儿不解的是，老妈没必要如此，自己和她是亲妈亲儿子的这种血缘关系，多吃几顿咋了？不是一直这样过来的吗？他觉得在中国的传统观念里，儿女在没吃的时候吃吃父母的是理所当然的。

他站到窗前，看向窗外，发现窗外与以往好像有所不同，黑漆漆的，没有任何光亮，连往日可以看到的夜灯都无影无踪了。

在一片安静中，他不由得看向远处的一抹光亮，那里的安静像一幅静物油画，与同样安静的他彼此呼应对峙，好像彼此都在等待，等待一种能见度更强的光影，可以在重叠交错中，让某些东西和某些东西就此相遇。

是诗。

他知道每到这种时刻，诗便会如期而至。早已在等待的他一如既往地仿佛参加一场心仪已久的赴约，虔诚地许下许多不为人知的心愿，让自己全身心地与诗意盎然的心境一路同行。然后，将及时抓到的灵感光影翻译成纸上文字。但是他的等待里好像已经没有任何可以参加的赴约邀请，也没有任何的有趣灵魂可以前去纠缠，相反，他像是在无穷无尽的黑暗中，无止境地听任自己的心跳和周身流淌的血液，怎样在这寂寂无声的时刻，与自己的沉默哀然地相伴。

他觉得自己比梁冰没进来之前更孤独了。这种更深层次的孤独让他觉得孤独本身不过是自己自怨自艾地选择的一种生存方式，是成为《穿越人海》诗歌杂志的编辑后，更清晰明了地认知到的。孤独应该是一把可以开启艺术殿堂大门的金钥匙。这把钥匙在无形中给了他可以在艺术殿堂里安居乐业的保障。

他真正感知到了自己进行诗创作的底蕴源头和动力源泉，仿佛眼下的一切是他可以长长久久地赖以生存的天空和大地，只是这些，老妈和梁冰又怎能懂得。

孤独是一种良好的自我保护形式。

孤独更是他和自己的家及整个世界和谐相处的最佳方式。

梁凉天马行空的思维终于回到了常态，却让他不得不慨叹，偌大的世界，到处是繁华中的喧嚣吵嚷，却找不到一个可以依靠之人，即便身处吵吵嚷嚷中，依然如渺无人烟之所。而他眼前的一切如同整个空旷的世界，如一眼望不到边际的沙漠。

或许，苦海无涯才是真正的人生，回头是岸仅仅是一种佛系的内心自我安慰而已。

梁凉睡着了，但很快又醒了。他躺在黑暗中，思绪和记忆不停地回溯到很久以前。那时他还是一个青葱少年，有一天突然茅塞顿开地写下“你用颜色为风代言，我看见不远的春天”。

他看着这一行用心写下的诗句，很感动也很激动，欣喜若狂地将自己写的“诗”拿给老妈看，可老妈居然不感兴趣地说不知道他写的是什么。他又拿给梁冰看，梁冰不但不看，还满脸的不屑。最后，他拿给同班同学看，看了的同学，没有一个对梁凉的“诗”感兴趣，还带着一种几乎是不谋而合的不解，甚至像是误解，好像他过于激动张狂，不仅是小题大做，还是没有必要的自取其辱。

“天下文章一大抄，都是抄来抄去的。”

一位学习不好、体育也不好、只有劳动好的女同学对梁凉说。

他没说话，也没反驳，只是觉得自己不仅在对同学们做无用功，还在对一帮牛弹琴。他看着自己写的诗，觉得白纸上的黑字不仅字字珠玑，还能感受到那些字的光芒，甚至有热度。或许就是从那个时候开始，他与整个世界开始了格格不入的初始。

梁凉迅速变成另一个王国里的成员，而且是非常虔诚的成员。但是最后优秀与否全在于自己的付出。

在那个时候，他还不太清楚自己写的究竟是什么，模糊不清之间，虽然知道自己写的是有感而发的诗，是瞬间心无杂念而产生的由衷慨叹，只是后来相类似的有感而发在不知不觉中越积越多，到最后竟成为他作为诗人行走于天地间的有力佐证。只是他终于可以用这样的方式来回报家人时，才发现生活中的一切不但没有任何改变，反倒不如从前了。

还好，这世界还有诗在。

他觉得，诗俨然一艘海上漂荡的船、天上璀璨闪亮的繁星、黑夜里照明的一座灯塔、他无法入睡前的安神曲。

安神曲?

他听到了一种轻柔、温和的声音，在一片黑暗中，由远及近地到了自家窗外的楼下，又彳亍着前行，一如雨后水滴落在屋檐般恬静而空灵。

是窗外楼下行人的手机铃声。

这俨然又成了他入睡前的一剂良药，让他知道，失眠之前听到的音乐竟然也是人生中无可代替的美轮美奂。这种美轮美奂，在万籁寂静的夜里，以这样一种方式出现，又以戛然消失的方式结束，这转瞬即逝的过程，让他觉得，美梦的来去存在都是诗的图腾。

他彻底睡着了。

在睡梦中徜徉到了诗的王国。

这诗的王国，生命是鲜活的，也是一直蓬勃生长的；这个王国里，有足够的阳光，也有足够的雨水，更有足够的养分，也只有到了这种时刻，他全身的脉搏才可以平和地跳动，整个灵魂才会有最起码的存在感和安全感。只是非常非常可惜，这一切都被别人看成一种不切合实际的存在。连他的老妈和梁冰都说这种想法与现实严重脱轨，可是只有他自己知道，自己只有在这样的王国里驻足、流连，才会有活着的感觉。

十

“怎么是你做饭？”

梁凉早上洗完脸，离开卫生间时，发现梁冰在厨房里热粥。

“咱老妈半夜就走了。”梁冰一边没好气地用瓷勺搅锅里的粥，一边扭头看了他一眼，随即补充道，“咱老妈是真不想管咱俩了？”

“不管咱俩了？”

他有些不敢相信自己的耳朵。

“从此，咱俩也各随己便吧。”

梁冰一边比之前还不耐烦地用瓷勺搅动着锅里的粥，一边用一脸的漠然沮丧面对着梁凉的疑问，好像未来的日子虽然不是世界末日，但肯定是没有任何希望和指望的糟糕岁月。

“告诉你一声，这馒头和咸鸭蛋是我下楼买的，这粥是昨天早上剩下的。”梁冰一边将两个馒头放进盘子里，一边动作慵懒地瞥了梁凉一眼，然后无可奈何地补充道，“咱家现在是要啥没啥了，今天早上就这么糊弄吃一顿吧，晚饭不要指望我。”

听了梁冰的话，他知道梁冰的态度也跟老妈一样，想躲，想撒手不管。他看着从侧影都能看出很沮丧的梁冰，非常想说一句，你想走也可以走，但是他一个字都没说。直到上班要离开家时，梁冰说话了。

“晚上我有应酬，不回家吃了，或许，也不回来了。”

梁凉听了，既没有回应，也没有回头，权当没听见似的离开了家门。

好日子过到头了。

在电梯门关上的那一刻，他不自觉地这样想。只是从前的日子并没觉得有多好。他有心给老妈打个电话，但是说什么呢？根本没有想说的话。如果自己和梁冰都不想交生活费，估计老妈也是没有一句想听的话。他有些生老妈的气，但他不明白一向重男轻女的老妈，在要求这件事的时候，为什么不给自己一些暗示。

这样一想，他即刻打消了给老妈打电话的念头。也罢，天下没有不散的筵席。他想起老妈不止一次地说过这样的话，眼下的结果就是都冲着散席的路上走着呢，或许这样的结果是个好的开始。

十一

“你们看……”

梁凉到了班上，虽然从外表上看不出自己与头一天有什么不同，但是在内心还没调整好的状态下，他决定先好好地看杂志，再好好地研读《诗经》。

当了编辑，要提升自己。这一点他还真是觉得胡社长有先见之明，毕竟《诗经》的地位和价值，无论什么时候，他都不敢有半点的小觑或怠慢。只是袁莺莺这句有一搭没一搭的话让他感到了几许亲切的温暖。

“看什么呢？”

梁凉接过话茬儿。

他觉得这一个提问和一个回答，将自己与袁莺莺之间，包括和庄北之间，从头一天彼此陌生的、自带距离的外人变成了不分彼此的同类，他很在意这种感觉。

“看什么呢？”

庄北见袁莺莺没有回答梁凉，也饶有兴致地看向袁莺莺。袁莺莺听了，不但不回答，反而继续目不转睛地看着她眼前的电脑显示屏。

“怎么说一句就不说了？”

庄北继续问袁莺莺。

“别提了，恶心死我了，这么垃圾的稿子。”

袁莺莺忙不迭地回应了一句。

梁凉听了，与庄北看向自己的目光相碰撞的瞬间，虽然心照不宣地对袁莺莺所说的垃圾不屑一顾，却不得不放下各自的兴致。扫兴抑或失望瞬间归于平静。但在他的内心深处，一整夜和一清早积攒起来的沮丧再次袭来。

袁莺莺说得没错，垃圾稿件到处都有，自己的邮箱里也是堆得满满的，这让梁凉对看稿失去了最起码的好奇心，他甚至百无聊赖地打开了一个很久都没打开过的私人邮箱。

不要以为我爱你就离不开你。

梁凉愣住了。

这标题是“什么内容邮件就是什么内容的一封电子邮件？”让他的神经顷刻间不只是敏感，而是慌乱起来。这是柳绒在半个月前发给他的。柳绒没有说过，他自然不知道。

柳绒爱梁凉?

柳绒从来没有说过，也没用任何爱的形式表现过，梁凉更没有感受到。当然，他也从没爱过柳绒。最重要的是，柳绒用这样的方式发了这样一个邮件，让他感觉浑身不自在，好像他亏欠了柳绒。但是只有他和柳绒知道，他们之间不但不存在亏欠，连最起码的关联都好像不曾有过。

他很是纳闷儿，觉得自己与柳绒之间连最起码的喜欢也没有，怎就谈及了“爱”字。他觉得，如果一定要让自己说出这个“爱”字指向哪里，诗应该是唯一的方向。

他有些痛恨自己，已经很久都不使用的邮箱，为什么鬼使神差地打开了？如果不是因为邮件标题处的“柳绒”这个名字和标题的名称，他即便是打开了，又有什么？只是打开了这莫名其妙的邮件后，已经消失在他生活中的柳绒突然折返回来了似的，但是这回来的仿佛不是她的人，而是她讨要说法的灵魂。

他有了一种从未有过的坐立不安的感觉，不是因为愧疚，而是因为这突如其来的打扰。

他看了一眼袁莺莺和庄北，两人都在平静中用着看上去很平和的心态，审着属于自己的投稿稿件，虽缺乏几分投入，却也有几分必要的专注。只是他完全管不住自己，反反复复地回想着那句话里每个字的真正含义，仿佛与柳绒分手时，便有了这种不祥的预感。

“我觉得我们不太合适。”

梁凉对柳绒说这番话时，态度是谦和的、语气是谦卑的，好像他根本配不上柳绒似的，这让他很佩服自己。一向高傲得不肯在任何时候屈尊自己的任何自尊和尊严的自己，竟然能在这样的时刻，以这样的态度和语气，让他知道，自己长大了，也成长了。

他觉得当时之所以将自己的想法说得清清楚楚，其目的就是避免日后的麻烦。不承想，换来了柳绒的不理解甚至恼怒。或许这也不足为奇，如果站在柳绒的角度，她认为一定是梁凉与她看过一场电影、喝过一次冷饮，还一起去过一次湖边看夕阳，但是喝咖啡那次，柳绒因为家里有急事，还没等坐到咖啡屋的椅子上就匆忙离开了，可是柳绒偏偏要凭借着这些，要梁凉为她的爱负责，甚至要为她柳绒的余生着想。

梁凉的理智告诉自己，这根本就是对他人为的刁难，不仅属于勉为其难，也属于不近人情。

他觉得人与人之间不交往就不可能知道彼此是否适合，但是彼此交往了，觉得不适合而转身离开也是常理，但由此而指责甚至刁难，就实属强人所难。想成为恋人的双方，如果不是双向的喜欢，怎能彼此走近?

柳绒自然不懂。

柳绒应该还没学会理性的自我认知，她应该先尝试着学会让自己的聪明才智变成一种力量，一种可以自救的力量。这种力量应该是在不为难他人的时候，也不为难自己。

但他做到了。

柳绒没做到应该是不知道，或是知道也要揣着明白装糊涂。但是他没有义务也没有必要去帮助柳绒或者教会柳绒。他觉得，在任何时候，同情或是悲悯，都难以转化为爱情，更无法代替爱情，尤其她自认为的爱情。

爱情不会以个人的认知存在而存在。

这衣食无忧、物质资源极大丰富的现实生活里，任何俗世俗人都可以不择手段地对爱情进行本质意义上的修改或修正，但是内心对爱情的真正需求却无法真正按照自己的意愿获得满足。

除非柳绒将爱情和婚姻视为儿戏。

他很庆幸自己对自己与柳绒的相识运用了一种包含智慧在内的识别。他也因此知道了自己之所以能与柳绒相处，不过是因为身负老妈和梁冰的众望。可是原本想与柳绒一起看林间飞絮飘落、赏傍晚余晖的安宁成了没能圆满实现的奢望。他好像通过这样一个过程，彻底明白了一种心态，自己与柳绒之间都不是相爱之人应该有的样子，反而觉得自己与柳绒之间连最起码的感情都谈不上。人和人之间真的需要一种欣赏、一种包容甚至一种说不清道不明的偏爱，如果没有这些，连“喜欢”两个字都会有难度。

他决定，从今往后，要比之前更理智、更清醒地活着，不在乎任何人的想法、说法以及做法，他可不想在别人的指责中迷失自己。虽然柳绒算不上是别人，但绝对不属于他的前女友。对于这一点，所有知道梁凉与柳绒相处过的人都不得不承认。

梁凉下班后，有意地绕道回家。这是因为他对回家这件事已经不感兴趣，最重要的是，他想将杂志社和家里这两点一线的中间地带当成一个空白点，在这个空白点上，将自己的思绪梳理得更清晰一些、明了一些、通透一些。

他之所以如此，并不是因为柳绒的那句话让他心绪难平，他的焦灼不安更多的是来自对自身的思考以及一些必要或不必要的顾虑。

梁凉真的觉得，尽管已经确定了今生不再想拥有什么所谓的爱情，但骨子里还寄予着一份希望，或叫作厚望。

希望清风徐来时，有个人能给自己一种自己想要的温馨或温暖。尽管那种温馨和温暖被他界定的高度有些离谱儿，但是在他的骨子里确实坚信，总会有那么一天，他的希望和现实会与那个高度完美到和谐统一，就像自己对诗的喜爱。

给你我所有的热情，
是最滚烫的那一种。
浮生若梦于鸳鸯画屏，
假借沉睡不愿醒的懵懂。
一个晶莹，
一个透明，
却彼此看不清。
这只有两个人的心境，
竟然是一首宋词里的如梦令。

就是冥冥之中这样一种感觉，让他顺着自己的诗兴，朝着与回家相反的方向，走进了一处有池塘也有木柱长廊的僻静之处。

他曾经路过这里，但很少有停下脚步驻足的时候，而像今天这样，特意只身前往，更是前所未有。

十二

池塘的四周很安静，即便偶有路过之人，也是零零星星、匆匆如也，似一阵微风或一片飘落的树叶，没有痕迹，也不会在任何人的视线中停留。尽管池塘里已经开着一朵又一朵睡莲，但是，走过路过之人却可以做到对那些睡莲熟视无睹，像曾经从这里经过的梁凉一样，不仅走得匆匆忙忙，也走得心不在焉。就像一个人因为偶然的机遇站到了某个高维度看人间的芸芸众生，所有人都被淹没在一片红尘苍茫中，自己虽身在高处，却也仿若滚滚红尘中的一粒尘埃，被风吹过后随处飘落。然后，在星月升起时，或在暖暖的阳光下，成为这世界最不易被发现也不可能被发现的一分子。

此时此刻，他的感觉与想象中的迥然不同，有种巨大的落差感，在心底仿佛是一个跨越不了的障碍。

池塘仿佛喧嚣吵嚷世界中的一隅净土，可以看见的水流、宁静中绽放的花朵、迎风壮阔的叶子，让他在静神凝思中觉得，这世界，无论看到还是看不到、无论想到还是想不到，它都安然地存在着，无言无语、无悲无喜，不给任何人以打扰，却能给人心以宁静。

他更明白，自己与柳绒之间之所以不能达成一致，不过是在“爱”

和“不爱”之间的灰色地带里反复地兜着圈子，既没有相交的点，也没有矛盾和隔阂，好像彼此从认识的那一刻健谈到无话不说，但事实上各自的滔滔不绝不是真的想对对方说更多的话，而是害怕冷场。

仅此而已，都是有意所为，都是刻意在伪装，都不是因为爱心而是不得已的耐心，都不是靠着容忍而是不得已地在包容。最重要的是，他不想与任何人或事进行自我委屈式的妥协，即便是假装的和解他也不想。

他从见到柳绒的第一眼开始就明确地知道，两人之间最缺少的不是以后细水长流的了解，而是一见面就没有一丝一毫的心动。但凡两个意欲共度余生的男女，如果生理上的感应都不曾有过，彼此心灵连接后的默契又要去哪里找寻。尽管梁凉与柳绒交往期间也不乏一些快乐时光，但那仅仅是相互间的礼貌和礼让。即便偶尔也会有想亲近一些的小心思，或说一句半句暧昧不清的含混话，但那只能说明双方都在向着好的方向努力，那不叫恋爱，与“恋爱”两个字相比，那不过是蜻蜓点水的表象。可是，他的老妈和梁冰偏要说他的各种不对。

他一百个不服。

他甚至觉得，柳绒发到自己邮箱里的那句话是对自己的一种羞辱。

能与他同在且不会背叛的，除了诗，就是自己的灵魂。他觉得整个世界就剩下了自己，包括不得不继续运转的思维。

十三

“你从没爱过我？”

梁凉说出分手的那句话后，柳绒万分怀疑地看着他，好像他不是没爱过她，而是虽然爱过，却遇到了更好的人而变了心。

他认真地点了点头。

在那种时刻，如果自己再犹豫、再踌躇、再含混不清地支支吾吾，那只能叫作不道德。

柳绒哭了。

她在没转身离开的那一刻就哭了。

梁凉看着柳绒的眼泪，虽然心里不是滋味，但是说真话，总比欺骗要好很多，更何况，如果他不悬崖勒马，柳绒就有可能一辈子被欺骗。尽管人人都在说日久生情的可能，他却更相信一见钟情。

他看见池塘边沿外，一条水泥浇筑成的弯曲小路，交错着红灰白的圆形色块，间隔着零散的步道砖，衬着路边一堆一簇的蒲公英花朵，这景像好像是所谓的忙碌已久难得的一种奢侈。

这让他第一次感觉到，在人生中，如果任何硬性安排的一对陌生男女，以谈恋爱为目的和初衷且能如期进行，本身就缺乏人性化，至少目的性太强，会被当事者忽略其最本真的初心。仿佛只要双方的“条件”都可以，就能被看成门当户对甚至合适。只是非常遗憾，从一开始，这合适里就蕴藏着一个永远无法逆转的不合适。

梁凉买了一包烟，红色的包装盒看上去很喜庆，虽然“喜庆”两个字与之内心的时而平静和时而烦躁不相匹配，但有一点是吻合的，那就是对于柳绒，他再次放下了。

放下得干干净净。

放下得彻彻底底。

梁凉发现，自己只顾着一路思索一路走，却已经到了家门口，才想起要抽烟。可是，推门走进去才发现，老妈和梁冰都先于自己到家了。他即刻掐掉了那支刚刚点燃的烟。他不想通过一支烟，让老妈和梁冰了解自己的情绪，尽管老妈和梁冰已经不关心近期他的一切状态。但是在这个三口人就是三个迥然不同的世界里，尽管每个人的一举一动不是有意的，却往往会被另两个人所在意。

他走进自己的房间，从书柜中拿出自己的那本《诗经》，却一个字都看不进去。他只好拿起笔，想写一首诗，却连标题都写不出来。此时的他第一次发现，自己与诗里的文字竟能如此疏远，不仅请不来，还成了彼此的过客。

在这一刻，字竟然成了没有灵性的物件。在他的感觉里，字没有了生命，也失去了色彩，更没有了内容，有的只是无情与冰冷，对峙和漠视。

他特别勉强自己再次拿起那本有胡社长签名的《诗经》，希望自己能在一首首古老纯净的爱情诗歌里，给自己提一提精神，牵引出那么一点火星般的灵感，可是，尽管字字珠玑的诗之瑰宝如以往那般意蕴深远，却在这一刻失去了深邃幽远的魅力。

他不得不再次放下《诗经》。然后点燃了一支烟。

随着第一缕香烟的烟雾飘在他的眼前，带着百无聊赖的慵懒，在他的四周弥散开来，他比之前安然了很多。他不再感到烦躁，也不再六神无主似的身无定所、心无所依，总算得到了一份内心的安宁。这让他不再抱怨，也不再埋怨，他甚至觉得眼下的一切根本就没什么不好。

“我说我怎么闻到了一股烟味儿。”

梁冰推开门，眼神惊异地盯视着梁凉手上的烟，而不是他这个人。他却无视任何，继续抽烟。

“我也想抽烟！”

梁冰一边说，一边从烟盒里取出一支烟，然后快速地拿起打火机，动作娴熟得像个老烟客，只一个低头、一个抬头，便完成了吞云吐雾的轮回。梁凉的房间里瞬间烟雾弥漫，而他们两人都静默地沉浸在烟雾笼罩中。

“你什么时候学的抽烟？”

梁凉问梁冰。

“刚学。”

梁冰吐了一口烟后，不屑地回答。

“有出息。”

他用不屑的语气夸赞了梁冰一句，但是，他真想说的并不是这句话。他想说，你要再这么不学好，但是，他却没说，瞬间的思想斗争后，他又觉得，一个女生抽烟就叫不学好，好像有点言重。

“不错。”

很快他随口补充了一句后，觉得这有别于以往任何时光，是惬意和谐的时光，虽然是无聊自得的时光。在静谧中，品味一种借助烟火的香薰，让各自被长期积压的神经得以暂时缓解，包括看不见的压力也顺势得以一起释放。这样一想，反而觉得曾经的不开心和疲惫都在这一刻变得不值一提。

有烟在，便无烦恼在!

他感到了自己与梁冰居然因为抽烟而达成了同频共振的一种共识。这种时刻，他和梁冰小的时候一向不缺，但长大后几乎消失得无影无踪。他甚至觉得有些奇怪，如此的姐弟俩，怎能在老妈的宠爱和庇护下，一同走过三十多个春夏秋冬，依然痛苦不堪在衣食无忧的凡尘烟火中。

“你咋又翻我东西?”

梁凉看了一眼空心稻草人似的梁冰两眼呆怔地看着他刚刚拿起又放下的《诗经》，突然有所醒悟地将诗集翻开，见夹在其中一张折叠的诗稿，一面的角被重复地折叠着，这不是他爱惜每一首诗稿的习惯。

“我告诉你，我再发现你在我不在家的时候进我屋里看书，别怪我锁门防盗。”

他有意将最后一个“盗”字说得非常重，尽管他知道自己即便是说了也是白说。

“你这就把门锁上。”

梁冰说完，将一口残烟吐在梁凉的房间，转身离开了。

“这个坏蛋！”

他看着梁冰的背影，觉得梁冰不是一般的讨人嫌，梁凉生气地将那首诗的诗稿揉成一团，一扬手丢向门外。

“这又咋了？”

他的老妈在门外，非常应时地发出一声抱怨，这让他知道，烦恼无处不在，即便是晚回家也无济于事。刚刚那一份惬意，还没等抽完烟，便让他觉得整个世界都在这烟雾缭绕中变得暗淡无光，没了任何希望。

“不想吃饭了？”

他的老妈走近他，像看一个陌生人似的看着他。

梁凉不但不回答，还装作没听见。

“出去吃饭！”

他的老妈突然几近于愤怒地咆哮，然后，看都没看他一眼便离开了。

梁凉起身走出自己的房间，穿过客厅，走进餐厅，坐到餐桌前，拿起筷子，一顿不知吃的是什么似的风卷残云。

然后，坐在桌前发呆。

一种被抛弃的感觉让他再次觉得，即便是在自己的家里，也一样举目无亲。天色暗了下来，顺着餐厅的玻璃窗看去，不远处有一座过街天桥，梁凉凝神定气地看久了，仿佛只身站到了桥上，在漫天繁星之下，在川流不息之上，安静中有一种等待。

站在天桥上，
收集夜之光，
把人生的黑暗照亮。

属于他的诗带着姗姗迟来的迟疑，在家里任何一个房间都没有开灯的黑暗中，让他与黑暗中的光明天人合一地邂逅了彼此。

十四

半夜，好不容易才睡着的梁凉被梁冰和老妈的争吵声惊醒了。

他悄悄地起身踱步到门口，刚要仔细偷听，房间里顷刻间静得出奇，但只是一瞬间，便听到了杯子掉落到地上所发出的碎裂声。

怎么回事?

他假装去卫生间，跷脚地勘察到，那个碎掉的杯子是梁冰最喜欢的一个珐琅杯。暗夜中，杯子上的颜色没有一丝光亮，几乎看不出原来的色彩，他可以感知到，将这杯子一向当宝贝的梁冰会怎样心疼。

他觉得自己和梁冰都无视老妈的要求，想必最伤心难过的应该是老妈，可是当他走进老妈的房间时，发现躺在床上的不是老妈，而是梁冰。

“你怎么躺在这儿了？”

梁凉实在感到好奇。

“不用你管我。”

梁冰嘟哝了一句后，将头转向了墙壁。

“咱妈去哪儿了？”

他知道这个家不会因为老妈和梁冰的一次争吵而有所改变，但是，躺在老妈床上的梁冰实在让他觉得百思不得其解。

“咱妈去哪儿了？”

他走近梁冰。

“少问我。”

梁冰不但不回答，反而起身离开了。

“这一个个的都咋了？”

他很不满地嘟哝了一句，发现老妈的房间干净整洁，好像少了很多东西，实际上，不过是少了老妈一个人而已。

“咱妈又被那个老赵接走了。”

梁冰的声音突然从梁凉的身后幽幽传来，声音不是太大，但是他听着却犹如一声炸雷，他甚至觉得那个老赵的名字已经等同了炸雷。

“以后在我面前少提那个老赵。”

梁凉说完，见梁冰只一眨眼的工夫，居然换了一条他从没见过的新裙子，很漂亮，有古典淑女的范儿，但是，怎么看都觉得与她的性格气质不符。

“你这是？”

他用手指了指梁冰的新裙子。他实在无法相信自己的眼睛，只觉得她在这样的时刻，以这样的方式和这样的态度对待他这样一句话的回应实在不可思议。

“好看吧？”

梁冰用手指了指自己的衣袖，下意识地抬起手臂，只稍稍扬扬手，便带了一阵风似的，让他觉得，这宽松的衣袖不只是衣袖，好像衣袖里还蛰伏着梁冰在某个季节里有意隐藏起来的一抹香。

“你用香水了？”

他问。

“我不许用？”

梁冰一脸的不屑里显出了显而易见的不满。

他这才注意到，梁冰米白色的长裙上有几小片桃红色的精工刺绣。冷眼看去，像初春细雨吹落的零星花瓣，稀稀落落地飘散在长裙的下摆，不易被发现又不可能不被发现地出现在他的视线中，招摇着微凉的色彩，是少许的几缕银色细丝线，仿佛潜藏在某种感觉里的惊喜，但又不会被轻易发现，却又不得不被发现。

他即刻板着脸孔，满身心的怒怨，他想说："老妈被你气走了，就把你美成这样？"但是却什么都没说，他发现梁冰新长裙的领口处是一排流苏，清一色的小珠子，像半透明的冰种玉髓。

"咋不说话呢？"

梁冰竟然毫无察觉地问他。

"你可以穿这条漂亮的裙子去相亲了。"

他到底还是没有控制住自己的情绪脱口而出，只是觉得梁冰实在反常。尽管他知道梁冰翻脸比翻书都快，但还是无法自控地将这句此时此刻不该说的话一字不少地说给了梁冰。只是非常遗憾，梁冰听了他的话，不但没生气，反而笑出了声。

"你的心可真大。"

他说完，带着内心深处对梁冰无限的鄙夷，权当梁冰为空气般地从他的眼前模仿着老妈一向假装的高傲，实则非常在意的神态从他的眼前轻风一样地掠过。

"老妈走得对。"

他自言自语地嘟哝了一句。

但他却不怪老妈狠心地离开，守着这样一对儿女，离开本身应该不叫作离开，而叫作逃生，逃到一个眼不见心不烦的地方过着自己舒心惬意的生活，这是多好的状态，远离梁凉和梁冰那种不务正业的态度。

梁凉知道，在自己的生命中，这一天迟早会出现。但是，他从没想过会是以这种方式，在自己猝不及防时，以老妈不得已的无奈方式，让他真正体会到了一种悄无声息的离别。这让他表面镇定，内心却异常无所适从，甚至不安和悲观在瞬间达到了极限，他紧紧地攥紧双手，极力控制自己快爆发的那种不该有的情绪。

他认真地环顾了一眼只离开一个人便显得空荡荡的家。

冰箱、餐桌、椅子、沙发、靠垫、拖鞋、落地灯、窗台上的盆花，一切的一切仿佛都没有改变，但是，却有物是人非的感觉。这情形让他觉得浑身冰凉。他开始有些后悔，为什么不与梁冰好好地商讨一下老妈提出的要求，为什么如此地将老妈郑重其事提出的要求置若罔闻，而导致今天突如其来走进眼前的现实。

恍然间他觉得，自己不配写诗。他根本没有读懂生活这首长诗，还写什么诗呢？他突然觉得诗歌的高度从他的头顶飘忽到了天空深处。

他索性烧了一壶水，泡了一杯咖啡，放了一大块冰糖，然后，在万籁俱寂中，安静地等待着那块冰糖慢慢融化。

在这身体悠闲、思想忙碌的时候，他又想起了柳绒。

他绝对不相信一个到了成年人的年龄还沉迷动画片和插画的人会有什么精准到位的逻辑推理能力或是好的行为习惯。他知道了柳绒的这个喜好之后，就跟老妈说过，这些习惯不好。可是当时老妈居然说："像你姐那样，什么都不爱就叫好？"

他承认老妈的话有道理，但是，他还是无法因为这句有道理的疑问，就将自己与柳绒各自的喜好归结为文明和文明之间的冲突，甚至说是无法相融的两个不同世界。他只是觉得，如此迥异的爱好，即便有可以牵手一起的余生，又会有什么可以共通的共情？

不可能有。

在他的内心深处，这疑占据了一个坚不可摧的位置，即便将两个人各自的喜好用同一种高度或尺度来衡量，他也绝对相信，动画片和插画永远无法与诗进行任何意义和价值上的比较或是较量。

他知道自己的想法很无知，也不合情合理，但是却偏要固执己见，好像坚持了自己的想法，就战胜了老妈的想法，甚至觉得这想法本身就是一种博弈或是较量。就像在袁莺莺和庄北的眼里和心里一样，诗永远无法与散文和小说一起相提并论。就像袁莺莺所说的，诗可有可无，散文却拥有着不可替代的普众审美。当然，按照庄北的说法，小说才是揭示人性真实的放大镜和百科全书。但是，梁凉从自己的角度看世界，永远无法认可柳绒。当然，同样不能认可袁莺莺和庄北对诗的偏见。

不懂就是不懂。

他觉得，《穿越人海》的诗领域之所以不景气，与自己的才疏学浅固然有关，但是，与袁莺莺和庄北这些人的轻视或叫作有意误读的行为也不无关联。

他不相信，在一个以诗为仰望、为敬畏的编辑部里，诗会有不堪的境遇。但是，如果谁都不肯对这高贵神圣而圣洁的诗带着敬畏之心进行仰视，那么诗永远都是纸上画出来的风景。

没有生灵的风景不可能从真正意义上去润泽真正的生命。

而枯萎的本质就是缺乏滋润的先决条件。

十五

他再次发现，自己越来越无法摆脱一些想法里的人或事，原本不在意的却总在夜深人静时思来想去，很在意的又总是熟视无睹。比如一直想用心写一首能让自己眼前一亮的诗，可是总有听到楼梯响却不见人走下来的嫌疑；心想成了习惯，仿佛诗也在跟自己玩着捉迷藏。

他端起了桌上的咖啡杯，顺着杯沿，轻轻地品闻着咖啡的香醇，像邂逅了久别重逢的老友，让自己从咖啡豆的粉身碎骨中，体会到一种付出的伟大和不出汗的这种劳动的荣光。虽然这弱小中的伟大没有气势磅礴的恢宏，却有着细腻如游丝的柔情，这份柔情让他的灵感在这个寂寥又活色生香的夜晚，完成了一次白纸黑字的花开花落。

我怎能，

不感怀于你区区弱小的千里迢迢？

在我面前，

为入我杯中，

给我思绪万千。

以及这一首又一首可以永恒世间的诗篇！可以有着日月光华的闪耀！

在他的笔下，诗像刚刚还在散发着醇香的咖啡，让他在写完最后一个句号时，更加感念于这个世界所带来的柔软和美好。

就因为有了诗，无论怎样的喧嚣繁杂，都能让他的生活有别于一日三餐的琐碎与普通。这是一种唯美难得的浪漫意境，也是他一直以来赖以生存的诗意天地，更是他赖以生存并为之欢呼的弱小生命。

十六

“妈妈，您的臂弯好舒服啊，有太阳，没有风，也没有雪，好暖和！”

他小心翼翼地收起诗稿，躺到床上却睡不着，他不禁想起了很小很小的时候。那时的自己觉得无论在家里说什么，家人都会百依百顺，甚至他躺在当时还很年轻的妈妈怀里，跟妈妈说这些话时，梁冰在一旁眼神里的妒忌和不安，现在还清晰地印在他的脑海中。只是此时此刻，好像只一个转身的工夫，连这份记忆都被时光漂白了。

可是温馨的感觉依旧存在。

嗯，仿如昨日。

他依稀记得很小的时候，妈妈也跟现在的梁冰一样，爱美、爱用属于自己的方式卖萌。他表面上从来都装作不屑一顾，但实际上并不讨厌，包括梁冰长大后，经常偷穿老妈的花裙子、长筒袜、高跟鞋，他都会觉得很有意思。他还清楚地记得，那个时候，妈妈曾经偷着哭过，还不止一次，无意中被自己发现了，老妈就谎称自己迷了眼睛。他也不拆穿，只是觉得女人的哭很讨厌，虽然是情绪上的发泄，但是，哭本身不但不会解决问题；相反，还会让见到的人觉得那是无能的表现。正是从那样的细节里，他领悟到了一种男人必须保有的刚强。只是，他也曾经有过想流泪的时候。但是这意念中的刚强让他打消了这种欲望。

或许，他就是在这样的心境中，走上了一条与诗为伴的人生。

或许，从他尝试写诗的时候开始，就已经发现非常开心的老妈竟然有了跟梁冰一样的少女情结，好像老妈和梁冰不是母女，而是两个愿意相守在一起的女伴。只是非常可惜，这些都一去不复返了。

老妈离开了，梁冰比之前更慵懒、更少言、更不像一个还有进取之心的人了。

时光很可怕，岁月好像更残酷，但谁又比谁更无情?

梁凉觉得，不知不觉中，自己将原本对自己很有爱的老妈和梁冰，一一变成了陌生的路人。

十七

“你怎么总拿着这些破烂儿发呆！”

梁凉好不容易将自己的注意力完全沉浸在对一首诗的深度思考中，不知什么时候，走近自己的袁莺莺一把夺过他手里的诗稿。

“你给我！”

他即刻条件反射地将袁莺莺手里的诗稿给抢了回来，但是，在他抢回诗稿后又非常后悔。

干吗要这么敏感？袁莺莺能这样待自己，说明她从内心里已经接纳了自己。只是，他发现自己比之前更敏感了。

“瞧把你给吓的，又不是你写给谁的情诗。”

袁莺莺趁他没有防备，又一把将那些诗稿抢走，但是却没看一眼，而是恶狠狠地将诗稿扔到他的办公桌上，然后转身离开了。

梁凉看到袁莺莺转身离开时裹挟的那阵风，将诗稿拉扇得散落了一地。

“你怎么回事？”

他冲着袁莺莺的背影大喊。

“别喊了，她已经出去了。”

庄北不过用眼睛的余光随意看了一眼，便头都没抬地对梁凉说。

梁凉开始觉得很烦躁，这么明显的无理取闹，庄北还不替自己说话。他非常气愤地一边捡起诗稿，一边觉得这编辑部跟自己刚来时的感觉一模一样，后来所谓的好不过是他的自以为是。

“我这寻思怎么改稿呢，她这一捣乱，全都忘了。”

他毫不掩饰地抱怨着自己的气恼。

“她那个人……”

庄北抬起头看了他一眼，好像有话要对他说，又好像根本就无话可说，只是摇了摇头。

“她怎么是这样的人啊？”

他觉得散文编辑在各方面的行为举止都应该是优雅而内敛的，至少要有散文的韵致或风韵。但是袁莺莺刚刚的行为让他觉得，袁莺莺即便写散文，也肯定是那种形散神也散的散文。这让梁凉对袁莺莺推崇的“黑土”也不由得有了几分连带的质疑。

“梁凉，你不知道，袁莺莺那个人看着好像哪儿都不错，实际上，她根本就看不出眉眼高低。你刚一接触，会觉得她挺聪明，实际上她笨得要死，但是你要真说她笨，有的时候她又精灵古怪得让你不得不佩服。就刚才她那一招挺讨人嫌，我就觉得一个管不了自己的人，最好也别惦记着管别人。自己心情不好的时候，最好别拿别人出气。在这里她是这个样，在家指不定什么德行呢。”

庄北几乎一口气地毫不犹豫也毫不掩饰地说出了自己对袁莺莺的诸多抱怨，甚至是一种控诉，梁凉听了，刚刚的愤怒即刻消减了一大半。想必自己没来编辑部的时候，庄北没少遭受袁莺莺类似的袭击，不然庄北怎会说出这么多肺腑之言。

“你俩生气了？”

庄北站起身走近梁凉，弯下腰将他身后没被发现的一篇诗稿捡起来，然后一边递给他，一边给他一个看不透也猜不透的笑容后便离开了。

“真是愁死我了！”

梁凉看着诗稿，已然没有了任何诗人生命里本该有的蓬勃朝气，好像有了比袁莺莺还多的消极情绪无处发泄却想急于发泄似的。他不禁发出一声哀鸣般的叹息，之后便一头扑在桌面上。

此时此刻的他觉得自己不仅头疼，还牵扯着心疼。

“不用跟她一般见识。”

庄北的声音幽幽地从他的对面传过来，听上去带有温暖的热度，让他觉得这世界上好歹还有人肯跟自己说句有温度的劝慰。

“男人谁能跟女人一般见识。”

梁凉抬起头，大度且随意地说。

但他又觉得袁莺莺说得或许也没错。如此一个业内响当当的杂志，与那些质量差的内容终日为伍，甚至要浪费大把时间进行所谓的修正、提携，更应该是不足取。只是梁凉觉得，即便一直都没发现让自己眼前一亮的诗，他依旧坚定地认为，好诗，或者可以拿得出手的诗，都在走来的路上。

“要我说，即使你收到的那些诗能结集出版，也不过是一本涂鸦的画册而已。”

袁莺莺走进编辑部，态度傲慢且有意将“而已”两个字说得特别重，好像在她的眼里，散文之外的任何表现形式都不可能尽善尽美，更无法表达人类内心的完整世界。

“不只是画册，还应该是花名册！”

庄北居然表情怪异地跟着补充了一句。

“也对，我的诗稿怎能比得了你俩的散文稿和小说稿。”

梁凉看着视线中的袁莺莺和庄北，尽自己的最大努力用一种平和的语气说，但是只有他知道，自己的内心有多么纠结，甚至有点后悔来《穿越人海》担任了这个诗歌编辑。

如果不来，就不可能忍受这眼前似乎很有道理的羞辱。

如果不来，就不可能见识如此“博学多才”之人的如此“学识”和“气量”，他反而觉得，从这一刻起很不容易建立起来的表面上还算融洽的关系瞬间瓦解坍塌了。

“此话怎讲？”

袁莺莺和庄北沉默了一小会儿，应该是心有灵犀一点通，达成了共识后，一起问梁凉。

“散文把个人隐秘的想法都变成风花雪月的感慨，而小说呢，则把不应该见光的都放到了众目睽睽的大雅之堂。”

梁凉不紧不慢地回答时，有意将“大雅之堂”四个字说得特别重。

他看着袁莺莺和庄北用相同的心态和相同的眼神看着自己，他无法理解袁莺莺不在场的时候，庄北可以像知心人似的对自己说袁莺莺的坏话，但是一旦袁莺莺在场，庄北即刻改头换面，一人饰二角的身份转换得如此快，让人看不出丁点破绽。

窗外是遥远的天际，一架飞机飞过后，留下一条细细长长的白线，在蓝天白云间，如一根长针，别有一番风情地别在天大的衣襟上。在这一刻，诗意准时准点地再次到来，只是这一次与以往有所不同。这一次，诗意的灵感只给他引荐了一个只有两个字的标题，叫作《执念》。

执念！

在内心深处，他与这两个字打了一个无人知晓的招呼。他觉得，虽然标题只有两个字，但可以生发扩展出更多的支脉和细节，而那些支脉和细节丝毫不影响用闲云野鹤般的好心态，透过玻璃窗了然自己的思绪，于此时此刻，或去云游天外，或自由随意地随时归来。

我思我才存在。

这才是他最喜欢的独处方式。即便他的身边还有袁莺莺和庄北，也丝毫不影响他义无反顾到乐不思蜀般的快乐，他像个少年。这才是他最喜欢沉浸其中的快慰之事，也是他经常沉浸其中的自我陶醉方式，更是一种让他极其认可的自我逃避方式，是诗情画意般的天马行空，也是浪漫脱俗的云淡风轻。

十八

回家的路上，他原本想给梁冰打个电话，嘘寒问暖几句。但是他依然觉得自己是既不想打电话，也不想回家，甚至再次不知不觉地走向了与家相反的方向。或许去那个僻静所在才是唯一的惬意之事。

梁凉走进有池塘也有木柱的长廊。长廊两边是荷叶莲花，池塘里有锦鲤带着吉祥游过，而长廊本身就是一道有文化故事的风景。

池塘的四周依然很安静，初绽的睡莲花朵一如既往地在寂静无声中悄然着孤芳自赏的婀娜。偶尔有走过路过之人，或熟视无睹，或只是随意地张望一眼，都是彼此生命中的匆匆过客。一切都像池塘里的水，没有涟漪。

梁凉坐到池塘边，在微风徐徐中，感受着春天特有的清凉，是傍晚特有的清凉，也是一个人在身心俱疲后的安静中，按下暂停键，尽最大努力在天地之间做到天人合一。有一茎长而弯的睡莲花，在周边满满的荷叶间，显得有些鹤立鸡群。一只黑色的蝴蝶栖落在荷叶上，随着水波的荡漾，悠悠然地在晚风中，与一池清水珠联璧合着所有和谐。

偶尔，他的身边有一两个走过之人，即便裹带着食品的香，也不过是瞬间飘过的一缕俗尘而已，只一瞬间便被这一脉清凉销蚀了所有的烟火气息。原来洗尽铅华似的这一隅角落，停留驻足本身就是一个错误。

他觉得自己越来越愿意离群索居。这不是什么好的现象，这只能说明他比原来更孤独、更不想与他人交往，甚至一如眼下这般选择了逃避，在汹涌的人流中隐藏起自己。

这样想着想着，在不知不觉之间，仿佛跳出三界之外的制高处，静静地俯瞰着世间凡尘的芸芸众生，全部在一刻不停歇地通往死亡的路上，劳顿奔波地疲于奔命，而自己也置身其中，从出生的那一刻便开始了这漫长的人生行程。只是这行程中的某些人异想天开地坐等着梦想成真，某些人则在拼尽全力与命运抗争和较量。恍然间，他觉得，自己每天与那些诗稿的交集根本就是在做无用功。

那些诗哪里是什么诗。

那些诗不过是用文字对这世间万物的赞美，或诋毁，或干脆就是病入膏肓的无病呻吟。对，是持续不断的无病呻吟。他努力地挤出一点浅笑，仿佛在嘲笑这是时代下大多数诗人不可治愈的诟病。

或许袁莺莺说得没错。

有些后悔的他为什么不在早上离开家的时候，把头一天买的那包烟带在身边。这一刻，最恰到好处的悠闲就是点燃一支烟，在这安静的时刻，让自己在烟雾缭绕中，看日落的光怎样斜斜地在眼前慢慢消失，然后以怎样的夜色深沉之时的不得不回家而无奈且无聊地没有归属感也没有方向感地离开。

再次感受到了自己活着的累和艰辛的他总是自说自话地胡思乱想，却都是生活琐碎。好像这有生之年一直都是这样，既没有什么了不起的宏图大志，也没有了心存高远的寄托，不过是有感而发时与诗为伴。在诗的世界流连、徜徉、驻足。除此之外，好像什么都是一片空白。

爱情、亲情和友情不过是写诗过程中的抒怀达意，都不过是一己情绪，跟任何人无关，也不太可能有关。他暗下决心，再不想什么关于诗的任何。这个时候的诗也不再那么神圣，他甚至有了一种从未有过的感觉，诗好像从没来过他的生命中，也从未影响过他那原本就有点杂乱无章的生活。

好一似食尽鸟投林，落了片白茫茫大地真干净！

他想起了《红楼梦》中的这句唱词。

他也好像第一次了然了这句话的表面情景和深层含义，甚至觉得用这句话来了然人的一生再贴切不过了。

梁凉顺着湖面看向更远处，那里有连成排的垂柳，垂柳倒映在水中的碎影有时完整，有时只是微微的一阵风，便如同散落到水面的银片子，在他那仿佛看穿俗世的视线中，晃来晃去，直到一点一点地恢复到原来的状态。

他发现，不知什么时候，在夕阳的余韵中，一位身穿蓝色长裙的女子安静地站立在水边，静气凝神之态，一如他自己。

他的视线瞬间被这新景象锁定了。

花叶之旁，一如自己的女子，一袭蓝色裙装，浑身上下有着一种与众不同的优雅和从容淡定。此时，那女子正安静地看着与他视线的同一个方向。他看着眼前的那个人，像《红楼梦》中的宝玉初见林黛玉。

这个妹妹，我是见过的。

怎么会这样?

他知道自己不是贾宝玉，也知道那位女子不是林黛玉，但他就是一遍又一遍地在内心深处，不断地自我循环且不被外人所知地感受着这越来越清晰的信息。

怎么会这样?

此时，在他的思维里只这一句不能再加入任何一字的自言自语不断地循环、不断地回放，清晰又明了。

这想法很忘我。

这想法很甜蜜。

他有些不明白，这应该吃晚饭的时间，视线中的那个人为什么也会有这样一种看上去是悠闲，实际上应该是心无所依般的安静。这安静也跟他自己极其相似吻合的状态，在相同的时间、相同的地点以相同的状态安闲于同一种凝望。

在他的眼里和思维里，恍恍惚惚中，时而清晰，时而模糊，如同夏末秋初的某个清晨，在露水清凉的一片晨雾中，还是视线中的这个女子，着一袭曳地长裙和透明披肩，披肩上细细碎碎的光影净爽而整洁，就像头一天晚上梁冰转眼间换上的那条新裙子。只是有一点不大相同，他脑海中想象的女子腰间顺出的两条细丝带如樱绳般在霓虹的光里不经意地晃动着。只一瞬间，便如白驹过隙般像做过的某个旧梦，有影有形又游移不定地消失了。

他定了定神，知道所有脑海中虚幻的景象既不知从何而来，也不知向哪儿而去，只是突如其来地来了，又抽身远离地走了。他不禁眨了眨眼睛，视线中的那蓝衣女子依然安在。

没有诗意的灵感出现，他也可以如此这般地走神。只是这一次与以往不同。这一次居然可以物化在某人身上，既是想象当中的意态纷呈，也是可以感知到的能量。如果这能量不是在这样的时刻，或许不会如此这般一触即发。

原来他的灵魂里有着一个不知不觉中受限的固定模式，是他希望能够遇见的另一半的雏形，或根本就是一个不可更改的固有模板。只是当他再目不转睛地看向那女子时，知道了此时此刻这潜藏了太久的能量或者希望以这样一种一见钟情的方式，让他在瞬间便认出了对方。

或许那女子也在茫茫人海中寻找着那个人。

他不由得站起身，想走近那女子。他觉得自己在这一念一眼的思绪万千中，产生了某种预感。是让未来的一切都有了一个可以开始的判断。这让他为自己的想法和行为感到由衷的快慰。不过是须臾间的凝神静思，不过是目不转睛中的全神贯注，偏偏就将眼前的一切如刻刀般地印到了心里。

他笑了。

曾经对自己的另一半有过模糊不清的框定和说不清该怎样的一个标准。只是这女子的出现，让他明确了一个不用想象便被定格的意念。虽然是靠着想入非非得来，虽然还不可思议地有着忘我的投入，但他却被动地被拉扯着，犹如星星点点中的风吹草动。

一如那女子的离开。

不是真正的离开，而是那女子换了一个欣赏花叶的位置。

十九

“你怎么一个人站在这儿？”

梁凉刚走了几步，突然被一个走近身边的人挡住了去路。

是宋舰。

宋舰是他大学时的同班同学。

他思考了几秒，才清楚了然了仿佛空降到自己眼前的宋舰。

“你怎么只拎了一瓶酒？”

梁凉看着宋舰的手里只有一瓶酒，觉得一向对喝酒并不是太感兴趣的宋舰很是奇怪，虽然他已经有三年的时间没与宋舰在一起了。

“刚买的，想喝？”

宋舰一边说，一边冲着他扬了一下手里的那酒瓶。青蓝色的包装，在他的眼前像一匹云骢闪过的骏马，即刻激起了梁凉灵魂深处的某种冲动——是带着诗意迸射的那种冲动。

“爱诗的人，看见酒哪有不喝的理由？”

梁凉全然忘记了自己与宋舰已很久不在一起的生疏，甚至觉得这一瓶酒仿若一根连接两人的绳索。尤其宋舰手里的那瓶酒，让他觉得还没喝就已经醉了三分。

“这酒你肯定没喝过。”

而恰好宋舰的这句话让他的眼里和心里都闪出一道可以被宋舰及时捕捉到的光亮。

“走，喝酒去！”

宋舰没再用征求的口吻，而是用一种不可反驳的命令，一把拉起他的手臂。这命令里还带着久违的热情，让他有了一种自己非常认可的感动，仿佛在最近那失落的日子里，被人捡起而且友好对待的温暖。

梁凉太了解自己了，如果放在平时，或许会对宋舰的这一举动假装无动于衷，但是这一刻，宋舰这命令里带着温情和温度，还有感召力，让他觉得宋舰的出现实在是一场难得的及时雨。

其实他的寂寥自己知道，只是他这样想着的时候，下意识地扭头看了一眼刚刚要奔赴的那个人和那个地方，却满视线里空空如也。

“你在等谁？”

宋舰问梁凉。

“你怎么知道我想喝酒了？”

他没有回答，而是反问，仿佛在这一刻，刚刚无聊时光里的异想天开和想入非非完全被宋舰的出现和他手里的酒所消灭了。

“我能掐会算，你不知道？”

宋舰笑呵呵地回应了他一句，非常友善地拍了一下他的肩。两人相视一笑，算是三年没见的一个见面礼，然后带着兴高采烈的心情和表情离开了。

二十

“人真的很怪。”

虽然梁凉随着宋舰移动着的脚步在离开，却若有所思般地看了一眼视线中已经空空如也的地方，仿佛越来越暗淡的天空也在清净如洗的余晖中变得干干净净，一尘不染。

“你真知道我想酒喝了？”

他看着宋舰，用一种自己不太确定的语气问，觉得与宋舰的巧遇很不可思议，就像冥冥当中注定会有这么一场意外的邂逅，虽然很奇怪，却让人很心安。

“心有灵犀一点通。”

宋舰说。

“确实是心有灵犀一点通。”

他非常赞同地点了点头。其实不只是自己觉得奇怪，宋舰也感到很奇怪。原本已经很久不往来的两个人，原本没有什么由头和理由聚到一起的两个人，居然在一瓶酒的感召下，像两个孩子似的满怀着希望甚至期盼，一边走，一边语无伦次地说笑，这更像两个长不大的孩子分开不久后的重逢。

此时此刻在宋舰那瓶酒的陪伴下，梁凉不仅有着对过去时光的某些怀念，也有一会儿喝醉后某种可以期许得到的美好。就像白天的太阳落入西山便无踪无影，但是每个人的心里都明了，它还会再来。恰好适逢了与宋舰的不期而遇，就是这样一种际遇。

二十一

“还去‘久久酒坊’？”

宋舰突然停下脚步，兴高采烈地问梁凉。

“必须是‘久久酒坊’！”

梁凉看着兴高采烈的宋舰，满怀欣喜地回答。

超级粉丝

Chapter II

第二章

一

梁凉曾与宋舰在“久久酒坊”里不止一次地大谈特谈诗歌。虽然每一次都几乎谈到昏天黑地，但是每一次交谈又都有着一个不可逾越的界限。那界限是个临界点，既限制着他，也限制着宋舰，好像关于诗歌，在他和宋舰之间，能谈的或不能谈的有一个不可逾越的雷池。

他无法忘记那些愉悦而美好的时光怎样滋润了那些过往而记忆的岁月，仿佛每一次相聚都有星光，都有月色，都有诗意的清晰与朦胧。梁凉总是觉得那样的人生才是有色彩、有旋律、有意义的人生，可是最后一次纯粹的灵魂碰撞之后，梁凉和宋舰之间心照不宣似的，谁都没再找谁，甚至谁都不再需要谁。

在梁凉的内心中，尽管还有隐隐的被需要，也有显而易见的需要，但是他和宋舰都心有灵犀地将这种需要和被需要很好地收藏起来。不仅如此，他们都将其束之高阁，不再念及。他想起了不久之前，自己曾有过一次冲动，想约宋舰去“久久酒坊”，像以往那般谈诗论诗，但是不过是那么想想而已，他没做出任何意义上的行动。

言多必失！

梁凉对那最后一次的高谈阔论给出了这样一个评价。只是更加遗憾的是，掐指细算，这让他恍如昨天刚刚发生的事情竟已经过去三年之久。

人生又有多少个三年。

那时梁凉正写诗写得昏天黑地，他不知斗转星移，信誓旦旦地要为诗所生、所活、所奋斗。

那时也是宋舰经常问及他一些无厘头的关于诗的若干问题的时候，只是三年过去了，包括刚刚来的路上，宋舰根本没再问及梁凉一个关于“诗”的字。想必不仅在宋舰身上，即便在自己身上那时的诗兴余韵及刚刚的兴致勃勃已经消失殆尽得无影无踪了吧。

就连梁凉自己在当上了诗歌编辑后，也没有兴高采烈地将这个好消息当成喜悦，及时告知宋舰。包括此时此刻走在自己身边的宋舰，他竟然没有告诉他一星半点的兴致。

或许，无论是诗，还是诗歌编辑，都应该谈论不出当年的激情豪迈了。

二

“这家酒坊变样了。”

梁凉和宋舰推门走进“久久酒坊”时，二人同时一边看向对方，一边将视线投向已经完全变了模样的宽敞大厅。

不过是三年没来过，酒坊的大厅已没有了当年靠墙的桌椅，取而代之的是排列有序的被间隔得错落有致的桌椅。

酒香依然还在。

弥漫在酒坊任何一处空间的酒香比三年前更具有浓厚的国风特色，兼具着酒文化的魅力填充，这让梁凉庆幸这场邂逅及时又适时。

梁凉决定，不像三年前那般大谈特谈自己狂妄的野心和意欲在诗的天地之间遨游、飞翔，甚至想成为主宰之类的忘乎所以的口无遮拦，这一次，哪怕宋舰牵头说什么诗意人生，他都相信自己只会用点头附和而不需要任何一句言语的配合。

尤其自己当了诗歌编辑这件事是最没必要提及的。炫耀？在自己或许以为在分享快乐，但在对方却完全可以被理解为有意让对方难堪甚至心生不愉快。

三

“其实，刚见到你的时候，我想喊你去我家喝，但是我家的粗碗不适合咱们喝这瓶酒。”

宋舰坐下，一边把玩桌上的玉瓷酒盏，一边挂着满脸谦和的表情，和颜悦色地说。这让梁凉知道宋舰的心情不只是极好，而且是可以持续的极好。但是他觉得这种好似乎有些蹊跷，虽然宋舰不一定会分享给自己，但是却可以让他以不知其实质地分享。比如彼此说一些不着边际的废话；比如绕开诗，说一切与诗无关的话题。但是他却在无意间发现，宋舰浑身上下洋溢的不仅是邂逅了他之后的兴高采烈，而且是根本无法掩饰，越聚越多地成为酒桌上比酒香和菜香还要浓郁的喜悦。

他不禁放下不会有结果的胡思乱想，模仿着宋舰，拿起自己的酒盏，虽不比豪饮，但定然是畅饮得一盏接一盏。

直到梁凉和宋舰快速地喝到醉眼蒙眬，才不得不将各自的酒盏放下。

梁凉这才发现，酒盏描金的口沿处忽闪着一条精细的光点，想必畅饮抑或推杯换盏都会在这尽显巧合的不期而遇中，让梁凉一次又一次地在酒盏温润的酒香中，如温婉顺从的女子，尽心尽力地施展着内在的柔美和妩媚。

包括帅气、大度和从容。

“都是你爱吃的菜。”

宋舰语气温和地对梁凉说。

“确实都是我爱吃的菜。”

梁凉点头回应时，心里很是感激，但是依然决定不与宋舰谈及诗。

“梁凉，我觉得你更适合写词。”

“写词？”

梁凉举起酒杯，还没跟宋舰碰杯，便听到了来自宋舰的话，既像发自肺腑，又像准备了很久。

“是歌词。”

宋舰看着十分惊异的梁凉，态度温和地又补充了一句。

“说说你的高见。”

梁凉对宋舰说。

“高见倒是谈不上，我也是接触不长时间。”

宋舰这一句话让梁凉懂得，在这分开的时日里，宋舰一头扎进了“词”里，只是这酒仿佛是因为词而成了庆功的酒。

梁凉看了看桌上四个人都吃不了的菜，红红绿绿，真有庆功宴的感觉。

“如果把诗看成音乐里的高音区，我觉得词就在音乐里的低音区。”

宋舰说。

“啥意思？”

梁凉没听懂。

“我觉得词应该是作者情绪失衡状态下的产物或是结晶，诗更注重时空的表达，诗的意境和意义在高度上能更高一些，在深度的挖掘上也能更深厚一些。”

宋舰说得很认真，梁凉听得更认真，只是宋舰还想说什么，却欲言又止。

“这酒真好喝。”

梁凉端起自己的酒盏，向宋舰示意了一下，自己带头喝了一口，然后既不是欲言又止，也不是略有所思，而是深思熟虑地对宋舰说道：“对于你说的那些，虽然我听得一知半解，但是大概的意思我明白。”

“明白就好。”

宋舰听了，一边笑呵呵地回应他，一边喝了一大口酒。梁凉见了，不禁在内心深处长长地叹了一口气。

宋舰再不是当初的那个宋舰了。

宋舰与梁凉交流词或诗的时候，带着不失高高在上的一番小心翼翼，也有任他再怎样有学识也无法辩驳的心有余而力不足，这让梁凉无形当红，自怨自艾地生成了一种油然而生的自卑。很真实，不仅如此，还会长久地在他的生命中存留、延续，甚至扎根。

这很可怕，也很恐怖。

这顿巧遇的酒局以及与宋舰的不期而遇是命运的有意安排，也是对梁凉自己近一段时间的苦恼、烦躁和不安有意进行的一种拯救。虽然这是他并不认可的方式，但是他在内心里还是很受用的，毕竟大千世界里能与自己说到一起的恐怕只有宋舰了。他甚至认为，最近自己之所以一次又一次地不愿意回家，或许就是在进行着这种等待。

等待这场与宋舰的相遇及懵懂中的有所得和有所获。尽管他和宋舰之间并没有像三年前那般欢乐，但是此时此刻的梁凉和宋舰像极了婉约之人遇见了豪放之人，彼此之间既可以在精神上进行互补，又可以通过灵魂的契合而达成一种完整或完美。

合拍也好，花开花落也罢，总之，快乐像酒香一般在梁凉和宋舰的身边弥散、飘荡。

“非常好。”

梁凉由衷地赞叹一句。

梁凉觉得宋舰与自己，一个充满了阳刚奔放之气，一个具备圆柔沉静之美。两个人在一起，无论是谈论诗词，还是举杯共饮，都一样开心愉悦，但是两个人的心态和心境却有所不同。

梁凉不由自主的自卑一点一点地变成了胆怯。这种胆怯让他觉得，自己这一刻在气势上真的比不得宋舰满身心甚至满灵魂的近乎前程万里甚至鲲鹏展翅前的意欲高飞。他这才发现，自己一直以来的不开心、沮丧不是源于老妈和梁冰，来自袁莺莺和庄北，而是源于自己的不开心。

像一朵行将枯萎的花。

像一段已经老去的时光。

梁凉恍然明白了自己为什么写不出能让自己满意的诗句——如果心灵的湖水干涸了，还要求给其周围的农田灌溉，不是谈何容易，而是不可能。

“今天这酒喝得爽快！”

宋舰好像看出了梁凉的心思。

“是很爽快。”

梁凉慌忙迎合。

其实，虽然这顿酒他与宋舰喝得确实都很爽快，确实都是酒逢知己般的百杯嫌少、千杯不会醉的感觉，但是他自己越喝越清醒，越喝越兴奋，越喝越仿佛腾云驾雾般地不是在酒桌旁，就是到了外面的路边，甚至到了星空之下。不仅如此，他还清楚自己在宋舰的心目中虽然算是高大上的一个存在，但是真正与宋舰进行对比时，自己早已有着很多很多的所不能及。

比如，宋舰早早就有了女朋友，是在大学时代。

比如，宋舰早早就结了婚，是在大学毕业不久之后，当时他跟大学时代的女朋友刚刚分手，就转身天涯地步入了婚姻殿堂。

这两个比如，梁凉都没有做到。

再有就是宋舰在印刷厂工作。曾经宋舰对他说过整天在印刷厂里看着别人思想的火花繁花似锦地由原来的电子文档变成一部又一部的白纸黑字，又哪一个字哪一本都与自己没有关联，心里的纠结和挣扎可想而知。

“我开始写歌词了。”

宋舰对梁凉说。

“知道。”

梁凉回答完，被自己的回答吓了一跳。

“你怎么知道？”

宋舰问梁凉。

“你说了我就知道了。”

梁凉一脸无辜地看着宋舰，觉得三年不见，自己与宋舰之间不只是有了直接断崖的距离，更有着无法弥补的间隔。

比如，宋舰已经写歌词了，而他自己竟然不知歌词为何物。

比如，宋舰的兴致勃勃完全是有因果的，但是他只能看到表面，实质上的内容再不可能像大学时那样，怎样的喜欢、怎样的烦恼、怎样的进步和怎样的成绩都被彼此了如指掌。现在，虽然他与宋舰近在咫尺，却像熟悉的陌生人。

梁凉看着宋舰想。

“你怎么不吃菜了？”

梁凉看着宋舰一直没动筷子的手，不过是端着酒杯，一直沉浸在一种近乎忘我的快乐中——是自我陶醉式的忘我。这让他觉得异常尴尬，甚至觉得自己有些多余。

诗成了横在梁凉和宋舰之间的虚幻楼台，虽然可以隐约感知到，但又不可见。

词成了横在梁凉和宋舰之间的雨后彩虹，既美丽，又可见，但是那是宋舰心中的彩虹，而不是梁凉心中的彩虹。梁凉并不知道那道彩虹的存在，即便那道彩虹就在眼前，他也无法感知到它的美丽。

梁凉明白了，宋舰有了新梦想和新欲望。只是当他下定决心准备与宋舰认真谈论歌词时，宋舰却将话锋一转，又避而不谈了。宋舰这有意的躲避让他觉得自己犹如云里雾里，甚至觉得宋舰更加陌生，好像他和宋舰都在自设囚牢的同时，又极力地躲避着什么、忌讳着什么，即便两人近在咫尺。

“不错，不错，非常不错。”

梁凉在内心发着与自己说出去的“不错”截然相反的感慨。他觉得宋舰的有备而来不仅是一场意外邂逅，更有一种不想让他知晓太多的蓄谋已久，尽管宋舰说了一些，但那仅仅是蜻蜓点水。

人心确实可怕。

他当即决定，当着宋舰的面，除了酒话，不再说一句心里话。

四

“今天这酒喝得……”

宋舰与梁凉走出“久久酒坊”的大门时，有意没说后面的“爽快”两个字，或许宋舰有更不能溢于言表的好事，不适合说给梁凉听，毕竟三年时间已经过去，别说是三年，哪怕是三天的弥补，也定然是个无法天衣无缝的缺口。

“哈哈哈！”

梁凉站到路边，看向路上行驶的车辆，竟然失控地笑出了声。

“哈哈哈！”

宋舰也随即笑了起来。

“先过马路。”

宋舰用手指了指面前十字路口的斑马线，然后，几乎是与梁凉相拥着走过马路。

“你一点没变，而我胖得太多了。”

过马路时，宋舰一把搂住梁凉的腰，一边走，一边心绪激动地对梁凉说。

梁凉看了宋舰一眼，觉得只这一句话，就让自己内心深处很多柔软的东西即刻如水草漫涌般全部浮现到脑海。突然，他想对宋舰说自己最近对于诗歌创作的认知有了一定程度的提升，还想对宋舰说说当年自己很迷茫，没有方向感，但是现在有了很清晰的判断。

比如写诗，不能只描述客观现实，要更多地表达表面之下所蕴藏的那些哲理、内涵，包括一些主观能动的规律。还有，不能总是为了情绪的宣泄和表达而刻意于风花雪月的诗情画意，要尽量兼具民族大业的忧患意识、爱国意识，包括家国情怀。如果仅仅是为了发泄、分享自己的不满和抱怨，即便写出了诗，也不一定是好诗。

他一向认为，写不出好诗，就没资格当诗人，从更严格的意义上讲，根本就不配“诗人”这两个字。只是非常遗憾，到了与宋舰分手时，他也没提到与诗有关的只言片语。或许宋舰与梁凉一样，都在内心深处盘点着这场意外的邂逅里不得不清晰明了的某些自知之明，以及不可言说。

信仰，可以仰望，却无法在梁凉与宋舰之间进行任何意义上的共享。即便是遥遥相望的一种分享，也不想让对方知道自己依然停留在当初那个仰望的位置，不仅寸步不离，而且心怀更加无法超越的敬仰与虔诚。梁凉这样想，他觉得宋舰也会这样想。

梁凉有些后悔刚刚见到宋舰时惊喜中的下意识决定，虽然杯觥交错中和宋舰依然谈笑风生、兴高采烈，但是他和宋舰都知道，彼此之间都戴了墨镜，都穿了外套，都穿了马甲，都不想进价真正意义上的以诚相待。

“哈哈哈哈哈哈！”

梁凉想到了自己刚刚的想法，不禁又笑出了声。

“哈哈哈哈哈哈！”

宋舰仿佛懂得梁凉的心思似的，也跟着笑出了声。

梁凉看着宋舰，脸上露出灿烂的笑容，依然是青春有朝气的脸，依然稚气未脱又早已岁月经年般地成熟了。

“我们有缘。”

宋舰笑着说。

“不是一般的有缘。”

梁凉也笑着说，但是他笑着说的同时，在努力地掩饰着自己的另一面。原来他对以往的准确判断，在这一刻又更进一步地得到了印证。他明了了自己与宋舰之间再不可能在同一个频道上前行了。无论是幽怨的词，还是豪情奋进的诗，都没有可能了。只是他不能说，也不可能说。

梁凉恍然有了一种愧对人类的歉意，好像诗的天空和大地没有他的努力，也没有他倾尽所有的付出。虽然他身上不乏作为一名诗歌编辑的责任和担当，但是他深知这责任和担当不只是自己作为编辑个人的，也是国家和民族的，只是这气宇轩昂的信誓旦旦又怎好讲给宋舰听。

即便宋舰拎了一瓶酒，又点了那么多自己爱吃的菜，但是在宋舰的人生中，诗仿佛已经全部蒸发了。

“如果你是个女的。”

宋舰用手指着梁凉，在两人即将分手时说。

“如果你是个女的。”

梁凉听了，模仿着宋舰的口吻，用手指着宋舰。

“那可就太好了！”

梁凉和宋舰几乎异口同声地说，之后，他和宋舰又几乎不约而同地伸出各自的手臂，勾肩搭背地继续着笑，且这笑真假参半。

“人生没有不散的筵席。”

宋舰终于在两个人不得不分手时，说出了也是梁凉想对他说的话。

“有缘我们再见。”

梁凉说完，冲着宋舰做了一个打电话的手势，可是他整个人却在这一刻僵住了。

他突然想哭。当初他和宋舰之所以投缘，是因为两个人都带着各自的兴致和懵懂喜好，在一起共同探讨、共同进步、共同喜乐，而现在的选择或是决定都仅仅是个人行为。

在这一刻，诗或词反倒成为两人之间的一个障碍。

“好好写你的词。”

梁凉向宋舰挥了挥手，算是最后的道别。但是他却觉得自己的鼻子依然发酸，仿佛很多旧事即便想忘了、想埋葬，也只能是以后的事。眼下他想起更多，既有刚刚发生的，更有曾经的那些过往。

念大学的时候，梁凉与宋舰一起买诗集，探讨不同诗歌的不同风格与不同特质。还对古今中外很多诗人的生活、生平及生命意义和价值进行各种形式的讨论和探讨，好像每一次都因为各自的了解和理解不同而有争议，但是每一次又都能在最后达成和解。因为诗人的诗本身是最好用的一把金钥匙，只要再将探讨的话题回归到诗的字词句上，他和宋舰便都有着不约而同的几乎是心有灵犀一点通的包容之心，并且两人可以在相互理解的基础之上，各自让步，各自反思，甚至自我检讨。只是他无论如何都没有想到，若干年后相遇之时，两人在推杯换盏的“推心置腹”中，仿佛都不曾有过那样的曾经和经历，甚至当时视为生命和灵魂的诗句，根本就没在两个人的生命交往中出现过一句一字。

人心真奇妙。

人性更是深不可测的幽深玄肆。

有缘我们再见。

梁凉嘟哝了一遍宋舰刚刚说过的话，天知道下一次聚会在什么时候。这样也好，在他和宋舰各自的潜意识里，如果诗是一处不能触碰的暗礁，躲避、远离或只剩下一人也不失为一种明智。有道是想着宋舰这一瓶酒的激情豪迈，他在自己的思绪万千中，仿若酒醉之后，只一瞬间，便剩下了梨花树下独舞红袖的沉醉之人。

欢天喜地，却不乏靠着酒精的保鲜，只是这让他觉得自己的灵魂因此得到了前所未有的滋养，虽然是以被动的形式。

五

梁凉回到了家，既没有关心梁冰是否在家，也没有关心老妈离开后是否给梁冰打过电话之类。他走进自己的卧室，一头扑到床上，思绪比喝酒之前更加清晰无比。

怎么就遇见了他?

他有些后悔，但是最让他后悔的是，如果宋舰再晚些遇到自己，或许今天的这个夜晚就会改写。他想起了那个自己意欲走近的女子。回家时为什么没想着去荷塘边看星望月、吹晚风? 如果真去了，最起码可以看看荷塘的月色，可以品闻夜风的清香和月夜的微凉。

他坐起身，觉得在酒后的清醒里，正与这个世界做着最亲和的接触或是最恰当的相融，在天人合一中，体味一种诗意灵魂不请自来陪伴的惬意。

他拿起笔，一气呵成地挥笔写下了曾经想写却一直没有写出来的有关爱情的诗句:

给你我所有的热情，
是最滚烫的那一种。
醉后，
惺忪着一半的清醒。
恍看那盏写意睡莲在绢上的纱灯。
还有弄姿摇曳的光影，
与秋天冻霜里的凉珠做灵魂的呼应。
一个晶莹，
一个透明，
却彼此看不清。
即便有百足，
也不过是脊蛊虫被囚禁的灵笼，
是早已被锁住的这一场命中注定，
而还祈求灵魂的自由、碰撞出花火。

“真是好诗！”

梁凉看着白纸上的黑字，忍不住赞叹着自己的文笔。他欣喜若狂地发觉这不仅是一首好诗，也是可以充饥的精神食粮。

他不禁看了一眼窗外。

深邃的夜空有星星在眨眼，月亮像缺了一个块的圆盘，高高地挂在天际之上，远远的，又似乎是近近的。

热情！

他又看了一眼自己刚写的诗，觉得热情不只是纸上的文字，而是悄然走进了自己的人生。

包括爱情，以及和爱情有关无关的人、事。

六

“怎么又出来一个这样的杯子？”

半夜，梁凉醒来后，刚要走进卫生间，又忙不迭地退回到客厅的茶几旁。

一个曾经碎掉的杯子，明明是他亲眼所见，怎会再见到一个完好的？他揉了揉眼睛，以为自己没有酒醒，但是他分明清醒得跟没喝酒一样。

“不行？”

梁冰的声音从梁凉的身后传来。

“不是……这！”

他用手指着杯子，不知该如何与梁冰对话了。

“这两个杯子是一对。”

梁冰一副不屑于理睬梁凉的高傲姿态，这让他异常后悔自己这么多管闲事。

“问题是。”

他还是有些弄不清楚。

“那个杯子坏了，是我自己打坏的，当时心情不好。”梁冰说了一句，又补充道，“当时要不是老妈讲我一句，我也不可能把那个杯子打碎，都怪妈，我越不爱听什么，她就越爱说什么。”

梁冰说话时沉着脸，拿起杯子一边仔细地端详，一边像回看她曾经的爱情故事似的问梁凉道：“你说，如果这两个杯子就是两个人。”

梁凉听着梁冰的问话，有寻找人生方向的嫌疑。这么重要的抉择，他不敢参与。

“问你话呢！”

梁冰不耐烦地冲着他抱怨了一句。

他看了梁冰一眼，想说如果这两个杯子是两个人，那其中的一个人已经离开了，另一个要怎么办？离开不离开都只剩下了自己。但是任性又有主见的梁冰不可能跟他要答案。梁凉也懒得回答，只是他径直走进卫生间，刚关上门时，就听见梁冰将杯子打碎的声响传来。

“精神病。”

梁凉急忙拉开卫生间的门，果然是梁冰将刚刚的那个杯子打碎了。

“你就是个精神病！”

梁凉冲着梁冰不满地抱怨。

他很想对梁冰说杯子是无罪的，但是他实在懒得对梁冰说，梁冰也不可能坐以待毙地等着他说。可是他太厌恶梁冰这种发泄情绪的方式了，用毁掉某种物品作为眼不见心不烦的结果，这不应该也不道德。

梁凉不禁感激起诗的存在，这世上因为有了诗，他才可以化干戈为玉帛。遇到想发泄的情绪，就可以用心用情于诗意的表达。这种表达总能让他不至于让自己的情绪在恶性循环中重复。

最重要的是，诗可以表达这世间的一切。

七

梁凉很快进入了梦乡。

他的梦境很沉静，一如窗外的月色，带着若隐若现的朦朦胧胧，让他在半醉半醒之间，一觉醒来推开房门，面对着依然、闲散、慵懒的梁冰，觉得这生活即便有快乐，也不过是白驹过隙般地一闪而过。

碎掉的玻璃杯已经被收拾干净了，他与宋舰分手后的诗兴已荡然无存到没有了任何痕迹。上班的路上，他又一如既往地没有了快乐，也没有了失意，有的只是按部就班，像行走的僵尸。

原来快乐的生活总是一闪而过，不快乐却是生活的常态。

他似乎从昨天和宋舰的小聚中悟出一些人生百态的东西，人要么就是这样敞开心扉的另一个自己，要么就是每个人都在进行活生生的又被对方看穿的拙劣表演，其实何尝不是这样呢？他又从梁冰摔杯子的举动中悟出人其实是多么可悲的一种动物，只能借助那种摔东西的最低层次的方式来发泄，为何不采取一种更高雅的方式呢？这难道不是更好的修为？但是千面人万种心，有几人能真正地去修为？

梁凉嘴角又露出稍纵即逝的窃笑。

八

“我又发现了一篇好文章。”

袁莺莺的声音听上去一惊一乍，但是带着一种无法掩饰的喜悦，凭借经验，梁凉和庄北都知道，袁莺莺又收到“黑土”的散文了。

庄北敷衍着应和了一个“哦”字。

“不错。”

梁凉比庄北的敷衍多了一个字。

“确实是好文章。”

袁莺莺对庄北和梁凉的态度毫不理会，依然自顾自地盯着电脑显示屏。梁凉看到偷着抬起头的庄北，匆忙一瞥中与自己对视一眼，然后无动于衷地继续忙着自己的工作，继续修改即将出刊的诗稿，他才不愿意因为自己的所谓好奇而影响了好不容易才稳定下来的注意力。

只是。

梁凉放下手中的诗稿，不禁开始发呆。

作为一名编辑，为人做嫁衣确实是自己的本职和本分，但是掺杂了过多个人的喜好和情感，虽然没什么不对，但是如果过于偏爱，或给予厚爱，就显得太过。而他收到的诗稿还与原来的一样，像天上的星星，即便有几颗星星很大很亮，但还是星星。

他不禁想起头一天傍晚在池塘边见到的那位女子。这一刻，她仿佛又回到了他的视线中，依然是那袭蓝色长裙，服帖地凸显着形如柳叶的身形，一如某个清晨醒来的自己，露水清凉在一片雾霭中。

他不禁走近了那女子，看着那女子身上的透明披肩以及披肩上细碎的光影，一根细裙带不只在光影里晃动，更如白驹过隙般地在他依旧如梦的游移不定中，有影有形得没有任何一丝遗漏。

他不自觉地摇了摇头。

他很惊异自己的这种状态，仿佛见到她的时候都没有现在回想起来的印象更清晰明了，甚至在他全部回想的过程中，还带着一种美化出来的美好。仿佛一幅天地间的水墨画，清风徐来中、万籁俱寂中、夕阳西下时，一种风情和一种心情不是印在脑海里，而是全部种到了他的心田。

像种子，一粒优秀的种子。

也应该是种子，一粒遇到合适的土壤、合适的温度就可以发芽的种子。

他再次不自觉地摇了摇头，觉得自己这一瞬间的精神溜号不但不奇怪，还带着如丝如缕的淡淡忧伤，像弄丢了什么，又像根本没有过这场遇见，一切都好像他自己的心情和想象在作祟。

他再次认为自己已经开始像袁莺莺对“黑土”的偏爱、庄北对前女友的呵护，只是那个刚刚在脑海中出现的人，在他的生活中并没有与他发生任何交集。这才是让他最为难也最难过的根源。

九

“‘黑土’可能会画画。”

下午，编辑部又如以往般寂静无声，偶尔袁莺莺会如此这般自言自语。凝滞了太久的空气虽然会暂时流通，但只是短暂的瞬间，便让一切快速恢复到原来的样子。

静默和静寂真是不能太久。

梁凉这样想着时，见庄北一边偷着伸懒腰，一边偷着瞥了袁莺莺一眼，脸上带着不屑的表情。

“真的，不信我给你们念一念，你俩也都听一听，这如果不是一个学绘画专业的人，根本就不可能写出来。”

庄北则不但不准备认真倾听，反而起身离开了。袁莺莺见了，既不予以理睬，也权当没看见似的极力在酝酿自己的情绪，梁凉只好硬着头皮准备进行一次左耳听、右耳冒的死猪不怕开水烫的自我较量。

“他立于风中，见她一袭素装上的三两抹花色，朵朵都是待开未开的蔷薇，在一隅绿篱的景致里，悠然着几许闲情。落脚处，还存留着一些不易被发现的安然自在，带着土黄色的浮尘，在微凉的夜风中，让所有的意念，都在夕阳西下的那一刻，翩翩起舞后，弄影摇曳成这暗黑之处唯一的光景。他看到了她真正的笑容，他不过是希望这世间的一切，除了她自我淡定的从容之外，一切都与她无关。他希望她只爱她自己！”

袁莺莺朗读的间隙，抬起头用欣喜的目光向梁凉问询，见梁凉确实在听，再看向文字时，还下意识地摸了摸自己衣领处的一个铃兰胸饰。

“是不是很好看？”

袁莺莺依然看着“黑土”的文稿，却心思很重地问向梁凉。

“好看？”

梁凉不置可否地不知袁莺莺是问询她念的那些文字，还是她刚刚摸到的铃兰胸饰。

“给你，看和听根本就不一样！”

袁莺莺顺手将打印在两张 A4 纸上的文稿递给了梁凉。

梁凉拿过那两张纸，只看了一眼标题下的开头，觉得从秒看的感觉上，还算好看。但是他不过是匆匆地看一眼，便觉得满页的字句里都有云烟缭绕的氤氲之气，想必有层次感，但缺乏必须贯穿始终的灵性。

只是能写出这样文字的书生，必定是古国故里的文人墨客或缱绻书生才会有的闲情逸致。

“是‘黑土’写的，还是你写的？”

梁凉觉得满页的书卷气里还有一些浓重的暗香在涌动，像婉约派的细腻，在字里行间，如绵里藏针一般，即便有刚柔并进，也是另一种形式上的隐藏。

“我写不出来，是‘黑土’写的，你留着看吧。”

袁莺莺对梁凉说这番话时，满脸洋溢的不只有神采飞扬，还有悠然自得，仿佛纸上的文字写的不只是作者的感同身受，而是作者精细描摹的袁莺莺的生活。

梁凉了然了袁莺莺对“黑土”的情有独钟。他觉得从编辑的角度来看，有这样的作者一路跟随当然是可以引以为傲之事。他敢保证，如果自己的投稿作者里也有这样的作者，他相信自己也会如此这般得意。他不禁叹了一口气，觉得同样在一起工作的编辑，袁莺莺和庄北确实幸运。相比之下，自己的不幸运倒显而易见。

“很让人羡慕。”

梁凉不自觉地夸赞了一句后，觉得给自己投稿的那些作者心很散、字很俗，每一首诗通篇看下来都缺乏必要的情理逻辑，空有韵、空有节奏而没有灵魂，即便是长诗，也无法称其为诗。

诗，是生命灵魂可以存活的根脉。

诗，是灵魂可以开花结果的生命河床。

诗，是生命可以生生不息的方向与灯塔。

是的，是灯塔，是有生命气息的灯塔，是无论白天还是黑夜，都能给人类的灵魂以光亮、以热量、以力量的灯塔。

梁凉这样诗意蓬勃地神游了一瞬间后，倍感失望地觉得，诗真的不足以让更多人必须热爱或必须深爱，因为诗的美好，不懂得又怎会感受到它的力量。

“我觉得，写诗的诗人们之所以不能提升到更高的高度，不只是因为修行不够，更是因为缺少一种爱。”梁凉仿佛在自言自语，又好像是因为看了手里的那些字有感而发地一边慨叹，一边继续补充道，“是缺乏真爱。”

“真爱？”

庄北一脚在门里，一脚还在门外地问梁凉。

“是，写作只凭一种热情远远不够。”

梁凉语气坚定地说。

“有真爱就够了？”

庄北问梁凉。

“有真爱也不够，但至少要有真爱。”梁凉说完又补充了一句道，有真爱，可以不计较付出的多少，还肯心甘情愿，最重要的是，有真爱都不一定能守住缘分，不爱或简单的爱、浅浅的爱甚至假装的爱，尤其对于写作，根本不可能得到想要的结果。”

“说得太好了。”

袁莺莺突然拍了一下桌子，完全是激情澎湃的意气风发，好像梁凉的每一句话都说到了她的内心深处，只是庄北听了不但不说一句话，而且整整一个下午，直到下班都没再言语。

“你呀，你那番话捅了庄北的心肝脾肺。”

庄北不在的时候，袁莺莺煞有介事地对梁凉说。

“就因为我那些话？”

梁凉不解地问袁莺莺。

“对呀，你别看庄北是写小说的，好像很懂人性，但是连他自己都不知道他究竟爱谁，更别说什么真爱、假爱、错爱，他什么都不知道，他只知道他不娶他老婆，就得不到他老婆的家产！”

袁莺莺一口气说完，还觉得意犹未尽。

“真的假的？”

梁凉说出这些疑惑的时候，声音很弱，甚至他自己都有些听不到自己的声音。

他不由得想起了柳绒。觉得自己好像与庄北差不多。只是非常可惜，袁莺莺原本想继续说话，但是庄北走了进来，编辑部又开始了长长久久的沉寂。

袁莺莺带着情感朗读给梁凉的那些话，包括庄北离开时袁莺莺又说出的那些话，在沉寂中仿若树上迎风摇摆的叶子，不声不响地刚落进水里便被涌动的水流带走了。

无声无息且无踪无影。

梁凉恍然觉得，每个人或是人与人之间真的很奇怪。虽然喜欢抑或欣赏是一己私事，别人的认同或不认同本无所谓，可偏偏有的人就是很在意，一如眼前的袁莺莺，不过是一篇她喜欢的文字，自己喜欢就是了，偏偏要梁凉和庄北作为一种她真心喜欢的见证。

谁会真正在意这些？

就像那一片片落进水里的叶子，风将它从树上吹掉，但是，风根本没在意它的去留与否。

“你就回答我一句，你究竟爱不爱我？”

梁凉想起了有一次，柳绒居然很孩子气地问他这样一句话。当时梁凉好像想回答不爱，但见柳绒的态度好像很在意，他便回答了一句：“我只爱更优秀的我自己。”

“这个春天你们能不能结婚？”

梁凉清楚地记得在那个天色阴沉得一如老妈的声音一样，听没听都让人毛骨悚然的夜晚，他的老妈用史上最严厉也最充满希望的口吻郑重而严肃地问他。

“结什么婚？我们这就要分手了。”

梁凉对老妈的问话极其不满，有意将“我们”两个字加重，尽最大努力地将这个梁凉的老妈根本不想听到的结果说成两个人的合谋。

“为什么？”

梁冰听到了，像野兔一样几乎没用跑，便从自己的卧室蹦到了梁凉的面前。

“你们说为什么？”

梁凉知道自己的回答让老妈感受到了五雷轰顶的震撼。但是对于他来说，这也未尝不是真正意义上的解脱。谁愿意用自己的爱情和婚姻做一场随意将就的不遂心愿的赌注。

梁凉才不会用自己的人生做什么实验。

“说，为什么要分手？”

梁冰看了一眼老妈后，几乎是代替老妈向他发问。

“那你说，你为什么跟大鹏分手？”

梁凉这一句反问让梁冰和老妈都感到意外的同时，他还看到梁冰的脸包括梁冰的心里，还有老妈的脸和老妈的心里，都阴云密布。之后，便是几天的谁与谁之间都不再言语，虽然都在一个屋檐下，却仿若陌路人。

“你俩太让我失望了。”

有一天晚饭后，梁凉的老妈看着餐桌上的饭菜，像自言自语，但又是对梁凉和梁冰说。梁凉听了跟没听见一样，他不想在这么严肃的大是大非问题面前，被老妈或是梁冰所牵制。

“男人真是没有一个好东西！”

梁凉记得，当时柳绒见他一句话都不想回答的样子，狠狠地说了这么一句话后便离开了。但是柳绒离开的背影却不像来找他时那般理直气壮地三步并作两步，而是一步一步地离开后，走着走着还蹦跳了几下。那一刻，他确信自己的决定无比正确。

他实在无法想象，试图改变一个人或试图调教一个人该有多么愚蠢和多么不切合实际，单单从柳绒离开的背影，他就完全可以判断出自己的决定不仅是正确，更是恰到好处。这不仅是悬崖勒马，而是压根儿就不往有悬崖的方向靠近。

他觉得自己与柳绒完全属于两个不同世界里的两种不同的人。

他才不相信这世上的哪个男人可以彻底纠正一个与自己的喜好完全不搭边的人。梁凉只想终日徜徉在自己的诗世界，美轮美奂，纯净无瑕。最重要的是没人能够打扰到自己，而自己也沉溺其中，不仅流连忘返，更想一生一世都深陷其中而无怨无悔。

这就是真爱。

下班的时候，梁凉很想将这一段心路历程说给袁莺莺和庄北听，但是又觉得庄北定然是听不懂，袁莺莺即便能听懂，也一定是一知半解。

十

梁凉吃过晚饭，一次又一次地、不断续航般地在一首诗里徜徉，每一字、每一句和每一行都是他以明确、明朗的态度和心态，在坚持己见的固执中，不想有任何更改，包括任何改变。

原来，
四季花开都不及的书香，
也抵不过你指点江山的力量。
即便春夏秋冬一路顺畅，
也不及你护佑身旁期许的目光。
即便有风吹不停歇的张狂，
即便有雨打芭蕉的天渐凉，
即便冷冽的冬真的无比漫长，
都不及你引领我走进的这神圣殿堂……

人生的某些灰暗时刻，诗不仅是可以陪伴永远的精神食粮，更是一种光。他觉得自己可以顺着那道光，穿越无聊的岁月，从每一个无奈的季节里，由清晨到日暮，再从安静寂寂的夜里写诗到黎明。一如眼下睡觉或不睡觉地醒着，都让他感到日子很温和，也很幽静，更是淡定着一份从容。一任自己的真性情，在宇宙长河的脉息中，一起同频共振着生命的蓬勃和超然的力量。

这力量是他一首又一首的诗，带着与他同生同存的鲜活能量，在世间快乐安然。恍然间，他好像更真切地懂得，诗才是自己前行路上最好的也是最让自己可以拿得出手的通行证。

诗是刻印着梁凉名字的通行证。

诗是印记着梁凉名字之外所有的感受、感知和感想的通行证。

这通行证完全是难得的神圣存在。

这神圣可以让他在找不到归心的路时，靠着这种神圣的指引，继续一路前行。不仅如此，这神圣还能让他有一种离不开的依恋和意欲长期守护的贪嗜。此时此刻，这种感觉带着一种夜凉如水时少有的温柔，仿若已经到来的春天，更加蕴热起来。

这让梁凉觉得自己就沐浴在春光里。

他被自己的想法感动了，也被自己能与诗结下这番尘缘而不停地感慨。原本只一心在温凉中，品味一种诗意，只这须臾便开始急不可待地祈盼夏雨的柔润、清香中的爽洁了。

梁凉不禁在雪白的纸上挥笔写下几个缱绻幽深的古字，想着它们从远古的古人心中落于纸上，在文化的长河中一路走来，与喜欢它们的自己相遇，然后永远不分开地相爱相守。这让他的内心有一种无法遏制的感激甚至感恩。

感激古人文明智慧的大树参天。

感恩自己对于树下阴凉的这一往情深。

是这个多元化的时代造就了梁凉有别于他人的灵魂，不肯随意地将就，更不肯轻而易举地迁就。只是这些他的老妈和梁冰自然不懂，柳绒更不可能懂。但他相信即便自己一字一句地说给老妈、梁冰和柳绒听，她们也都不一定会懂。因为真正能听得懂的那个人，除了自己，不会有别人。只是老妈、梁冰，包括柳绒，都让他无法想到的是，因为这件事，她们会一起指责他，好像他是过错方。

谁说交往了就一定要相爱?

谁说还没相爱就要步入婚姻的殿堂?

谁说两个陌生人还没有跨越相爱的这道门槛，就要谈及婚嫁?

梁凉觉得自己之所以在谈婚论嫁时选择分手，就是因为自己与柳绒之间的关系根本就没有被确定，没被确定的感情不可能跨越爱情而直接跳跃到婚姻殿堂。

不符合逻辑，更是对双方情感的不尊重。

很多人不过是对这样一种生活寄予了可望而不可即的希望或者遥不可及的祈愿，即便有的人很幸运地拥有过，也不过是稍纵即逝的不长久。就像此时此刻的梁凉，原本要抓住一首诗的全部，两杯茶的时间后，才发现雪白的白纸上只有几句不能成诗的字。

没有灵气，也没有诗意盎然，有的只是生命行将离开炫美世界的沮丧甚至绝望。他即刻收起了写不出诗的一份诗心。

诗，是心声、心里，包括灵魂都是一潭死水时，即便写出了文字，也肯定是空有诗的形式，而没有诗的灵魂。这样想着，梁凉再次与天地万物合二为一成一脉相承的有机体，仿佛自己也变成了高山、河流、荒野、土地、草丛、花朵，也在风中、在雨中、在白天、在黑夜，哪怕最后仅仅是一脉树莽间的弱小枝丫或飘摇着的一枚枚叶片，也在尽着全力让自己成为不被路人忽视的存在。

梁凉发觉了自己的可爱之处，更发现了自己在任何境遇下，因为有了诗的陪伴，而熠熠生辉的生命，不仅是被光亮所照亮，更是被花火所激活、培植、滋养。

走到路上，
才知，
冥冥之中，

获得了灌溉我文字的甘露。
是你去了天上储水的仙湖，
播种了我仙途难遇的丛丛石斛。
带着慈悲的温度，
给我天降大任前的呵护。
用虚幻的撞胸神鹿，
激活我所有汪洋恣肆的感触，
再檀变成弥漫天际的雨雾。
浩瀚滋养我这怦然心动的幸福，
却从不道一句辛苦。

梁凉看着刚刚画上的那个圆圆的句号，知道这一夜的自己又在一条诗情画意的路上走出了很远很远。

这种无人知晓的远行让他无比惬意，甚至觉得活着不仅是一种美好，更是人间值得的由衷慨叹。这就像世间即便有千般的不如意，因为有了诗的存在，一切便可以巧妙从容地进行修饰掩盖，甚至生活中的种种不如意以及这世界周遭的各种残酷和猝不及防，即便内里已千疮百孔，也依然会云淡风轻地外罩着精美华衣而从容不迫地生活。

只是可惜，天大亮后，他收起了自己的文字，一眼看向墙上的石英钟，不得不想到早晨吃什么、白天应对什么，下班后又不愿意回家的忧心忡忡，心中不免又有了几分矛盾。

是不经意间就会出现的悔意。他有些许的后悔，当初为什么选择了中文专业。

如果当初没有选择中文专业，就不一定与必修科目的诗结缘；如果不是因为与诗结缘，就不会当上诗歌编辑；如果不是当上诗歌编辑，就不一定拥有眼下这看上去应该很美，实际上半死不活的生活。只是这他身在其中却并未看好的生活，竟然是别人眼里可以羡慕的好生活。

这才是最让梁凉心有不安更没有片刻宁静的所在，好像他是个不知足也不懂知足的人。只是只有自己的理智让他时刻警醒地知道，诗就是诗，诗既代替不了饭，也代替不了菜，诗更不是爱情，也无法成为婚姻。但是在某些时候，在他看来，诗既可以代替饭，也能代替菜。

诗，真的是爱情。

诗，也可以代替婚姻。

十一

梁凉发现梁冰早已悄无声息地离开了。

早饭，这曾经是他困顿了一夜就渴望的早间食物，在这个写了一夜诗句的清晨，没有任何着落。他知道当他的老妈抛弃自己和梁冰而狠心离开时，而梁冰则更是狠心到连声招呼都懒得打，这让他无心于早餐。何不权当外面的世界，可以四海为家，像风一样地走上大街？原来清晨也有清晨不同于傍晚的别样景致。只是他没去吃早点的地方，而是顺着十字路口斑马线处的箭头走上了一座高架桥。

高架桥是新修建的，原来的旧桥娇小单薄，早就不适应现代生活的节奏了。最重要的是那座旧桥早就无法承载几乎是一刻不停息的滚滚车流。高架桥两边的水泥栏杆上，无论是栏杆上还是栏杆下，抑或梁凉的前后左右，新安装的照明灯几乎无处不在。

他不禁在空旷的高架桥上转着圈儿地张望，完全可以想象，这座桥上的夜晚会有多么璀璨，浪漫风情一定会引来不少的相爱之人。

梁凉一边这样想着，一边走到快临近桥中间的位置。他不禁停下脚步，扶着冰凉的不锈钢管的栏杆看向前方。在视线里，车一辆接着一辆，像一个人跟从着另一个人的前行脚步。那些车，车辙碾压着车辙，在宽敞的路上，像自己刚刚离开家时那样，风一样地掠过。

都在路上。

尽管他是在路上看风景，但跟那些车一样，都是在路上。

孤单地站在天桥上，
看着车流来来往往。
过去就像电影一样，
一幕一幕又在脑海回放。

梁凉看着桥下行驶的车辆发呆时，身边传来一阵哀怨流转的男士歌声，是梁凉身后一位路人身上的随身听里传出来的歌声。

歌声里，男歌手低沉的嗓音很符合他此刻的心境，甚至他随着歌曲里的歌词，觉得自己已经随着歌者的心情，一起讲述着一个与他有着些许关联的故事。这故事在他回头看向身后的路上时，模糊了影子又清晰了内容般地合着清晨清凉的风，由远及近又由近及远直到消失。像歌声，更像他的心，空空茫茫、飘飘荡荡，像水中的浮萍，又像成熟的蒲公英。

誓言已失去了分量，
善变的人不经思量。
以为的会地久天长，
一花一季不停掉落时光。

梁凉的目光不禁一直跟随那位着一身牛仔工装的男士，看着对方大踏步离开的背影以及歌声，他觉得那连离开的步伐都像自己，这一刻的背影和思绪里也藏匿着同样的惆怅与伤感。说不清又道不明，就像宽阔的路边一个接一个的花池中，那些不断被栽种、被移除、再被栽种、再被移除的花花草草，仿佛在永不凋落的生命印记里，确实有风来过、确实有人来过。但是，又仿佛什么人都没有来过，来过的只是一片长久的沉寂和虚无。

像梁凉夜里写下的那首诗。不看它，它就永远在纸上安静地沉睡；看了它，惊动了它，它依然是安静的。而不安静的不过是看诗的人，无论是内心还是灵魂，哪怕仅仅是片刻的记忆。

他恍然觉得，歌曲本身也是人间可以与诗相媲美的存在。一个人的情感与情绪，好的或不好的，开心的或不开心的，都可以通过歌声传递给这个世界，无论这个世界是否接受，那歌声都如同一个又一个鲜活的生命，活过且来过。

梁凉感受到了歌曲的魅力。一首歌曲，通过一种声音，从一个人传递给另一个人，然后各自带着自己的理解和感受继续生活。他想到了宋舰跟自己说过的写歌词。或许宋舰与自己这么久不联系，是因为诗又不是因为诗。或许宋舰觉得词比诗更有诱惑力、更有魅力、更能吸引他。

他不禁拿出手机，翻开通讯录，看着有过几次想打通的宋舰的电话号码，都被自己一念的了断而成为不知多少次的错过。或许宋舰也与自己有着相同的经历，所以才在彼此意外邂逅时，显得那么高兴、那么激动。这样也好，不在一起却没有忘记，同样不失为另一种意义上的交好。

是隔空交心的友好，是需要时默契的刚好。

梁凉猛然间觉得，从自己的灵魂至深处升腾起类似一种无法推卸责任的使命，像与生俱来始终被自己忽视的一种能量，在这一瞬间，在他的整个身心，汇聚成一种可以引领他继续前行的强大支撑。

他知道了自己作为诗歌编辑，作为一个既为人做嫁衣，又为人把握诗意天空尺度标准的编辑，即便自己的认知还有一定局限性，也缺乏一些勇气和担当，但是面对所有投稿作者，包括读者，自己都有责任和义务为自己身在其中的这个世界变得更美好而努力，且以自己变得更优秀为前提。

梁凉不禁向着自己前方的空旷地带认真地点了点头，像发誓许愿，又像暗自为自己加油。

十二

到了班上，梁凉发现，这世间根本就不缺快乐，缺的是一个人找不到快乐的能力。这好像是历经了很多事情的人缺乏的一种态度或是对人生丧失了信心的一种沮丧。毕竟许多人是被生活打败的，然后得过且过混着余生，只有少数人越挫越勇。我是这样的人吗？梁凉思考了一下自己，但他没有给出答案，也许他经历的事情还不够坎坷，承受的痛还不够刻骨，还不够让他凤凰涅槃那样去反思和蜕变。他依旧觉得自己还是和周边的人一样，俗不可耐。他用这个成语来定价自己再适当不过了，毕竟他没有任何可以拿得出手的资本，甚至在朋友们面前也没有值得炫耀的一点长处，对于诗歌的热爱虽然很疯狂，但是自己目前还没有代表作，一个没有代表作的人最好的态度就是低调做事。

他走进卫生间洗了洗脸，回到办公桌前喝了奶，吃了路上买的早点，打开邮箱看了诗稿，又是以往那般神清气爽，而刚刚发生的那些种种，在他的生命中似乎没出现过一样。出现的只有他已经完成的诗，是可以与快乐相媲美的诗。

“怎么了？一大早来了就愁眉苦脸的？”

袁莺莺的一句问话让梁凉听着心惊，再抬起头才发现，袁莺莺问的不是他，而是庄北。

“拿不出像样的文章，对不起花钱的父老乡亲。”

庄北说话的语气比脸上的表情还衰。

梁凉听了，即刻在内心里认真地更正并调整好了自己的整体状态。他发现精气神这个东西真的是有他人会更精神，没它自己都觉得没有人样，但是听了庄北的慨叹，心里倒有几分窃喜。这让他知道见不到好稿子的苦恼不只自己有，庄北也有。

“这也要说假话。”

袁莺莺揶揄了庄北一句。

“你有‘黑土’的精品就够了，我这小说啊，累人！”

庄北表面上表现出了极其难看的苦瓜脸。

“那是，别人的小文章怎么能跟‘黑土’的精品文相提并论。”

袁莺莺说得神采飞扬外加心高气傲，好像那个“黑土”不仅能写出精品文字，更在其他方面也让袁莺莺觉得，一切都尽如人意。

“这期的发我看看。”

梁凉对袁莺莺说。

“发你看看？”袁莺莺听了庄北的话，先是眨了眨眼睛，然后迟疑间又补充了一句道，“梁凉，散文这种文体好与不好，有的时候真不容易区分。”

袁莺莺这样说话时，庄北不禁与梁凉对视了一眼。

“表面上都是抒怀言志地在抒发着感情，但实质上它还真不是小品、游记、随笔那样的所谓心灵鸡汤，它有内容也有内涵，最重要的是它有灵魂。”袁莺莺说到这里，看了一眼梁凉和庄北，见梁凉在听，便继续说道，“如果没有我说的这些，虽然都是散文，但是我个人认为，都应该是下等货。”

袁莺莺一口气说了一大堆个人高见，但是，听上去既是对“黑土”的褒奖，又是对“黑土”之外那些作者的诋毁。

“可不是，包括标点符号，‘黑土’用得都比别人好。”

庄北的态度和语气都含有鄙夷地逢迎了袁莺莺一句。

“那是当然！”

袁莺莺早已见怪不怪地回应了庄北一句，好像没有庄北的这句阿谀逢迎，反倒不完美。只是他有些不明白，为什么袁莺莺只要一说到“黑土”，便是这样一种神情，不仅满脸的扬扬自得，更是满脸洋溢着显而易见的幸福感，好像“黑土”比她老公还让她贴心养颜。这心态是不是所谓的新鲜感和距离感，还是外面的一切都是香的？

“她不高兴的时候，你就得主动跟她提‘黑土’。”

袁莺莺出去的间隙，庄北悄悄地告诉梁凉。

梁凉听得一脸雾水。明明是袁莺莺说庄北的脸色不好看，怎么倒成了庄北在为袁莺莺开心解闷？

“她那个人，重色轻友只是一方面，婚姻也不幸福，你还没发现？”庄北说这番话时，故作神秘地一边压低了声音，一边无奈地摇了摇头，然后很不安地叹了一口气，“真是弄不明白他们这种相见恨晚究竟是怎么回事。”

梁凉看着庄北，不知该怎么回答才能让庄北理会自己的意思。庄北的言语里既有他的真心，也有他的假意，这让他不知道在这样的对话中，自己应该站在什么样的立场说什么样的话，这不是对他人性的一种考验吗？难道要违背自己的本心去附和袁莺莺或是庄北？难道要自己心直口快地说出是或不是？

“好作者谁都喜欢。”

庄北自言自语地又说了一句，梁凉听了，佩服的同时，不得不认可小说编辑对人性的了解和认知。

“是，好作者谁都喜欢。”

梁凉跟在庄北的慨叹之后，重复着说了一遍，只是这让他不得不设身处地地了然自己的忧心忡忡，因为无论从杂志原来的诗作来看，还是从眼下投稿的诗歌作品来看，他就没见过可以让自己眼前一亮的文字。

好诗，在梁凉的工作中，成了无法靠近的奢侈品，甚至稀有物种。他的情绪随着袁莺莺的走进，又开始了一如袁莺莺和庄北没对话前的沉默。上班之前的不良情绪又卷土重来。

梁凉决定晚上下班后，去咖啡屋喝几杯咖啡，闲散一下自己的心情和情绪。他这才发现爱喝咖啡的自己竟然没去过咖啡厅。之所以没有去过，不是因为刻意不去，而是觉得一杯咖啡在哪儿喝都一样。但是这一刻他恍然觉得，去咖啡屋，去有咖啡香的空间，与诗共舞应该是最佳的想法和做法。

晚上，不妨再顺着清早的路径，继续清理烦躁不安的情绪。他还清楚地记得，清早到处闲逛时，路过一家咖啡屋，咖啡屋的附近有倒挂在篱笆柱上的蔷薇，刚开了一朵淡粉色的花，他还拍了照片。

临下班前，他打理好了准备去咖啡厅的随身物品。不外乎一个笔记本电脑和一本诗集，是胡社长送给他的那本《诗经》。

梁凉很快就走到那条可以通向咖啡屋的路上。

傍晚的清凉中，到处都洋溢着春天特有的温暖。微风合着明快的色彩，带着轻柔的娇媚，让他觉得自己的这个决定不仅符合他的心境，还很应景。这时，哪怕是路边与咖啡无关的广告，看上去都好像在向他做着一种赶紧过去的暗示。

十三

“丑猴子咖啡”。

梁凉停住了脚步。一个新颖而非主流的名称，那么平民，又那么可爱，似乎这个看上去不高大上的名字才足以让他有兴趣驻足。

他被这个富有创意的名字吸引了。

仅仅是这一个名字，就可以让自己无论在家还是在杂志社都滋生出那种有别于平常的特殊心境。尽管这“丑猴子咖啡”的名字确实怪，但是往往就是这样的怪异，才更符合他不喜庸常的个性。

梁凉看着门口的两只猴子雕像，觉得两只猴子非但不丑，还蛮可爱，或许是店家认为那两只猴子很丑，但那不过是店家自以为的。他走到店门口，途经一只猴子身边，用手指点了点猴子的头，算是与两只猴子都打了招呼。走进大门，坐到一张张靠楼梯的方桌前，他觉得这是一个不仅适合喝咖啡，也适合等人的好位置。

等上楼的人走上去，或者等下楼的人走下来，或者将希望寄予在影视剧或小说里才能发生的那些意外巧合。诸如他在池塘边见到的那个让自己心仪到怦然心动的女子，或许机缘巧合地在这个他自认为特殊的位置，在特殊的等待之时，可以实现他命中注定的一种遇见。这种过于浪漫的遐想席卷而来，他安静地坐在位置上等着服务员端来咖啡，在短暂的时间里估计不会有偶遇或邂逅，他过于超现实的想法似乎在文字里被描写得如此柔软和深情。

或不期而遇的另一场邂逅。

或单单是一场值得的艳遇。

梁凉从背包里取出笔记本电脑，端端正正地摆放到桌上，然后将电源插到桌角下靠墙的电源插座上，免得笔记本电脑没有电了会让自己手忙脚乱，最重要的是，怕刚刚写下的文字在没有电时瞬间消失而得不偿失。

有备才会无患。

梁凉这样想着时，服务生端来了他点的咖啡。

一杯炭烧和一杯卡布奇诺。无论从哪方面来讲，这两种咖啡都有些不搭，但是在他看来，却是最佳组合。一个低脂无糖，另一个甜中带苦，二者总能产生一动一静的跳跃，当然，一个棕黑清冽，一个奶白酥软，很像一个男人和一个女人，坐在一起或闲聊，或纠缠，无论眼神还是身体，抑或精神世界，都应该是既有阳刚之气，也不乏阴柔之美。

“请慢用。”

服务员礼貌地放下两杯咖啡后，轻声地对梁凉说。

“谢谢。”

他礼貌地回应了一句。说完“谢谢”，他发现服务员准备离开时，故意瞥了一眼刚刚被他打开的电脑文档。

“请慢用。”

服务员又礼貌而温和地重复了一句刚刚的彬彬有礼并冲着他微笑着点了点头，一边继续看着电脑显示屏上依稀闪动的几行字，一边了然了他是一位来喝咖啡也不忘码字的文人。

仿佛受到了某种鼓舞似的，他即刻将手机设置成了静音。他想让自己完全处在一种失联的状态，想借着这种与世隔绝的状态，获得休息式的放松，当然还附加着或许有着可喜成绩的创作。

生活还是蛮有情调的。

梁凉看着杯子里的咖啡，觉得一如咖啡的馨香，虽然得来的有些自然随意，离散却有些不知不觉。这很像生活中的某些美好与不美好，身在其中时不一定觉得，但是这一些必定会在某个莫名时刻，寄予着一种离奇古怪的期望，在一种躲闪不及的失误或得意时，见证曾经的时刻，自己不经意地错过了。

如逝水流年一般，再也不会回来。没有倒转的时光机，即使有的话，也不一定是好事。一个人所渴望的美好会来，但那些经历的苦痛也会随之而来，是好是坏也许最后都是坏，人生所说的修行是苦，在苦中去提炼一种叫作甜的东西，你必须付出很多且要努力很多。

他权衡着。

他发现从自己打开电脑到连接了“丑猴子咖啡”的Wi-Fi后，属于自己的一切不但没有因为环境的改变而有任何不便或影响，相反，他的思维快速进入一种状态，是他始终都不想有任何改变的写作状态，无论在吵闹中，还是于安静之处。这让他觉得自己越来越有个性且越来越固执。

这个性好像是与生俱来的，从脱离母体那一刻开始就刻印在骨子里。梁凉不例外地成了这种人。

这固执不仅体现在他在点咖啡时根本不愿意接受服务员所谓的特色推荐，还显现在他总觉得自己无论在什么地方、无论买什么都很讨厌这种应该是有意的善意推荐。其实这推荐本身明明是套路，这套路无论对错好坏，都有过后让人踩进坑的嫌疑。这倒不如说是他很讨厌服务员的过于热情，就像刚刚那位离开的服务员所说的“请慢用”。

他发现自己越来越挑剔，越来越对于某些人的某些事或是某些行为既不愿意面对，也不乐于接受，好像自己与这个世界的对接方式越来越少，越来越不容易，甚至越来越艰难。

这好比抽烟。

他本不爱抽烟，也不反对别人抽烟，却讨厌在公共场合里随随便便就抽烟的人。这一刻，看着杯子里的咖啡冒出的热气，他不由自主地想到了烟，而旁边不远处一个女生嘴里吐出的雾色烟气又让他开始讨厌烟，他始终觉得烟从女生嘴里吐出来不是美的点赞，倒不是大男子主义和男女不平等主义，只是类似男生涂口红般的不搭。

咖啡，
有时就是我的烟。
这不只是因为留恋于端杯的一瞬间，
更是将所有的心事合着这份香醇，
一同倾进我的灵魂，
同舞也共缠绵，
融合或拆散。
这怎能不让我感怀于它区区弱小的千里迢迢，
只为入我杯中给我思绪万千。
在我需要它的时候，
粉身幻变成我脑海中一次又一次花开花落的演练。

在咖啡的馨香和烟火的意境迷离中，灵感像一位好客的使者，在梁凉的脑海里、在他的笔记本电脑的键盘上，跳跃、飞舞并快速地在显示屏的文档中显形。这让他在诗意辞令的创意空间里，自由自在地游走。他这才发现，这家咖啡屋的整个大厅都被中间的工艺展品间隔开了。他所处的最外面的小间隔里，透过通体明亮的玻璃窗可以直接看向窗外的生活广场。最让他觉得不可思议的是，那小间隔里竟然可以抽烟。

是无烟区。

梁凉迅速进入一种更加忘我的状态，仿佛自己不知身在何处，只与键盘的敲打声和不断跃然于文档空白处的中国汉字相遇、相见、相守。而他写出的文字也一如被润笔了情思的挥毫泼墨，全部都是大家风范的大写意一般，无论他想什么，也无论他写什么，都带着一种让自己都为之感动的深沉与细腻，忧伤与华美。

一字一句。

一行一段。

其间，偶尔有人从他的身边经过。由于新冠肺炎疫情的原因，几乎所有人都与刚刚走进咖啡屋时的他一样，已经进了咖啡屋还戴着口罩，待坐下有了一段时间，才会将口罩摘下来。可见在生死攸关面前，人是如此谨小慎微，说是蝼蚁的生命，却依旧比黄金珍贵。

甚至小心翼翼。

原来，生命里的某些时刻竟然可以这样度过。他想起了自己在家时的常态。他时常安然地静坐、沉思，像等待，又像在守望。在安静的等待中，等待着某一首诗与自己结缘；在安然的守望中，看向某一首诗向自己走来的魅影，像四季的风、像月夜的星光，更像心灵深处的想望，让他觉得每一次等待和每一次守望都有意义，也有价值。

他想到了宋舰说过的歌词。

突然，他萌生了自己也可以尝试写歌词的想法，虽然在大学时，与宋舰一起天天祈愿发誓要为诗生、为诗死，但是这一路走来，虽然写了很多诗，但真正让他满意欣喜的却几乎没有。

他看到自己的面前，一个与己无关的黄色瓷壶和一根蓝色的蜡烛，包括自己咖啡杯里那一泓黑且透亮的咖啡残底，以及卡布奇诺久久不散的甜香，都让他感觉这份有诗词落花般从容格调的相依相守，让自己的灵感比头一天夜里的源源不断多了一丝五彩的缤纷和云蒸霞蔚的斑斓。如此隐现出，然后弥漫到每个感觉细胞里。

灵感的源泉，朦胧的、绚丽的、多姿多彩的，幻化成各种各样的字，暗涌纷呈地从来的路上，徐徐如清风、款款如摇扇地带着一些虽模糊但完全可以辨认的踪影，不只从他的眼前一掠而过，还透过他饮的咖啡进入他的电脑文档里。

梁凉想到了“一见钟情”。

属于自己的一见钟情都给了自己的诗，但是他即刻推翻了这个判断，他觉得自从有了怦然心动的感觉，有一种叫作欲望的意念便成了直觉中的常客。

是不请自来的常客。

是常驻不走的常客。

梁凉想起了池塘边遇见的那位女子，这让他明白自己再不能像从前那样心无杂陈，而是怀揣了一个不为人知的秘密。这秘密随时随地在他的小心思里不断地滋生出草叶、花朵，仿佛他又回到那开着莲花的池塘边，或寂静安然地坐到原来的位置，或信步于池塘边，一边走，一边祈盼着能够偶遇那位穿着蓝色长裙的女子，一如开于脚边处的某一朵睡莲，在微风中摇曳着待开未开的浅色花瓣，让他自然不自然地走近、接近，且自然而然地意欲品闻花的香，并驻留在花朵与绿叶间，仔细观赏透过花叶照到那泓水面的缕缕阳光。

梁凉感受到了几分惬意，是自己一路找到这家“丑猴子咖啡”想要得到的惬意。悠然自得，在思维花火的天地间自由自在地驰骋翱翔。虽然是以静守这无人知晓的一隅角落为根基，但是他深陷其中也沉迷其中的心中暗涌着不可言说的欢喜。

这期间，即便身旁有人一直在上楼、下楼，但是萦绕他周遭的却始终是缕缕暗香浮动，带着萦绕于怀的亲和，让他越来越敏锐地感知到，因着这魅人馨香的神秘蛊惑，自己已经开始了一场灵感的无法自控以及灵感的张扬扩散，乃至灵感无边无际的意欲泛滥。

仿若一种笑容，带着微苦中的淡淡回甘。

仿若一种深爱，完完全全地蕴藏在咖啡里、弥散在细细品饮的整个过程中，或干脆被封存到过后也可以历久弥新的记忆深处。然后成为一种独特而优雅的只属于自己生命中的这个无法取代、无法更改，但可以永远回忆的夜晚。

很独特又不可多得。

不可重复、不可转借。

梁凉顺着自己灵感的纹理脉络，持续不停地在电脑文档中，将脑海中的字字句句完整清晰地显形于自己特意为这个傍晚所建立的一个新文档。但不是诗歌，而是一首让他非常满意且喜欢的歌词，是一首他几乎不假思索，被随心幸运地一气呵成的一首歌词。

他不禁满意地笑了。

在这忘我的状态，正是创作的最佳良机。好像所有呼之欲出的美言，无论是想起来的或想不起来的，都在这一个低头或一个凝眸间，有了了然如新的开始。

是他对未来的期许和有所期待，也是对当下的感动和依然无法挥却的淡淡忧伤，或许心存纪念之时又带着遗憾和感怀，让生命抑或灵魂，如此这般地在这一刻，相互缠绕着惺惺相惜，哪怕只是平日拿来示人的自己和另一个最真实的自己之间倾心的交谈，都让他觉得无声胜有声，无言胜过万语千言的妙。

最后一首歌词被他敲敲打打地完成了。他起身伸了一下懒腰，深呼吸一口调节了一下。此时旁边座位上的女生不知道什么时候离开了，桌子已被服务员收拾得干干净净。

梁凉又笑了。

这绝对不是什么一见钟情，这是已经走进生命里的华彩纠缠，是拿得起却再也放不下的终生守护。

是的，终生守护。

他终于知道宋舰为什么对于曾经的诗可以如此漠视、可以如此不关心，而对于歌词却如此倾情投入，原来这可以更直接表达的文字完全可以更清晰地展现梁凉的内心世界。

是一面面可以照见内心的明镜。

是一首首以歌词的形式真实全面地反射出梁凉灵魂的歌。虽然不像诗那般有棱角、有犀利的锋芒，但是因为它的柔软细腻，更加走心、入心。

他突然想改变自己。

他不想一味地沉迷困守于那个自己创造出来的世界。眼下的这个世界如此丰富多彩，自己完全有能力将更多的眼界和注意力投向自己目力所及的地方。虽然一向认为只有在创造出来的世界里才可以更好地做自己，但是那个用灵魂构筑起来的高冷世界人烟稀少，太多太多人不是被拒之千里，而是由于现实的残酷，他们望而生畏，望而却步，甚至即便知道它的存在，也不屑看它一眼。

因为时间。

更因为人们需要的各种物质。生存更是与人类息息相关的不可忽视。诗又算得了什么。再怎样的高屋建瓴，还是不得不被生活而束之高阁。

生命，或许需要它。但是芸芸众生，终日奔波忙碌于生计，谁又能对诗投入更多的闲情逸致?

爱如待放花蕾，
暖暖春风中妩媚。
续写前缘轮回，
再一起翻山越水。

忽然梁凉听到服务台旁边的音箱里传来一阵旋律优美、欢快的流行歌曲。而他的灵感随着歌声之外小提琴柔婉的琴音和夹杂其间的钢琴跳跃的清脆音节，竟鬼使神差地又写了一首歌词，而不是他来咖啡屋之前要写的诗。这意想不到的收获和改变让他惊觉文字的表达真的不仅有诗这一种方式。他随即写下了另一首歌词：

乘飞天的嫦娥看宇宙的辽阔，
坐下海的蛟龙听大洋的心窝。
搭经济的快车到世界的角落，
载不忘的初心写中国传说。
领航着中国腾飞前行，
实现伟大的中国梦。

他之所以能够坐在桌椅前安静地写下一首首歌词，全仗着伟大的祖国，所有的日新月异，包括所有的发展壮大，都让他觉得，写出歌词的自豪远没有安然安稳地写作更让自己觉得自豪。

天，彻底黑了。

从玻璃窗看出去，间隔斑驳的反光，看不清窗外的夜空是否有星有月，但是路边的灯光和广告牌里的光芒，包括林立高楼里的万家灯火，让他感觉到这个夜晚的这个决定，包括这段时光，在自己的生命中是如此熠熠生辉。

虽然梁凉身边的楼梯处依然有人走上去，有人走下来，他依然是自己一个人，依然没有等来谁，但是他在电脑显示屏右下角的时间显示处惊异地发现，自己在三个多小时的时间里，竟然写出了四首歌词。

梁凉即刻将写好的四首歌词一一发给了宋舰。

权当一次用心用情的练手。

权当一次意义非凡的休闲娱乐。

他将歌词文档发送给宋舰时，不仅在内心里这样自说自话，更觉得此举就像投入海边的几枚贝壳，不怕被海水冲跑，更不怕被谁捡到。在这一点上，他有着足够的自信。他觉得冥冥当中，一切都自有安排，就像与宋舰的不期而遇，就像妙笔生花的意态纷呈。

十四

宋舰秒回了他，不只有信息，还有一个紧接着信息之后便打给他的电话。

宋舰说他也是在不久前，认识了一位谱写歌曲的朋友。宋舰说两人一见如故、一拍即合地针对歌曲创作这件事，不仅达成了合作的共识，还一起深入探讨并论证了很多认知相同且非常相似的想法，尽管有些方面有异议，也有各自都不能苟同之处，但是宋舰说到最后，两人还是达成了协调一致的认知和认可。

宋舰说“诗词”“词曲”“歌曲”这些仅仅一字之差的词汇之间虽然有着不可分割的关联，但是殊途同归，彼此之间有着很多共通之处。梁凉听了，恍然大悟般地觉得，自己一向偏执一种喜好，真的是从没想过诗、词、曲本质意义的关联与不可分割。

梁凉有一种几近被淘汰还很落后的感觉，好像宋舰已经走出去很远，自己才在偶然一瞥中刚刚发现。

这发现真的很及时。

他一边应和着宋舰的高谈阔论，一边在私下暗自庆幸。他还是觉得自己真的有必要像刚刚那样，主动联系宋舰，主动请教宋舰，让歌词如同当年的诗一样，再次成为两人之间的一座桥梁。

他相信，在这桥梁之上依然有文明的精神殿堂，有文化的氛围和视野，有文学的构建和修为，有梁凉和宋舰都想要的已知的和未知的东西。他再次感受到了比之前更强烈的重任在肩和随时随地都在跃跃欲试的责任与担当。

“你发给我的每一首都是好歌词，我已经转给那位会谱曲的朋友了。”

宋舰在电话里对他说。

但是梁凉听了却无语了。

他觉得自己与宋舰之间一如既往，甚至比以往更亲近，不仅是因为这句话，也仅仅是因为这句话。但是他感受更多的不只是友善，更是一种关怀和提携。

“我跟你讲，梁凉，不只是我俩刚刚说到的这些，不知道你有没有认真地想过，这人类文明千古流传的表达形式都不过是形式上的不同，而没有什么本质上的差别。”

宋舰在电话里既不保留，也不想保留地对他几乎推心置腹，这让他更加感慨，他想对宋舰说出来喝酒吧，或者，来“丑猴子咖啡”喝咖啡吧，但是他哪一句都没有说。他与宋舰之间的这种隔空交流远比面对面的推杯换盏更用心、更直接、更被自己所认可。

“谢谢你啊，宋舰，你刚才说的话，我都用心记下了。”

如果不是自己与宋舰之间的真情表达，而是他与某位异性之间的如此用心，他相信必定是一场真情告白，不浪漫却顺理成章。或许在他的感知和认知中，光阴荏苒中的花开可以成就写诗的兴致，花落可以成全词的伤感，但是此时此刻的他，内心却是明朗的、欢愉的、顺畅的。

只可惜在挂断电话的那一刻，不可名状的忧伤伴随着无缘无故的烦恼，隐隐地从他内心深处袭来，刚刚的雅兴在挂断电话的瞬间，便藏匿得无影无踪了。

这个时候，歌词俨然成了座上宾，让他不得不围绕其间或继续无止境地感怀，或完全慨叹着自己刚下眉头又上心头的自寻烦恼，但是所有烦恼里都留存着一份可以保持持久的惊喜，也是喜悦。

他又回到了当年与宋舰在一起谈论诗，你追我赶着在诗的天空和大地间遨游飞翔甚至歌唱，现在不过是以另一种方式重启了当年的轮回。但是他却清晰地明了，自己不过是在这一场较量和博弈中，真切地感觉到了自信之外的力不从心，甚至起步晚的自卑。

诗真的不是人生的全部。

他在潜移默化的冷静思索中恍然明了，网间铺天盖地的那句“爱情不是人生的全部”同样可以这样生搬硬套到自己对诗的认知当中。当然，同样可以套用在歌词上。

比如，歌词也不是人生的全部。

他这样想过之后，很高兴，甚至高兴得有些忘乎所以。虽然刚刚掌握这融会贯通的本领，但那么努力的自己、和善于迎难而上的自己，不会再在被动中就此被擒。他需要适宜地调整和改变自己，需要在困境中杀出一条路子出来。

梁凉又点了薯条、烤糕，包括一大杯青瓜苏打水加浮冰块，不承想这撒了几许抹茶的苏打水害得他一次又一次地去卫生间。其中不乏一次回来的途中，小间来了一对男女顾客，各自安静地端着手里的咖啡杯，却一口都不喝。他正觉得有些蹊跷甚至觉得有几分怪异时，那对男女突然大声吵起来，所有内容不外乎是“你为什么来晚了，我没晚，是你听错了时间，是你压根儿就没认真听”等相互指责。

梁凉路过时，权当没听见似的从他们身边走过，虽然自己的出现让那对男女不再吵架，但是当他第二次从卫生间里走出来时，发现那男的已经离开了，座位上只剩那位女士，她像木头一样独自捧着仍然一口没喝的咖啡，兀自发呆。

人性使然。

这样的境遇不是第一次了，他早就见怪不怪了。

两个人始于颜值，相处的时间越久，就越会接近各自的真实。相处久了，人性的真实便代替了初相识的皮囊，于是有人慨叹，人生若只如初见。

怎么可能。

初见是美好的，但也不一定是真实的。

如果人生真的只如初见，那么还会不会有后来的喜怒哀乐？当然不会，或许连停留在最初的欢喜都不会存在，又怎么会有后面的种种。而太过理想的人总是在自欺欺人的心态中敷衍自己，满以为那些所谓的事物都和自己过不去，但又不得不堂而皇之地找个自己接受的理由丢弃。

谁能在一种状态里一生不变？谁都做不到。所以，到了后来，这世间的情感便有了天翻地覆的变化，有了沧海桑田的变迁，更有了万劫不复的改变。仿佛一切都变得面目全非，一切都变得让人觉得委屈。其实谁都没变，不过是谁都拗不过时间的漫长，从而卸掉了伪装，活成了最真实的自己而已。可是太多人直到最后还没有明白自己是不是自己，自己是谁？只是稀里糊涂地过的一生罢了。

梁凉觉得，属于自己的人生一直都是真实的。

这真实变成了诗、变成了歌词、变成了他的思索，也变成了他面对未来的勇气和信心，还有不想改变也不可能改变的那些简单，一如桌上已经空空如也的杯碟。

他关掉了笔记本电脑。

他将自己的视线转向窗外。这完全不同于家里和编辑部的窗外，让他可以在安静中，更多地审视、思索甚至辨别。辨别这个自己一直存在其中的世界，认知这个世界里能够见到的、想到的，包括梦到的。

窗外，马路对面是一个小型游乐场。游乐场与他平日所见的那种色彩斑斓的游乐场不同，这个游乐场里的所有游乐设施都被涂成了一种颜色。

是红色。

是不同的中国红色，有朱红、京红、玫瑰红、石榴红，还有樱桃红，清一色的中国红，在他的眼里成了最耀眼的存在，像未来，更像希望。远远地看过去，游乐场与周围的楼群和树木之间，红色烛光摇曳间，一个个高低错落的红灯笼在一丛丛、一簇簇的花树间闪闪烁烁。间或三三两两的女子在红屋旁慵懒着一晌贪欢后的沉迷缱绻，并在继续的低眉顺眼中，沉沉醉醉地跌进睡梦中，再也不愿意醒来。

他起身离开了。

他太了解自己了。

他知道自己这样看着、想着时，又想起了那个池塘边的女子，也是在这样的时刻，唯独不是眼前的这番景色，各有风情，又别有洞天。

生活，抑或想法，即便没有现实作为一种可以真切感知的回忆，想象本身也可以成全一种美满。是他心中的美满，一如那些已经被宋舰认可的歌词，更有他这不经意间又迈步走向的新道路。

他背着电脑包，朝大门口走去。

十五

梁凉走出“丑猴子咖啡”的大门，想径直走进旁边一家电影院，但是就在他想走进电影院的大门时，却又不想看电影了。而在这一刻已经失去了他刚到咖啡屋时想着的离开后再看一场电影的魔力。

一部电影再怎么好看又怎能解决他的实际问题？其实他的实际问题已经被宋舰的友善解决了一大半。他甚至觉得此时此刻的自己收获多多，已经什么都不需要了。

不仅如此，他还觉得这样活着的方式没什么不好。虽然刚刚与老朋友宋舰恢复得无话不谈，但是邂逅之后的不愁没有交集已经大大超越了从前。

虽然与家人有很多事情不能相融合，但是任谁都知道，你走出去多远，心依然在家里。虽然不得不分开的人都以失败告终，但是失败也有失败的美好，因为曾经有过的回忆本身就是一种美好。

不知不觉间，梁凉又走向清晨站立了很久的天桥。

天桥上，所有灯都亮了，蓝色的、黄色的、白色的、变色的，大大小小的灯争先发着各自的光亮。桥下的车流闪着车灯，一如天上的流星，也像梁凉周遭遍布的灯，近在咫尺，却若即若离。

梁凉想到刚刚发给宋舰的那些歌词，想起早上在天桥上听到的那首歌，包括在“丑猴子咖啡”听到的歌声，觉得生活被无意间带进了一个意想不到的拐点，或许这新的道路上有着更加璀璨的星光灿烂，一如眼前，虽然是夜里，但炫美的光下，缺失了哪一簇的明亮都会显得不完整。

人间值得！

夜风吹来时，虽凉意不断，但他的内心却是安静、清宁而美好。尽管生活里确实有很多不美好，但是可以用文字去纠正、用文字去掩盖或用文字去弥补那些不美好。

这一刻，他对诗和歌词有了更进一步的认知和理解。勤劳勇敢又伟大的祖先发明了文字，发明了笔，如此用心，并不是用这些来记载人类不喜欢和时刻要摒弃的那些糟粕，而是要用这些来助力人生美好的过往，把更多美好都留给未来，让未来的人，可以了然一种前人的愉悦与欢喜，然后在前人的愉悦与欢喜里，继续认真地走在人生的道路上。

梁凉明了了诗抑或歌词都存在和书写的真正意义和价值。

十六

“咱家来人了？”

梁凉走进家门换拖鞋时，发现了一双男士拖鞋，是很少拿出来使用的备用拖鞋。虽然仅仅是一双拖鞋，但是在他喝过咖啡后的敏感神经中，这双拖鞋绝不亚于一颗定时炸弹。

“老赵来咱家了，还给你和我买了一大堆吃的，估计是怕咱俩饿死。”

梁冰将自己缩成一团，在沙发上看着电视，回答梁凉的语气既有冷嘲热讽，更有不屑一答的敷衍。

“咋不给我打个电话？”

他觉得把老妈领走的老赵第一次来家里登门拜访不应该是这样的状态。

“他们只是在咱家转了转就走了，连十分钟都没超过。”

梁冰说得比之前还轻描淡写。

梁凉没再言语。

他明白了，给自己打电话又如何，自己不可能有好态度和好言语。他相信自己会跟梁冰一样，不屑加傲慢，外加敷衍，最重要的是在这个家里，虽然三个各自为政的人彼此冷漠到明里暗里相互埋怨、互相指责，但是任何一个外人的介入都会在无形中打破这种大家都习以为常的平和。

他明知这种平和迟早会在某一天因为某个人的个人问题而率先打破，只是让他和梁冰都无法想到也不可能想到的是，打破这个固有状态的竟然会是他们的老妈。

梁凉回家时非常不错的心绪也被这个不大不小的意外打破了。

“真是扫兴。”

他小声地嘀咕了一句后，走过半死不活的梁冰身边，走进自己的卧室，顷刻间，一种万念俱灰的沮丧袭遍全身。他感觉这个世界好像到处都是人，但是每个人都在人群熙攘中异常孤单，看似合群，但孤单地成为个体。

老妈希望梁冰赶紧嫁人离开家。

老妈希望梁凉赶紧娶妻生子成家。可到头来，老妈不再怀抱希望，而是自己主动离开了两个依然没有成家的儿子和女儿。

“老妈说了，最近一段时间她不回来了。”

梁冰走到梁凉的房间门口，有气无力地对他说。梁凉听了，心里异常不安，其中带着从没有过的反感，甚至酸楚，是被抛弃的感觉。

“爱回来不回来，无所谓。”

梁凉随口嘀咕了一句，然后从梁冰的身边走过。

他本想去客厅喝水，却鬼使神差地走进了老妈的房间。

他老妈的房间不大，是三个卧室中最小的一间。按照他老妈的话说，虽然孩子是孩子，但是孩子终归要娶妻生子，住最大的房间不只是迟早的事，也是免得以后换来换去麻烦。只是非常非常遗憾，梁凉和梁冰都没能将老妈这句添人进口的话变成她希望得到的现实。他觉得，眼下，这个家的每个人都有棱角且不可触碰，也不可被侵犯。每个人都好像有自己的秘密，每个人都在为维护自己的利益和秘密而防范着他人。

包括他自己。

回家的路上，梁凉本想去那个池塘看看夜里的荷塘月色，但是他还是选择了回家，他怕池塘边空空如也的境遇把自己因为歌词蓄积起来的好心情给损毁。结果好心情没被月下荷塘损毁，而是被这家里的繁杂搅扰得片刻不得安宁。

他全然没有了睡意。

“你怎么进这个屋了？”

梁冰好奇地走近连灯都没打开而是站在一片昏暗中的他身后，疑惑不解的声音从他的身后幽幽传来，带着跟他心情一样的震颤，让他觉得被老妈抛弃的孩子不只有自己，还有梁冰。

他没有说话，而是安静地看着昏暗中的一切，窗外的星光和月色的映照让房间里的一切都罩上了一层有温度的光亮，好像所有物件，包括光滑的墙壁，都在这一刻可以穿越时空地将老妈内心不想带走的一些关怀，以这样的方式带着所剩无几的温度留给了这个家。

“我让老妈把这门锁上，可是她说没什么可锁的。”

梁冰一边看向整个房间的所有角落，一边对梁凉说着她对老妈好像是无怨的抱怨。梁凉听了，即刻感到一种可怕的疏离感。他觉得这种疏离感在自己的四周不停地弥散开来，仿佛老妈的离开不仅是去寻找她自己的幸福，更是与自己和梁冰之间做着一种蓄谋已久的诀别。

“爱锁不锁。”

梁凉转身离开了，但是他很想跟梁冰开诚布公地谈谈心，比如怎么努力地把个人问题解决了，但是这无疑是一句废话，但凡好解决早就解决了。可是他真的想跟梁冰说你赶紧找个人嫁了吧，却还是没有说。

突然，梁凉又有了一种想哭的冲动。

人生或命运的怪就怪在这里，仿若四季的匆匆脚步，刚刚还以为春的气息扑面而来，转瞬之间，冷凛的风便在整个春天肆虐地横行。这一刻，他因为新写的那些歌词包括头一天晚上写的诗所凝结出来的成就感被一扫而光。

原来，诗的力量很有限，歌词也如出一辙。

十七

“梁凉，跟你说件事。”

清晨，吃早餐的时候，梁冰正庆幸自己能够在情绪不稳定的过程中，一头跌进睡梦里而不会影响白天的工作时，看着梁凉的眼睛，神神秘秘地欲言又止。

“如果不重要就别说了。”

梁凉冷冷地说完，再没有了一点食欲。

“咱俩可能不是咱妈的孩子。”

梁冰突然蹿到梁凉面前，毅然决然地挡住了他的去路。

“希望是这样。”

梁凉脱口而出。

“什么意思？”

正在梁冰没有任何设防地不断眨着眼睛疑惑时，梁凉走到了门口，并希望能以最快的速度离开。

“你咋是这个态度？”

梁冰不解。

“以前我觉得你情商低，没想到你智商也这么低。”

梁凉说完，砰的一声关上房门离开了。

他走进电梯，再走出楼门口时，觉得自己是这世上最不幸的人。

从小到大，还没等倚着老爸的肩膀当靠山，就失去了最愿意被依靠的男人钢铁般的江山。然后就是一直守着这两个几乎没有魂魄的女人。最要命的是两个失魂落魄的女人竟然都把守护他却又不给他自由的空间当成各自的终生大业来坚守，这无疑又成了他痛苦的根源之一。

十八

梁凉到了编辑部，既没跟袁莺莺打招呼，也没关注哪怕只是一眼的庄北状态。对他来说，自己的不开心和不快乐早就压倒了他对袁莺莺和庄北的一切关注。而在他的眼里和心里，一切都那么混乱不堪，像水中的暗流，无论你看得见还是看不见，它都在那里一刻不停歇地流动着。

他打开了每天都必须例行公事进行浏览的邮箱，发现自己的心情或叫作情绪已经完全不受自己的掌控。最重要的是，每一个邮件和每一个邮件之间，无论是名称还是内容，怎么看都没有任何区别。这让他对前来投稿的诗作看一首难受一会儿，看一首后悔一会儿。

一上午就这样在不停的难受和不停的后悔中，慢慢地过去了。

“还没遇到你喜欢的诗人？”

中午吃饭时，庄北问梁凉。

“你怎么知道？”

梁凉很诧异。

“别忘了我是小说编辑，我懂人性。”

庄北的话说得趾高气扬。

“是通人性吧。”

袁莺莺在一旁进行了更正和补充。

“我都不知道那些诗人究竟在想什么。”

梁凉一边喝汤，一边摇着头说。他觉得那些诗人写的诗，别说是连汤都不如，白开水也是一样比不过。

“想怎么写诗呗。”

袁莺莺的一句无奈回应让庄北听了，差点儿喷饭。

梁凉也跟着情不自禁地笑出了声。

“也对，都在想着怎么写诗。问题是，我怎么觉得他们不过是打着写诗的幌子，混进了诗人的队伍，不仅如此，还都自以为是地以为自己就是诗人了。”

“那还用说，人家投到你诗歌邮箱的不是诗，难道是散文、小说？”

袁莺莺的这句话又差点儿让庄北喷饭。

“我说，你咋那么懂得那些诗人的心思？”

庄北抢先向袁莺莺提出了梁凉也想提出的问题。

“小说编辑还要问我？不是这种心思，难道是去市场买菜回家做饭的心思？”袁莺莺说完，又急忙补充一句道，“要我说，就一句话，分行就是诗，按回车键也是诗，总而言之，字数少的就是诗！”

“简直就是胡说。”

梁凉听了袁莺莺的高见，下意识地在内心里偷着嘟哝时，不自觉地看了庄北一眼，两人瞬间在内心达成了一个不置可否的共识。

梁凉觉得，就算投来的诗稿都是诗，充其量不过是沾到了诗的点点露水而已。对于诗的内在、诗的精髓，很多作者根本就不知道。但是，如果硬要说那些诗人投来的诗叫作诗，不过是那些诗人借助外来情绪所进行的无实效也无意义的自我宽慰。

说到底，还不能称其为诗。

“现在的人……”

梁凉想说点什么，又觉得无话可说。他也不知道现在的人都怎么了，其中也包括自己。极其丰富的物质世界打造出来的诗贫瘠、虚弱，没有生气，更缺乏活力，好像一片茫茫无际的荒原，没有太阳的出现，也不存在星月的更替，有的只是漫无边际又时刻疯长的愁绪，在不太多的字里行间狂欢。

没有善心善念，有的只是极其恐怖的贪欲。是意欲写出好诗的心，却空有想法而无真正的才能。但是生生地要以诗的形式投稿给梁凉，不仅如此，字里字外还都充斥着有恃无恐的傲慢以及狂放不羁的无礼。没有敬畏，更没有敬重，好像所有陈述都是被欺骗后的委屈和索取之前的理直气壮。

哪一首都没有诗最应有的执着和热爱。

他觉得自己被那些几乎是无病呻吟的诗拐带得越来越没有了编辑出好诗的冲动和能力，甚至连浏览本身都是在做消耗激情的无用功。可是他真的想有所作为。

比如，为了这一刻心境的纪念。

比如，为了曾经那些不想纪念的纪念。

诗人应该是最好的战士，诗人应该在没战胜这个世界时首先战胜自己。显然那些诗人既没战胜世界，也没战胜自己，更没有战胜梁凉。

“都是自以为非常强悍的弱者。”

梁凉自言自语地说完这句话，明了弱者才习惯冠冕堂皇地披着“诗”的外衣，用通篇的文字，没有任何章法地胡言乱语，看不出情怀，也见不到底色，更看不清主旨、层次、意境，以及文字背后隐藏的深意。

不过是看着像诗的诗，怎能在杂志中引领捧读诗的读者。如果作者茫然，相信读者会更茫然。他不禁万分感激起发明诗的祖先、写诗的前辈们，包括战国时期就出现的“诗”这个字，好像仅仅是这一个字的表达，便让他长出了一对可以飞翔的翅膀。只是非常遗憾，他觉得自己名为编辑，却无力承载诗的重负，甚至无力飞翔。这源于他越来越觉得孤单的茫然无措，好像诗意情怀都变成了自己一个人的事，而情怀本身，让他刚刚度过的那些创作的傍晚和深夜，一边为自己心灵的伤口进行无奈的缝缝补补，一边以诗和词的形式向这个世界发出铿锵有力的回应。

以美好的形式表达着不美好和无助。

梁凉觉得自己在失意沮丧中，因为愧疚而再度失守了诗的阵地。自古代代相传的诗与词可以璀璨远古的质朴与情深，穿越千年都不曾改变，而自己却无力传承并发扬这诗源初始的风骨。在诗面前，自己不仅是个孩童，更是个懦夫。

十九

“袁莺莺，我收到了一个作者叫‘黑土’的小说稿。”

下午，距离下班还有一个多小时的时候，庄北突然对袁莺莺说。

“让我看看邮箱地址。”

袁莺莺听了，一边说，一边凑到庄北身边。

“是写散文的那个‘黑土’？”

梁凉一边问，一边参与其中。

“你确定是小说？”

袁莺莺一边关注庄北邮箱里的小说投稿地址，一边问庄北，好像庄北随便说出的某一个字都可以成为袁莺莺判断结果的有力凭证。

“怎么说呢，我把文档转给你？你看看究竟是小说还是散文？”

“别转，人家投给你的小说，你可千万别再转给我，再说了，我也看不懂什么小说。”

袁莺莺没等庄北动手操作，即刻用决绝的态度进行了阻止。

凭借袁莺莺的失望，梁凉知道袁莺莺应该是看清了“黑土”小说的邮箱地址，不然不会即刻回到自己的位置，用明显能够听得出来的怪怨，既有些阴阳怪气，又含沙射影地无论怎么听都觉得不正常。

梁凉的神经也十分敏感地被带动起来。这不过是一个叫“黑土”的小说投稿作者，却将几乎沉寂了整整一天的编辑部搅扰得如同石破天惊。

“你生气了？”

庄北问袁莺莺，而这句话也正是梁凉想问袁莺莺的。

“我生什么气，想写什么是人家作者的自由，再说了，人家已经投奔你去了，你就是神圣不可侵犯的主人，你自己看着办呗，跟我有什么关系？”

袁莺莺语气中的冷嘲热讽以及满脸的冷若冰霜让庄北和梁凉都觉得，一篇已经改头换面且已经易主的文稿既没必要令袁莺莺如此大动干戈，也没必要动用这样的态度，让所有人都因此不自在，但是梁凉从袁莺莺假装的坦然自若中完全可以看得出来，对袁莺莺来说，“黑土”投稿小说的举动完全可以称得上是不可原谅的背叛。

“怎么说呢，冲你袁莺莺一向欣赏并非常认可的‘黑土’散文，我没有不给发稿的道理，但是这些文字，庄北我实在是不敢恭维。”庄北看着袁莺莺说话时，特意看了一眼一直在关注此事的梁凉，还有意地卖了一个关子。

“真写得不好？”

梁凉问庄北。

“梁凉，这哪是小说啊，要我说，充其量不过是散文式的小说。”

“散文式的小说？”

袁莺莺和梁凉几乎异口同声地说出了各自的疑惑。

“对，是散文式的小说。”

庄北斩钉截铁地回答。

“还有散文式的小说？”

梁凉替袁莺莺代言了。

他发现袁莺莺惊诧之后的表情完全是失望和失落，好像她袁莺莺的余生会就此走向暗无天日的末路穷途。感觉上就像袁莺莺与心仪的白马王子正一路同行时，却不得不分手说再见。因为缘分已尽，原因是袁莺莺根本不是白马王子想找的那位灰姑娘。

“确实是像散文一样的小说。”庄北有些为难地补充了一句后，又继续说道，“要我说，这还应该是散文，虽然投稿的标题上清清楚楚地写着‘小说’两个字，但是，这根本不是小说，叙事太少，抒情太多。”

“改也不行？”

袁莺莺歪着头问庄北。

“如果改，就得做大手术，问题是我凭什么给他的小说做大手术？有那个工夫，我自己都能写出小说了。”

庄北说这番话时，看了一眼袁莺莺，又看了一眼梁凉，好像在征求一种一致的认同，但是这种认同不是对他庄北究竟给不给“黑土”的小说做大手术的认同，而是庄北因为“黑土”一篇四不像的涂鸦值不值得这样做的认同。

“那小说写的什么内容？”

梁凉表面平和，内心有些忐忑地问庄北，因为从他的本意上讲，不想蹚这浑水，但是又觉得有些话自己说比袁莺莺说出来会更好一些。这个时候的袁莺莺，神经应该很脆弱，最重要的是他也想通过这样一件事，知道一些细节，比如一个被编辑偏爱有加的作者为什么突然改变了创作方向。即便这种变化与编辑无关，梁凉也想知道究竟。

“写一个女子因仰视一个男子，爱而不敢爱的故事。”

“是爱而不敢还是爱而不得？”

梁凉刚要问，袁莺莺已经替他提出了疑问。

“是刚刚开始，还没写到爱而不得那个位置。”

庄北说得轻松随意，袁莺莺却听得心事重重。

梁凉觉得针对这样一件看似平常、实则不一定平常的变化，在袁莺莺那里肯定是个意外，对于庄北来说也应该是个意外，但是对于梁凉来说，根本就是事不关己，高高挂起。

“庄北，把‘黑土’的小说转给我看看。”

过了二十多分钟，袁莺莺的声音打破了沉寂，这声音不强硬也不冰冷，却饱含着一种被冷落后的被伤害。

“这四不像的作品，你肯定看不上。”

庄北的语气，不卑不亢中带着不屑一顾的傲慢和鄙视。

“那就别转了。”

袁莺莺冷冷地说，此时，房间里被庄北的傲慢和袁莺莺的失落聚集起了怪异的气氛，让梁凉不得不保持好自己的中立式沉默。

写散文的“黑土”开始写小说了。这是不是意味着未知的某年某月某日，梁凉也会收到“黑土”的诗歌投稿?

梁凉一边这样想，一边觉得，对于“黑土”来说，写散文已经不再是难攀的高峰，而对于小说的创作虽然属于另辟蹊径，但是这已经开始的行动，让梁凉觉得，“黑土”投稿诗歌应该是迟早的事。只是这样一想，他倒一阵一阵地发起呆来，好像无论什么事不与自己进行某种意义或形式上的关联，想象力就会被埋没，甚至被葬送。而他一再发呆的结果是，直到下班也没想出个明确的所以然，相反，他整个状态比早晨还不如了。

像个无心撞钟的人，却每时每刻都在死死地坚守。

二十

梁凉无心回家，也无心再去“丑猴子咖啡”。他有心去电影院看一场电影，但是拐进了电影院西北有书店的那条街，可是他要走进书店时，又毅然决然地放弃了。

在这个时候，书没有任何吸引力，更没有感召力。

他不需要书。可是他往书店走的时候，明明想去书店买几本散文集或几本小说，但是又觉得那么想一想就可以了，因为在他的内心深处，还是喜欢诗。

诗，才是至高无上的。

诗，才是梁凉的生命。

散文和小说都不过是袁莺莺和庄北看重的，虽然也是那个“黑土”愿意一路跟随的，但是对于梁凉来说，那些都是可有可无、可看可不看的东西，结果他从书店的门口经过时，只是看了一眼书店的大门。

买诗集。

这念头刚在梁凉的脑海中浮现，即刻被他以最强硬的态度打压为零。

买诗集或者说买一本自己喜欢的好诗集谈何容易。即便书店里的诗集琳琅满目，而选诗集本身也已成为一件让他头疼的事，诗人太多，诗集也太多。

好与不好、优秀与不优秀已经很难从出版社、名人推荐、封面寄语、目录及字里行间去进行任何意义上的判断。这一切都在眼花缭乱中没有一目了然的简单或较容易。对于庄北所说的散文式的小说，梁凉也无法用自己的所知所识去进行绝对意义上的甄别。

他只能放弃自己这不容易兑现的好想法，让自己不得不盲从又沮丧得像一个有方向却没有目的地的空壳，一路到家，顺手买了吃的喝的，然后食之无味、喝之无聊地将这顿人生中不知要重复多少顿的晚餐之一，吃得如同嚼蜡般地只可以算是无知无觉的一次饱腹。

活着，有时真如行尸走肉。

梁凉这样想着时，站到自己的书柜前，看着书柜中几乎可以算是包罗万象的诗集，觉得自己目光犀利得如此傲慢、如此无礼，因为在诗的世界，自己不仅渺小，更是一个不合格的小学生，不仅如此，还成了一个动物。

动物又怎能写诗、读诗、品味诗?

他发现自己真的开始了不可救药的自卑。这自卑让他觉得在诗面前，自己不仅渺小，还脆弱得不堪一击，仅仅是一顿食之无味的晚饭，自己却离诗的世界遥不可及。

连仰视都找不到方向。

迷茫，抑或没有方向感，在这一刻又成了他不请自来的一位常客。

互换角色

Chapter Ⅲ

第三章

一

“说说你的事。”

梁凉好不容易调整好自己的心态和状态，准备将自己刚写的那些诗和歌词好好地进行整理归类，一边吃着面包，一边喝几口饮料的梁冰坐到了他身边。

梁凉没有回答，并回给梁冰以不满加不屑的眼神，他试图以此让梁冰离自己远点。

“也跟你说说我的事。”

梁冰停住了正在吃的面包和正在喝的饮料。

“跟我说说你的事？”

梁凉疑惑地看向梁冰，觉得她有些不对劲。

“是。”

梁冰抿着嘴，像在压抑着什么、坚守着什么，又极力地在控制着什么。

突然，梁凉有了一种想泪奔的冲动，仿佛在梁冰的表情里看到了自己，是最真实的自己，甚至是最不堪的自己。

“说吧。”

梁凉点了点头应诺道。

他知道梁冰根本没看到自己在点头，但是他可以从梁冰的状态中，感受到自己长期以来，一直作为一个生命的本身，说不清来自何方的恐惧、凄惶和不安，而梁冰也同样如此。

顷刻间，他的眼里蒙上一层肯定是泪花的液体，不然他不会觉得自己的喉咙有些哽咽。他甚至觉得眼前的梁冰虽然在沉默中与自己进行着某种挣扎或对抗，但是可怜巴巴，不乏可恨夹杂其中。

我不渡无缘之人。

梁凉刚要说出这句话，耳边突然传来的到处流传泛滥的这声音影响了他的态度，他即刻调整了自己，权当梁冰为空气，然后双眼直视电脑显示屏的某处，只等梁冰说话。

“我的那个男朋友。”

梁冰果然像梁凉预想到的那样，将整整三年连三句都没说过的话题，在这一刻，像在他的整个世界投了一颗一会儿就会爆炸的定时炸弹，或者这炸弹已经爆炸了。

“病得不轻。”

梁凉在自己内心不满且不屑地回应了一句。

他觉得老妈离开家是最正确的决定，守着这样一个早已成年的女儿和这样一个固执又偏执任性的儿子，老妈的离开确实是有必要的逃生。

“不想说就别说了。”

梁凉冷冷地说了一句。

如果说真爱会冲破所有阻碍，包括所有障碍，但是中途停止了、夭折了，无法进行下去了，只有一个原因，那就是不爱。

非常简单。

爱，会不顾一切。

不爱，会顾及一切。

这都是梁凉要说给梁冰的话，但是他一句都没说。

只有不爱才能放下，也能忘记。

这依然是梁凉想说的，只是他不可能说，觉得没有说的必要，但是他第一次想因为爱和不爱来好好地反思自己，觉得很多事真的无法用自己原来的判断加以准确评判。他好像瞬间推翻了原来的所有，或许梁冰也是先于自己懂得了这些，才说出了刚刚那一番话。虽然对于梁凉来说，梁冰相当于什么都没说。

二

梁凉离开了家。

他离开的时候，用眼睛的余光看到梁冰呆呆地站在自己卧室的窗前，像跟外面的世界要答案，又像在等待。

人，真可怜。

梁凉走在路上，觉得人活着本身虽然有痛苦，但也有欢乐，有愉悦，但也有沮丧，但是很多时候不开心要大于开心，好像“开心”两个字就像“快乐”两个字一样，明明都是乐，偏偏要在乐的前面加个“快”字。

生怕乐得太久了，就对不起不乐的人。

梁凉的思绪如夜色降临时，天边月亮旁的云朵。明明是刚刚飘来一大片，每一片都是极纯正的海沧蓝，但是定睛一看，只是些许浮云，灰白着惨淡的颜色，连姿色都消失了。只那么几缕，便被一阵清风随随便便地吹散了。

一排排路灯，白天不易被路人关注，这时成了路人最好的陪伴。尤其灯晕边缘零星飞旋的蝇虫，还有它们投在地上的光影，飞旋着忽明忽暗的颤动碎影时，让他觉得茫然无措且不知进退就是因为这个世界，无论什么都是那般含混不清。而一个人站立其中，始终是一头雾水，什么都看不清。

一切都在游移不定中，一如石灰色路基上的浮土，斑驳着城市里少见的潮湿气息，与细碎的光影一起，让他的记忆有一些变得清晰，有一些依然面目模糊。

春天的气息，比白天还有棱角。树木也不再像白天那般飒爽清冽，这时更多的是风情和韵致。这让他不禁想到这座只在念大学时离开了四年才因此而懂得何为思念的城市，再次回到以往的生活，他才发现一切早已在悄然之间发生了不可逆转的改变。

不是变好，而是变得越来越不好。

虽然老妈还那么强势，但是已经以躲避的方式，将她的强势转移到老赵那里了。或许老妈在老赵那里不再强势，而变成了小鸟依人。三年前，梁冰的男朋友大鹏人间蒸发了，没留下一句再见，也没有任何意义上的正式分手，致使糊里糊涂的梁冰变成了现在这个样子，对什么事都不感兴趣，对什么人都不感兴趣，哪怕梁凉与柳绒谈了朋友又分了手，对梁冰来说不过是知道了、知晓了，至于结果，可有可没有、可知道也可不知道。

梁凉决定去池塘边。

那天他遇见宋舰的时候，就不应该离开，或许离开之前像电影里某些浪漫的景象，自己为自己演绎出浪漫的情节。如果那样，这个时候的他便不会如此孤单，只是这仅仅是一种不可能的想法，而让他觉得自己越来越离谱儿的不只是想法，还包括行为。

这个时候，大多数人更愿意窝进自家的沙发或被子里，一边躲避春夜里的微凉，一边修复白天奔波的疲倦，还有精神上无法填补的各种虚空，或用游戏，或用观影，或用醉生梦死的各种方式，总之，如此盲目地去某个地方，怀揣着不太切合实际的幻想，虽然可以算是一种亡羊补牢，但是无济于事或干脆就应该是一种无功的徒劳。

无论想还是行动，都是无功的徒劳。

梁凉这样一想，即刻觉得世界再次变得异常混沌。仿若他的心绪，原本想清静，却没能够清静，原本想找寻一些灵感，却没有一丝一毫的诗意可寻。有的只是自己这个盲目又盲从的夜游人，没有方向，也不可能有方向。

他走在通往池塘方向的小路上，觉得世界如此之大，自己却总是一个人，无论身处什么样的境遇，无论身边有多少人，就是无法排解这种孤单的如影相随，仿佛这世界不只是一座荒无人烟的孤岛，更是一个有人也同样会被鹤立鸡群地下了魔咒的世界。

他在路灯下顺着脚下自己的身影，一脚一脚地从晃动的影子上走过。走路时因为掠带了一路的风，好像清晰地看到，路灯之外的黝黑地带像莽莽丛林之外的村庄、河流以及草木葱茏，都在白日喧嚣时，在阳光的照耀下，安静邃美。

或许那样的地方才是可以让灵魂安然存在的所在，可是这样想着时，有一盏路灯的光将他刚刚出现在脑海中的景观一起掠走了。

梁凉被放飞的想象只旋舞了一瞬间，便将灵感幻化出的虚无缥缈变成了可以显形的文字。依然是一段段、一行行。

月白春来，

不过是又一场轮回的朝花夕拾。

即便是著作等身的翩翩才子，

怎奈，

朱藤缠龙树，

闲置着所有的伶牙俐齿。

且只钟情于蒹葭古寺里的文字，

如此，

只因自己没有故事。

属于梁凉的诗，以他兀自孤独高傲的姿态，带着优雅的华丽，淡定从容地让他在自我感觉和自我感知中，悻悻然地收到了既完整又完美的开头和结尾。

三

梁凉走进了一条长长的曲廊。

曲廊是新建的，或者说是在原来规模的基础上进行了翻修扩建。支撑曲廊的木柱看上去是木头材质，但实际上是钢柱水泥浇筑的。

木柱上的红是最具中国红里的赤红。冷眼看上去，张扬的色彩里既有国风的典雅，又有暖色系的热烈，在晚风习习的夜里，扑面而来的热烈成为他视觉上可以见到的温暖。这让他置身其间，觉得刚刚灵感呈现出的诗句都映在这当时还没有见到的光影里。

他敢保证，如果自己是先于那些诗句而见到眼前的色彩，那些诗句一定会有别样的风韵，应该是被绚烂涂抹后的瑰丽。他不禁看了一眼曲廊的最前面。

曲廊一段一拐地弯曲幽深到不见尽头般一直延伸到楼群边缘，安静的空旷中，很像世外桃源的林荫小径，由低处向高处的一段拐弯处都会有一个高出曲廊很多的台阶及与之相对应的白色墙壁，而每一面墙壁上都画着镂空轮廓线的莲花图案的草图。个别图案的茎叶处是不注意看几乎看不到的细线勾描，但是，若停下脚步仔细观察，便可以发现行云流水的线条十分流畅、自然且柔和。他觉得仅凭线条的描摹，便可见到绘画之人的高超技法，而整面墙上的整幅画也不过是一个偌大的莲蓬叶子外加一朵盛开的莲，以及几尾莲叶下方沿着波纹游弋的小草鱼。

他再看墙壁右下角的落款处，有一方画出来的大红印章图案，旁边是黑色落款的两个行草字——夕墨。

这倒是个好名字。

夕阳西下时，天边越聚越浓的黛墨颜色，黑蓝蒙蒙，灰而不透，越聚越浓的脉象反过来跟清晨的东方即白有着异曲同工之妙。这倒让他感同身受于路灯的聚光之下，犹如来势汹汹中带着暗色的原始自然，生生地涌向他灵感的前沿，让已经退去的诗兴在即将萎缩之前，又被这漫延如烟中有万河归海的磅礴气势所覆盖。

一切都在他看到“夕墨”那两个字之后，突兀间反转了既定的方向，好像全部义无反顾地杀将回来，让他拥有了与眼前白描线条相符的诗兴根芽。可是还没等他想到如何斟字酌句时，猛地见到一位拎着红色水桶匆匆走近自己的女子。

梁凉呆住了。

他即刻觉得浑身上下不是血液倒流，而是一会儿凝固，一会儿又沸腾，只在一瞬间便进退了几场翻雨覆云的轮回。

如果这世上真有心想事成，他相信眼下就是活生生的心想事成。

如果这世上确实有潜意识里的一种希冀，从自己信步走来的那一刻，这潜藏于心的希冀便一再被发酵、被复制、被粘贴、被无止境地放大，然后在这一刻全部被激活。

拎着红色水桶匆匆走近自己的女子途经他身边时，不经意地看了他一眼，只这一眼，便让他愣愣地看着那女子近在眼前又离开的瞬间，呆怔许久才反应过来。这女子竟然是画墙画之人，最重要的是，原来那一袭蓝色长裙已经换成了宽松肥大的一身灰色工装。

唯一没变的是拿着画笔的手依然纤细而柔软。

他下意识地向墙面相反的方向躲避了一下，但是他又条件反射般地回到原来的位置，不，是那女子的身旁。

“你叫夕墨？”

梁凉再不敢失去这天赐良机，最重要的是，他不想在日后各种懊悔中，无限度地责备自己。

“是，周夕墨。”

“这名字可真好听。”

梁凉刚刚听到周夕墨的回答，即刻用近于讨好的语气，几乎是迫不及待地，一边说，一边用手指着墙画右下角的“夕墨”两个字，献媚讨好的嫌疑里，展现着真心的喜欢和掩饰不住的欢喜。

“是好听。”

周夕墨头都没回地既没关注夸赞她名字好听的梁凉是何方人氏，也没在意这份夸赞的真假。她只是将水桶放到靠墙的跳板上，然后用另一只手撑着跳板的梁架，只一个轻巧的跳跃，周夕墨整个人便站到了脚手架上。

梁凉见了，下意识地看向四周。

“怎么就你自己？”

梁凉问。

周夕墨听了，慢慢地转过身，居高临下地看着他，眼神中有几分惊觉，也有几分不动声色的察言观色。而他即刻为自己仿佛无底线的献媚褒赞感到吃惊。自己何时变得如此卑微、急切地为一个人这般献媚？从小到大，从来没有。

只是这一次，名叫周夕墨的女子既没回答他，也没回看他，好像她画画的时候，任梁凉再怎番讨好献媚都与她无关。他看到周夕墨开始用心地描画起墙上不注意看根本看不见铅笔底稿的那些线描。

一笔一笔又一笔，比他之前看到的那些还娴熟流畅，他甚至觉得这线条本身便蕴藏着可以无限延伸的美感。

“为啥这么晚了还在这儿画画？”

梁凉问这句话时，仰起头看了一眼曲廊方柱后面的照明灯。此时此刻，灯下画画的周夕墨置身在明暗分明的光影里，完全是一幅画中画。只是这一次，周夕墨依然是既没回答他，也没回看他。

他不再说话，而是安静地看着周夕墨手中的笔，顺着细细的铅笔底稿，线条流畅自然地勾描出一朵睡莲的花蕾。依然一如开始时那般，一笔一笔又一笔，他在被冷落中感知到了自己的不正常。

从小到大，无论在家里还是在外面，他都以冷漠示人，甚至可以说他一向都以漠视的态度看待整个世界。虽然他的诗句是热情饱满的，是蓬勃向上的，但是与他人打交道时，他从不知何为献媚、何为讨好，他甚至不知道献媚和讨好究竟是为了什么。但是这一刻，从自己的献媚和讨好中，他不仅窥到了自己的小心翼翼，更发现了自己的胆怯。

怕再次与周夕墨擦肩而过。

怕自己会在今生与周夕墨成为彼此陌生的路人。

周夕墨好像知道了他的心里似的，扭过头看了他一眼，但是既没回答，也没有表情，好像是漠不关心，又似乎并没有忘记他的存在。

画画，真美好。

梁凉不禁在内心里生涌起一种由衷的慨叹。

他不敢再说一句话，只在一旁默默地注视着。好像在这一番景象里，他是个不离不弃的参与者，或是一个非常忠诚的观众。他看到周夕墨手中的笔，被她运笔自如的手势忽而上，忽而下，忽然又有了停顿，但只是停顿了那么一瞬间，还没等梁凉看到为什么要顿笔时，笔尖下的流畅线条又像一根墨色的细绸带，只一眨眼的工夫，便在白白的墙壁上旋舞飞扬起来。

“白天人太多，太吵。”

周夕墨在沉默了很久之后，终于给了他一个非常满意的回答。

“白天人是多，是很吵。”

梁凉一边回答周夕墨的回应，一边明了，这仅仅是一句话的解释，听来却有一份亲和的温暖，他甚至即刻有了一种想滔滔不绝地跟周夕墨说话聊天的冲动。但是他即刻打消了这个念头，因为他发现，周夕墨扭头看自己时，绝对不是随意的匆匆一瞥，而是想通过这一眼进行某种认知的确定和判断。

“你看，我能帮你什么？”

梁凉友善地问道。

他觉得无论周夕墨对自己的态度如何，作为自己了解的梁凉，有必要在这样的一个过程中，站在被动的位置做好主动出击的每一个细节，这才是王道。

“你会画画？”

周夕墨问梁凉。

“不会。”

梁凉将头摇得如拨浪鼓。

“但是，我可以给你当下手，比如……”

他说话时，很想举起竹架上的红色水桶，但是这想法显然荒诞可笑，因为那水桶根本不用举起来。他发现眼下只有陪伴的方式好像最好。这样可以拉近自己与周夕墨之间的距离。

“如果你真愿意帮我，一会儿麻烦你帮我把这些东西送到出租车上……”梁凉看着回过头来看着他的周夕墨，刚要回答说可以，周夕墨又补充了一句道，“如果你不怕浪费你宝贵的时间。”

他听了周夕墨的两句话，刚要斟酌怎样回答，却在视线的余光里，发现一个往临时搭建的围栏中送跳板的男人。

“对了，还有我现在用的这副跳板，最好能帮我送到那个围栏里。”

周夕墨用手里的笔指了一下那处围栏的方向。

“没问题。”

梁凉爽快地回应了一句，即刻在内心泛起了一道光亮。好像暗黑的四周异常地明亮起来。这夜，仿佛不再是夜，而是一个温暖有温度的小世界。

他不禁笑了。

他发现，这一刻一向循规蹈矩的自己竟然如此毫无芥蒂，地没有了平日里一向被自己防守戒备的各种清规戒律，甚至根本无法将理智和欲望进行任何意义上的区分或是简单地进行剥离。他甚至觉得，此时此刻，自己已经无法将这根本不搭边际的两者混合在一起。

“我叫梁凉，冰凉的凉。”

梁凉靠向周夕墨的身边，一只手本想搭到跳板的边沿，又觉得不妥。

“我还有个姐姐叫梁冰，后面的‘冰’字是冰凉的‘冰’。”

他不由自主地补充了一句跟自己有关联的梁冰的名字后，本想继续补充一下老妈的信息，但是他强行让自己闭上了嘴。

这哪里还是自己?

他看着周夕墨手里的笔，自然流畅地绘画时，突然间停顿了。周夕墨扭过头，俯视着他有些懵懂的表情，然后略有所思地说：“一个凉再接一个冰，冰冰凉凉？”

他听了，觉得周夕墨的话里带着偏见，急忙补充一句道：“我老妈说我俩的五行缺水。”

“是缺冰凉的水。”

周夕墨即刻补充了一句。

“是缺冰凉的水。”

梁凉复述了一遍后，便默不作声了。

他觉得周夕墨说得没错，自己与梁冰还真是顺应了各自的名字，为人都高冷、事事都不关心，对大家都感兴趣的人或事也都无关痛痒地漠不关心，甚至与自己有关的人或事也同样可以做到冷眼旁观到麻木不仁，或者干脆袖手旁观、隔岸观火。

“我说得不对？”

周夕墨见他不再说话，蘸墨点画时，回看了他一眼后问道。

“很对，很对。”

梁凉忙不迭地心悦诚服地回答。

有关于热情或最起码的热心，自己，包括梁冰，都应该进行某种意义上的反思：为何会如此、长此以往究竟会有什么结果。突然间，梁凉觉得，一个人的情感往往会通过处事的态度而全部呈现出来。没有情感或不用情时，需要得到回应的另一方会感觉到。

心会凉，心也会热；心会心驰神往，心也会心潮澎湃；当然心也会心旌荡漾，更会心烦意乱。虽然每个人的心都是自己的，但是却有着各种各样的功能。最重要的是每个人的心里有海也有灯，有心曲也有心声，还会生有抱怨，会心甘情愿，会在所不辞。而这一切都源于自己的心愿意与否。

“其实，夕和墨在名字里也很少见。”

周夕墨主动说话了。

他看到周夕墨说话时，头上方有几朵京桃花树上残存的花瓣，被疾来的风吹落到地上。他这才发现，周夕墨泛着暗灰幽光的阔腿裤上的皱褶，在灯光和月影之间，来来去去地随着周夕墨的身体而不停地晃动。像不经意间掠走了花瓣的那阵风，让他觉得有些目眩的同时，还对那双再普通不过的黑色绒鞋产生了异样的感慨。好像那黑漆漆的绒布里藏匿着无数夜下草莽间的窃窃私语，像曲廊之外的星空，深邃而神秘。

黑夜的黑是隐藏的颜色。不知不觉间，因为周夕墨的出现，梁凉对色彩有了和对诗一样的理解和解释。而原本在诗歌里就有着最美的意境，或许是画无法展现出的一种美，诗歌恰好赋予并弥补了这个角色，来完成画里的遗缺。

“你喜欢画莲花？”

梁凉没话找话地一边看着画画的周夕墨，一边仿佛在自说自话地想起了最初与周夕墨在池塘边的一面之缘。恍然间，他觉得自己在周夕墨的身边，对字和颜色已经不仅是敏感了，更有敏锐之外的拆解本能和能力。

“夕阳西下的将夜，疏枝离散、飞鸟归巢、瘦影望月时，一朵睡莲出淤泥而不染。”

周夕墨一边画，一边低喃着，像自言自语，又像不得不对身边陪伴的梁凉进行一种非常有必要的诗意回应，但是这一句又一句的自言自语在他听来却比诗、比画还美，是心愿心语、是诗情画意的金句。

“我爸说我妈生我的那天晚上，天特别黑，没有星星，也没有月亮，估计也没有灯光，应该是没有一点光亮。”

周夕墨这样说时，抬头看了看头上方的照明灯，好像头上的光影不只是现在的奢侈品，在她出生的那天夜里更是稀世珍品。

“原来我一点都不喜欢这个名字，尤其那个‘墨’字，总觉得很脏，但是学了绘画后，我又非常喜欢，尤其用色时，黑色总是我的首选，只是……”

周夕墨欲言又止时，选择了不再继续往下说。

梁凉想问只是什么，但是又觉得，但凡周夕墨不再说了，就说明是不便于对自己说的。他见周夕墨不过是安静地又画了一阵莲蓬之后，好像越画越投入似的，基本将身边的梁凉视为无物一般。

梁凉不禁识趣地退回到曲廊的木柱旁，安静地从更远一些的侧面看着周夕墨手中的笔驾轻就熟地挥毫描摹。雪白的墙壁上，莲花早已开始显形，团团的叶子也在有影有形的基础上，更多了几分立体感。

随着周夕墨偶尔想起时随意几笔的勾勒，只是几根精细的线描，即刻便灵动起水中的层层波光，几尾小鱼仿佛真的在水中生龙活虎地开始游来游去。而水波之上的夜风，在大自然的气象万千中，静默安然着弱小生命的生生不息，虽然仅仅是在墙壁之上的水墨丹青里。

几许、几缕都有着动情之处。他觉得自己醉在了夜风吹莲的这难得一遇的景致之中。他看到周夕墨的长发，像她名字里的“墨”字一样，如瀑如晚风，秀长而飘逸。恍然间，他觉得女人的头发真的很美。不过是随意搭在周夕墨肩臂处的一缕散发，看上去却像一些有灵性的丝线，在周夕墨手臂的动作中，有如某一隅安静的夜色下，墨色的摇曳景致婀娜翩跹，葳蕤荏苒，撩得梁凉的眼里有了一种不敢弃之不理的缠绵思绪。那缠绵的思绪悠悠荡荡，一如水中漫涌的水草，一会儿出现，一会儿消失，一会儿再出现，一会儿再消失。他好像从一缕黑发的引领中看到了周夕墨和自己的各自生活。

随意而洒脱，无拘无束又井然有序，不畏周遭的变化，也不惧内心的清冷，不被世态炎凉所左右，只关注自己倾情投入的欢喜。这样的周夕墨无疑更会成为梁凉心中只要放进去便再也挪移不出来的喜爱之人。

一种天然的保护欲在他的内心油然而生，瞬间遍布了他的周身，仿佛他的希望也裹缠其中，让他可以比之前更加威武，给周夕墨以宽厚的助力臂膀，或可以依靠，或给予善良心地以将养，或干脆给予小心谨慎的灵魂呵护。

梁凉看着已经站在墙壁的中间画了一个多小时还没有半点想停下来休息一会儿的周夕墨，心里暗自生涌起尊重和敬佩。好像周夕墨笔下一花一叶、一水一莲蓬的描摹修饰都让那些景致，在渐渐的显形中，粲然出一种恬静的平和与安然。虽然仅仅是一幅墙画，却像每一笔的开端和结束，都有着悱恻唯美的爱情故事。

是走心的爱情故事。

如果说诗和画结合在一起叫作诗画，那么梁凉自己喜欢的诗在这一刻根本就派不上用场。尽管周夕墨始终背对着他在画画，但是他眼里的一切却已然成了另一幅画卷，是在生动形象的景观中，深切地感悟到的一种带有穿透力的未卜先知。

是可以看到的力量。

是周夕墨内心世界的力量，也是他灵魂里有或一直在寻找的力量。

梁凉笑了。笑自己竟然在这样一位不甚了解的人身边，给自己做出了衡量标准的评判。这评判像已经被圈定起来的框架和规则，有棱角也有边界，棱角是对外界人和事的刻薄，边界是对外界人和事的刻薄。

四

“应该是快到半夜了。”

梁凉不知多少次地抬头看了看周夕墨，觉得自己整个人虽然没有倦意，但腿脚已经疲惫不堪。贴靠在墙上画画的周夕墨，这一句仿若自言自语的判断，让他发现，整面墙的画已接近尾声。

他抬头看了一眼始终没有倦意照明的灯，最最闪亮的光晕里，依然转着不想停歇的蝇蝇小虫，只是没有原来那么多了，但是依然可以听到的嘤嘤声惊扰着这安静的夜，以及在这个夜里，不曾有一刻肯将自己的目光从画和画画之人的身上移开的自己。

梁凉看着墙壁上已经完成的画，国风具足的国画工笔，其间夹杂着些许写意晕染，虽只是几笔随心所欲般的挥毫泼墨，但整个画面却在虚实相间的若隐若现中，仍然富有东方底蕴的民族风情，包括独特的特质。这是他喜欢的感觉，但他没有说出来。

“真好！”

他只是不禁在内心里感叹，这如此唯美的画，在自己安静不打扰的欣赏中，一笔一笔地全部完成了。

他看到周夕墨在墙壁的左下角，只一挥手地快速运笔，一个硕大无比的“莲”字便在整个墙面黄金点的末端，用龙头虎尾的方式，用行草的洒脱，为整个画幅进行了万千生灵护佑的最后收笔。

如果不看墙壁上的画，单单看那一个字，便会觉得这文化墙里蕴藏的不仅是文化，更有一种中国汉字象形和意蕴的博大精深。但他有了比之前更加明晰的判断。

墙壁的空白处，一株舒展于微风净水间的莲蓬，藏青的颜色昭示着所有成长后的成熟。叶脉纹理及弯曲的茎，以及茎上清晰可见的细小芒刺都在向他表述着一种无奈中依然存留的锋芒，是不流于庸俗的倔强，也是一种不同于庸众的特立独行。一片硕大的花瓣飘飞在风中，跟站在周夕墨身边的他一样，都应该是这世界的过客，但是花瓣是鲜花盛开后的凋零，花瓣是生命完美盛开后的完美结果，而他自己却觉得人生才刚刚开始。

世人都说出淤泥而不染的莲，殊不知，世间的万事万物哪一桩不愿意省去麻烦，却要自寻烦恼。

都是迫不得已。

如果真爱遍地，谁愿意费力找寻。

如果真情可觅，谁愿意费尽心思去甄别。

那些被歌颂、被颂扬的不就是因为得不到或是不容易得到，或是得到了也定然会失去，才被人所珍视、所珍惜、所渴望甚至所奢求。

梁凉释然了，在周夕墨的画作前、在明天天亮有人走动后，便可以见到画墙的前面，所有花带着墨迹尚未干透的微明，全部绽然开放在他眼前。仿佛还有暗香袭人，和着他一生都不可能被忘掉的这记忆，在他未知的生命中，定然会成为可圈可点的美好。

周夕墨跳下竹踏板，动作麻利地收拾好画具后，意态自得地走向梁凉身边时，他觉得这世界如此之大，芸芸众生如此之多，偏偏自己就在这个心绪不宁的夜晚，像被上天的魔手肆意引领一般，在这个曾让自己心仪的人身边，度过了这过去了才知如此短暂的长夜。

“谢谢你，这么晚了，还一直在陪我。”

周夕墨匆忙中走近梁凉，那句含有歉意的话在他听来，不但礼貌客气，还非常受用。在他看来，自己的时间再宝贵，也不及亲眼见识一面白墙之上从无到有的花开似锦更让他心生惊喜。好像对于墙壁及其周围以及他来说，这不仅是一种可以见证一幅墙画从无到有的快乐，更是日后可以再来围观时的难得曾经，是很美也很幸运的一种遇见。

梁凉仿佛从这幅画中看到了自己。

从牙牙学语的孩童一路蹒跚着走来，到少年青春的风华正茂，以及励志诗意天空大地的野心勃勃，虽无人知晓，却被这一幅画画到了尽善尽美的极致。虽然墙上画的都是莲，但是人生又何尝不是莲。

都是一路的花开到花谢。

都是一路的成长到成熟。

原来，诗展现不了的，画可以展现；画到达不了的地方，诗可以到达。

梁凉仿佛瞬间悟懂了“诗画”两个字的真正含义。

“你真了不起。”

他不由得由衷地赞叹，然后从周夕墨的手里接过一把钥匙，将竹跳板和木架动作麻利地搬到围起来的围栏里，然后关上门，看到拎着自己用具的周夕墨就站在自己的身后，只等着回应梁凉的那句褒奖。

“其实很多时候，我自己都很佩服我自己。”周夕墨说话时，又扭头看了看自己刚刚完成的画作，然后继续补充道，“我就是一个半技术半体力的手工劳动者。”

梁凉听了，不解的同时，竟然心有触动地觉得周夕墨说这番话时，没把自己当陌生人，这很好，正中他的下怀。不仅如此，周夕墨还用一种很亲和的语气回应着他，这让他与周夕墨之间有了一种不可言说的默契与共识，但不是豁然的开朗，而是周夕墨说话时明显可以看得到的无奈与消极，很显而易见，这都是他最熟悉的也是最无力驱散的。好像也与周夕墨一样，终日徜徉在诗情画意中，体悟更多的却又不是诗情画意，而是无边蔓延的各种情绪。

消极的、无奈的，虽然也不乏快乐惬意的，但是快乐的惬意很快就会消失，且无法保留，也不能保留。既然同是一种感觉，便同样会成为意欲守护的相望。

梁凉了然了自己的开心与不开心，当然也有周夕墨的，在与周夕墨不得不分手道别的这一刻。时间过得太快了，虽然过程很缓慢。

五

“车来了。”

梁凉正沉思时，周夕墨的一句话让他瞬间警醒了。周夕墨上了出租车，出租车开走了，而他自己依然留在原地，像土丘上的一丛芦苇，在夜风中，不知何去何从，只能是愣愣地看着出租车，只一瞬间，便在他的视线中消失了。

这人，她怎么就这样走了？

正在他不解时，又恍然明了了周夕墨的行为。仔细地想想，一介弱小女子，像男人一样站在跳板上，贴靠在墙壁上，忘我工作的同时，还要防范着这无边黑夜给自己带来的恐惧，或许，这个时候的画不再称其为画，这个时候的美也不再称其为美。或许就像周夕墨自己所说的那样，一切是体力的付出，一切更是付出后的一种本能逃离，在一个陌生男子的身边。

梁凉不禁向四周看了一眼，这到处是灯火辉煌的城市，虽然人显得很渺小，但是人的付出却是志在高远的大象无形，是生命肯于付出也乐于付出的一种精神。这种时候，在城市的灯红酒绿中，应该有太多太多的人，或许已经沉睡于梦乡，或许正沉醉于酒后的买醉里，或许像他这样，无聊透顶地到处肆意安放自己无处安放的灵魂。

只是能像周夕墨这样，在陌生人的陪伴中，完成自己工作的使命，并在匆忙离开后，还能给对方留下一种难忘的美好，无疑这个夜晚对他来说，虽然不是别离，却远胜于自己生命中的各种分别。

他的神情比来的时候确实多了几分欣喜，但是更多的却是陡然增多的惆怅。

六

往家走的路上，梁凉恍然觉得这世间有些东西可以替代，有些人也可以替代，但是刚刚离开的周夕墨绝对是无人可以替代的唯一。这唯一让他有一种失去了大好机会的遗憾，甚至比惆怅还多了几分挥之不去的失落。

是失之交臂的失落。

他从来没有过这样的感觉，好像心里有千言万语想跟周夕墨进行开诚布公的交流，甚至想与周夕墨进行分享，可是却眼睁睁地失去了可以这样做的所有机会。只是失落的结果让他感知到这世界已不再是自己一个人的。命运的魔手仿佛已经将另一个梁凉复制粘贴到他的眼前，像一幅可以看见有他存在其中的景致，让他觉得另一个自己从看见的那一刻，已经在一点一点地靠近。

他恍然明了了“知己”这个词的全部含义。在认识自己的基础上重新审视自己、重新认知自己，将原来的自己分离出两个一模一样的人。两人之间没有距离，也没有隔阂，彼此无须掩饰。自己的所有都可以毫无保留地展示给对方，而对方给予自己的也正是自己所需求的。

透明又通透的表里如一，没有任何保留。好像保留或隐藏一点点都不再是自己。他觉得这样想的过程好像不含有任何杂质地只想将一切和盘托出。没有遮掩的欲望，只有真实呈现的一颗初心。

这初心像小小的火苗，在他的内心深处，从周夕墨离开的那一刻，就发出光亮地向上延伸，向他的四周扩展，指不定在什么时候，便突兀地冲出他的身体，直奔那个肯定已经到家的周夕墨身边。一如他无意间一眼见到的周夕墨，在见面的那一刻，虽然彼此是陌生的，却无须用陌生的心态进行任何意义和形式的表达。

如果你是一首诗，
我会认真品读你所有的字句。
我要在你的风情里，
追逐你的思绪，
铭记你的欢喜。
并将我的心事，
开成你眼前的花瓣，
落成你笔下的呓语。

如果你是一幅画，
我会在你的面前驻足停留。

我要在一览无余的静谧中，
赏你美颜，
参你冷暖，
懂你悲欢。
知晓我们今生为何能够相见，
明了我们这命中注定的尘缘。

如果你是一杯酒，
我会珍惜这难得的邂逅。
无论是我斟前的凝眸，
还是我饮后的拥有。
我都不会忘记，
你给我的几多惬意和几许新愁。

如果，
我有幸成为你心里的那首诗，
你眼前的那幅画，
你手中的那杯酒。
希望我们能牵手，
同行，
同走。
哪怕是须臾的陪伴，
抑或是长久的相守。

在即将到家的那一刻，梁凉的心绪绚烂成满夜空里的灿烂繁星，他甚至想起了孔子说的一句话：“不学诗，无以言。”

这一刻，他特别想将孔子说的话进一步引申为不写诗，也无以辨识。

他觉得自己很幸运，也感到非常庆幸。一方面，有这一次次的机缘巧合，让他对周夕墨有了更多了解；另一方面庆幸自己在有生之年有了这一次次遇见。也因为这样的一次次遇见，使得他的心智迅速成长起来，仿佛从那个风华正茂的少年已经成为一个足智多谋的青年。不仅如此，还成了一个想担当、想负责、想面对、想拼力活着的优质男人。这让他觉得所有心绪都在这一刻像一粒种子埋进了心里，即便不言不语，哪怕是一呼一吸，种子都会借力发芽、长大，直至开花结果，然后像蒲公英的种子那样结出落到哪儿都可以生长的种子，再然后开出更多的花朵，结出更多的果实。

在走着的这条长路上，他觉得自己所有的冷静和冷漠都在这一刻消失得无影无踪了。

这真是一个美丽的夜晚。

他对自己说，又像是对另一个自己说。他终于明了了自己的欲望或叫作梦想，不是不在，也不是没有，而是一直在沉睡。他也终于相信，只有灵魂相似的人，才可以进行如此精准的相互识别，才可以在茫茫人海中，一眼认出那个恰好与己相同、相似又相近的人。

可是这次遇见却有着两个致命的缺憾：一个是他没想着要周夕墨的电话号码；另一个是他没能主动提出送周夕墨回家。但是无论怎样，这个夜晚的美好都是他人生里无法取代更不能代替的不能更改。

诗，抑或爱情，真的像音乐一样轻盈、纯净，真的如山间流淌的小溪，叮叮咚咚地带着诗意缠绵的痴言呓语，欢快跳跃地缠绕在他的身边，带着可以一劳永逸的激情豪迈，让他永远不想离去也不可能离去地在这样一首诗或是那样一幅画的意境中，与其自然而然地融为一体。

七

梁凉回到家，换了鞋、换了衣服，到卫生间洗手盆洗手时，发现皂盒里的香皂很特别，晶莹剔透，内里嵌着一叠泛白的粉色花瓣，凹面上凸显着两个蝇头小字——翠荷。

这香皂。

他将香皂拿在手里，下意识地看了看磨砂玻璃门，觉得这香皂换得好生奇怪又恰到好处。不早也不晚，就在他对周夕墨有所牵念、有所牵绊、有所挂念之时，用这样一个日常用品来警示自己、提示自己，让自己一边想极力摆脱，另一边又不得不睹物思人地深陷其中。

他居然失眠了，不仅如此，他觉得刚刚属于自己的精神大厦也一起坍塌了。好像都变成了废墟般无法收拾的残局，最要命也最让他心痛不安的是，周夕墨不过是个影子般的存在，却如此左右了他的情绪，让他一会儿高兴，一会儿又沮丧的神经敏感到连一块香皂都认为是缘分的故意而为。

这世上应该有一种力量，凡是与爱情相关的，都可以被战胜，也可以被拥有。他睡着了，在天色开始放亮之前，像一个常年游荡在外的夜游人终于见到了一处温暖所在，然后在惺忪蒙眬中，有了很少出现的笑靥和罕有遇见的梦蝶庄周。

八

“咱这《穿越人海》有庄北的那个‘朱砂痣’，没好。”

一大早，梁凉刚坐下，就听见袁莺莺抱怨着。他没有理会，或许是因为熬了夜，或许是因为这一夜想得太多、梦到得太多，反正从醒来到上班，加上听了袁莺莺的话，他混混沌沌地不知所以然地根本就没往心里去。

“梁凉，你不知道，庄北的那个前女友朱莎再怎么发表小说，也是个提不起来的阿斗。”

袁莺莺直截了当地对梁凉说。

他无法回避了。

他知道袁莺莺说的“朱砂痣”是庄北的前女友朱莎，也知道袁莺莺之所以从进屋就一直在抱怨，主要是因为“黑土”给庄北投了小说稿，不但不被看好，还被挖苦嘲讽。这也可以看成是对袁莺莺审美的间接诋毁。

“我看他就是想家花野花一起养。”

果然，袁莺莺通过愤愤不平道出了她对庄北的恶意报复。

“你今天怎么心不在焉的？”

袁莺莺还要对梁凉说什么时，突然发现了端倪似的问他。但此时的他不仅心不在焉，甚至不想和袁莺莺说话，觉得袁莺莺有点见谁都不顺眼的嫌疑。

“没睡好觉？”

袁莺莺又关切地一边很在意他的表情，一边察言观色地问。

“没有啊，挺好的。”

梁凉急忙搪塞的同时，有意将“挺好的”三个字说得尽量轻松随意，但是只有他的内心深处明确且明了地知道，自己不是一般的不好。

“我好像……”

梁凉不禁也像袁莺莺一开始那般自言自语起来，但是他要说的不是与袁莺莺和庄北有关的任何，而要说的是他自己。他觉得自己好像失恋了，可明明还没开始谈恋爱，怎么就失恋了。

他不禁看着电脑显示屏愣愣地发呆，既想不出也看不进任何文章，只觉得自己的世界四下皆空、没有人烟。虽然他整个人坐在办公桌前，但是仿佛站在无人岛上，茫然不知去向。

“一大早上你发什么呆？”

庄北的疑惑将沉思中的梁凉警醒。

怎么会是这样？

梁凉急忙拿过一沓诗稿，竭尽全力地装作十分专注地在看，内心却早已灵魂出窍般，比之前更心不在焉，恨不得即刻飞出天外去云游四方，不，应该是去那条可以出现周夕墨的曲廊。

他觉得自己有点不像自己了。当然，他觉得看袁莺莺也不像袁莺莺，看庄北也不像庄北了。整整一个上午，既写不出任何字字句句，也看不进任何一篇诗稿，好像所有的时光都在清早一睁开眼睛便纠结在一个点上，始终没能挣脱也无法挣脱。

“难道，这就是爱情的模样？”

梁凉自问。

自己什么时候如此这般心不在焉过？六神无主过？魂不守舍过？从来没有，别说跟一个真正意义上的一面之缘的人，就算有过密交往的又如何？

难道，这就是人们常说的异性魅力?

女人在男人面前，撩人心魄于一颦一笑，然后千娇百媚地回眸或顾盼流连，如此便成了男人脑海中永远定格的唯美画面?可问题是他从见到周夕墨开始，就没见过周夕墨的笑容。

“庄北，小说里的那些爱情都是真的?”

他实在无心于自己的工作，且他也不知道自己究竟是怎么回事，突然间问了庄北这样一句话。

“啥?”

袁莺莺和庄北几乎同时看向他。

梁凉即刻感到不知所措，不知道是应该笑，还是应该推脱搪塞，但是从他自己的本意上，更想知道正确答案。尽管他根本不知道庄北能不能给出正确答案，但是他只觉得如果再不问些什么或是探讨些什么，自己就要被窒息禁锢了。

“写诗的居然来问我这写小说的?”

庄北根本没有回答，而是反问梁凉。

“啥意思?”

梁凉不明白庄北的葫芦里装的究竟是什么药，但是他真的希望自己能从庄北认真对待的过程中，得到货真价实的指教或是说教。

“梁凉，你不觉得这个问题应该是我这等写小说的人来问你这等写诗的诗人才对?”

庄北看着梁凉，每一字每一句都说得非常认真，看上去既不像故意而为，也不像有意刁难。

“不知道!”

梁凉看了一眼袁莺莺，见袁莺莺的眼神里除了冷漠中的复杂和游移不定之外，没有任何答案，完全是漠不关心。只是庄北的回答让他听得很不舒服。最重要的是，他想要的答案不但没有得到，反而被质疑似的惹祸上身。

他有些后悔，觉得这样的问题完全可以到互联网上去问陌生人，只是他从内心深处觉得，如果是庄北给予自己直接明确的回答，应该更好。

“你见过我写爱情？”

他沉默了许久后，不由自主且情不自禁地反问庄北一句，没想到这一句话倒把庄北问住了。

“知道你不写爱情。”庄北说完，又继续补充道，“实话告诉你吧，梁凉，如果小说里的爱情是真的，那就不用写小说了，写报告文学多好，真实可信。问题是，生活中压根儿就没有爱情这东西！”

庄北说到这儿，极其无奈地发出一声叹息。他即刻看到袁莺莺不屑的眼神，不是看向庄北而是瞟了庄北一眼后，再也不关注庄北的言行举止了。

“真狡猾！”

梁凉在内心里嘟哝了一句后，再不想针对这个问题做任何意义上的探讨和探索了。毕竟“爱情”是两个很抽象的文字，在现实中的每个男女的经历不同，思维方式以及谈情说爱的方法不同，又怎么会有统一的所谓标准答案呢？

真的又怎样？

即便小说里写的故事都是真的，那又能改变什么？看的人不过是在看热闹，过后，谁的日子还是谁的日子，谁的心情还是谁的心情，能左右心情和日子的注定是那个放不下的人，而那个人根本就不知道去了哪里。

梁凉第一次明了，自带魅力的迷人、故意而为的迷惑人以及单纯意义上的魅惑人有着天壤之别。他甚至觉得周夕墨的迷人更多存在的是自己被其吸引，是他内心的由衷赞美，是无关于周夕墨任何的，完全属于他的自我传播，是无人知晓的内心戏，是日后有所关联时，想起念起的一份心欢喜。这怦然心动后的魂不守舍让他彻底明了，一个人被另一个心仪之人所吸引的原因所在。

将自己认定为优雅美丽的陌生女子，将从未有过的一份尊重和敬畏，甚至心甘情愿的包容，全部融入这已将近大半天的时间依然凝滞着不肯散去的各种牵挂，且不减一丝一毫，只有增而无减少。

周夕墨。

怎么就像蒲公英的种子，在这么短的时间内，在他整个世界的任何一个角落，随意地飘落，还不受任何限制地、自由自在地从一粒种子到一株幼苗，再到玉树参天，最后竟然撑起了他所有的欲望，包括他意欲扬帆远航的梦想且带着无法阻挡的力量。

梁凉被这力量驱使着，依然无心看稿。

他明白了，自己之所以会这样，大概缘于第一次意欲接近周夕墨的自己。情绪低落，虽没有万念俱灰，却在那一刻心无挂念地以为人生到了穷途末路。虽然那一天是他刚到杂志社上班的第一天，但是当上编辑的荣耀不足以让他觉得这个世界对自己拥有足够的善意，他反而觉得，眼前之人在落日余晖中的一种陪伴才是带有诗意的尽善尽美。

尽管那天宋舰请他喝了酒，但是这世间不是所有的酒喝了都会让人愉快，而喝了不疼不痒的闷酒更会让他心里不舒服。即便这一刻想起，依然一如当时。各自戴着面具，将自己最在意的东西进行掩盖，且在小心翼翼地隐藏之时，唯恐对方发觉，好像一旦被对方发觉了，便消失了、没有了。尽管他也追随着宋舰写了歌词，也被宋舰友善友好地对待，但是他的内心对那段时光的感触依然是耿耿于怀中心有余悸。

中午，梁凉、袁莺莺和庄北一同走向餐厅时，梁凉觉得平日里各自占山为王的三个编辑好像都在自己的大是大非问题面前，变成了一介盲从之人。但是只要不探讨与己相关的事，便能相处融洽。个人利益永远是至高无上的，至于其他，看心情而不看感情。

三人各自端了各自的餐盘，飘着饭香、菜香的餐厅仿佛也带着一种温馨与祥和，这一切都在昭示着梁凉获得的情感。

梁凉一边吃饭，一边觉察出餐厅与以往的不同，虽然一切都与以往相同，但是他就是觉得有说不出的不一样。比如餐厅的桌子，非常纯净的青玉色，与餐桌旁海天霞色的方柱一起，交相辉映着传统古风的气息。他很惊异于自己平日为什么从没注意到这些，包括餐厅门口拐角处的那个饮水机，好像永远都那么光洁地泛着红蓝相间的微光。

在角落里，不被关注，却一直被需要。

一如爱情。

九

“梁凉，上午你不该那么问庄北。”

庄北快吃完饭时，一个突然打来的电话让庄北忽然人间蒸发了似的没了踪影，这时，他听到了袁莺莺亲和又亲近的一句不像埋怨的埋怨。

梁凉很是诧异。那样的问题只有问庄北才会有正确答案，难不成那样的问题问袁莺莺就能得到标准的答案？他没说话，权当自己的沉默本身就是回答。

“你就说‘黑土’投给庄北的小说，让他说得那么不堪。”

他听了袁莺莺的话，知道了袁莺莺当时的不屑，也明白了袁莺莺一直是伺机报复的心思。

“我问‘黑土’了，为什么又写起了小说，你猜‘黑土’是怎么回答我的？”

“怎么回答的？”

他很感兴趣，甚至觉得对于袁莺莺马上脱口而出的答案，比之上午自己问庄北爱情的问题时更急于得到答案。

"'黑土'说想多得一些稿费。"

"怎么可能？"

梁凉脱口而出。

他不相信，靠着杂志的稿费能在生活中派上什么大用场。

虽然稿费不失为一种诱惑，但是稿费比之发表作品本身又会显得那么微不足道，可是袁莺莺说这番话时，分明带有一种疼惜甚至崇拜。只是"黑土"的回答也让能写散文还能写小说的"黑土"形象在梁凉这里即刻打了折扣。他更希望这样的人在这样的问题上可以有一个不同于这样回答的回答。因为在他的审美潜意识里，稿费比之文化、文学、文字都太不值一提，甚至带有铜锈的寒酸。真正伟大不朽的是文字、是文学、是文化。但是他一句都不想对袁莺莺说。

"你不知道，庄北他根本不爱他老婆。"

袁莺莺的这一句话即刻让他知晓了自己上午问话的唐突和冒犯。

"怪不得他不回答我。"

梁凉不仅如梦方醒，还在内心抱有对庄北的真诚歉意。

"可是……"

他想说以庄北的情商和智商，总不至于娶一个自己不爱的女人为妻，然后无聊且无奈地相守一生，这不符合逻辑，也不应该是一个小说编辑的所为。虽然热爱文学本身会让人将生活误以为是艺术，或干脆两者合二为一地成为艺术人生，但是在这一点上，他无论如何都无法相信，以庄北的思维和双商，总不至于用庸人思维来安排自己的未知人生。

何况不是安排，是已经有了结果。

"你不知道，他不爱他老婆不是因为不爱，而是因为他的那个前女友朱莎。"

袁莺莺一边说，一边关注着周遭，看情形，只要不是因为庄北的突然冒犯，她准备将其知道的所有关于庄北的秘密都毫无保留地兜售给梁凉。

“他都结婚了，为什么还收他前女友的小说稿？”

梁凉问过之后，觉得自己的问话非常幼稚愚蠢，而是应该问庄北的前女友为什么还给庄北寄小说稿。

“不知道。”

袁莺莺的回答让他非常失望，但是转念一想，所谓的原因无非是爱情。

爱情。

这世间古往今来最神圣、最不容易获得的美好情感，虽然他再也不会向庄北要答案，但是也不会向袁莺莺要答案了。只是这样的问题，要答案本身就是个错误。

所有答案都在自己的内心深处，却偏偏要视而不见地舍近求远。

梁凉决定以后再有类似的困惑不问任何人，因为答案都在自己心里，在一个“悟”字间密封着。

十

外面下雨了。春天的雨总是集聚了很多的力量和能量，但无论如何都不可能像夏天的雨水那般尽情挥洒。不过是一阵润物细无声的细雨，却让编辑部的房间比之前有春光时暗黑了很多很多。潮湿伴着低落的情绪，在梁凉、袁莺莺和庄北之间不断地蔓延、扩散，直到袁莺莺第一个打破了沉寂，房间里才有了原本应该有的生机。

“梁凉、庄北。”

袁莺莺的一声招呼即刻打破了之前所有的沉寂。

“什么事？”

梁凉和庄北异口同声地应答。

“你们看看，这个作者的文章真的很糟糕，除了一句名人名言确实可用之外，好像哪一句都不能用。”

袁莺莺脸上带着愁容满面的无奈，眼里却闪着异样的光。

“肯定不是‘黑土’的。”

庄北带着揶揄的口吻给予了袁莺莺一句最强而有力的肯定和讽刺，袁莺莺听了，心里老大不高兴，先是用了一个想回怼庄北的态度，但随即便放弃了，或许袁莺莺想表达的事情比起与庄北争高低、输赢更为重要。

“‘黑土’从来不这样写字！”

袁莺莺为“黑土”进行了不可反驳的辩解。

“是哪句名言？”

梁凉有几分兴致地问。

袁莺莺听了，有意调整了一下自己的状态，然后极有兴致地大声朗读道：“有一个夜晚，我烧毁了所有的记忆，从此，我的梦就透明了。”袁莺莺说到最后一个字的时候，有意地停顿了一瞬间，发现梁凉和庄北都表情凝重地听着她动情的朗读，便更加用心用意地朗读道，“有一个早晨，我扔掉了我所有的昨天，从此，我的脚步就轻盈了。”

袁莺莺朗读完，既没看梁凉和庄北的表情，也没沉浸在刚刚的文字里，而是迅速移动着手里的鼠标，很快，梁凉便听到袁莺莺的打印机里唰唰唰地顺出三张雪白雪白的A4打印纸。

“给，你俩一人一张，这些字才叫真正的智慧。”

袁莺莺将三张打印出来的名人名言瞬间分发到位。

梁凉拿起那张还带着打印机热度的纸，看着上面墨迹未干的几行字，表面镇定，内心却已在翻江倒海。他觉得纸页上的每一字和每一句都是那么入眼入心。这何止是至理箴言，这简直就是一场及时雨。何时他如此明晰过自己的所作所为以及自己的所思所想。他完全了然了自己的心不由己。只是喜欢一个人原本应该幸福，但是现在的他觉得完全将这种喜欢变成了一种负累，甚至变成了精神上的桎梏枷锁。

这萌生的爱竟然对他如此折磨，虽然这种所谓的爱是他的一厢情愿、自作多情的一种臆想而已，但起码于他而言是有一点点动心，爱不就是这样吗？首先从一个人的动心开始萌芽，然后通过刻意的一次人工创造的机会，再向另一方表明心迹，然后就开始了往后的种种。

为什么？

梁凉看着纸上那句落款上诗人的名字，恍然悟懂了自己才是编辑部至高无上的美好存在。

“泰戈尔真了不起。”

梁凉看着泰戈尔的名字，瞬间升起一种对诗的由衷敬意。

“好吧？”

袁莺莺看着梁凉，很欣慰也很愉悦地问过之后，将视线转向了庄北。不承想，庄北看过之后，整个人都灵魂出窍般地在发呆。袁莺莺见了，不禁拿起桌上的笔，刚要敲打水杯的边沿，梁凉即刻用眼神进行了干预。

梁凉觉得一个内心丰富的人只有在这种时刻才能认真地跟自己进行一场一对一的交流，并在这场交流中，或继续进行对抗，或进行善意的和解，或一如既往地不思悔改。这就是文字和智慧的魅力，也是文学的价值所在，更是智者站在至高维度对依然困惑、依然迷茫的人们所给予的正确导向和正面指引。

“很不错。”

梁凉觉得自己的困扰以及一直都找不到出口的情绪纠结被这段文字

遣散化解了，并由此使他获得了真正意义上的解脱。

是身体的，也是灵魂的。

“确实不错！”

他褒赞过一次后，又自言自语地嘟哝了一句。

他不仅对泰戈尔的这句话给予了高度评价，也第一次从内心对袁莺莺有了由衷的一种感激，是全然忘记了之前还在自己内心深处的鄙视和厌烦。

十一

梁凉下班后，几乎是心急火燎地走向头一天晚上与周夕墨在一起安静相守了半个夜晚的曲廊，却越是走近，越是不由得心发慌。

长长的曲廊，寥寥走着一两个路过之人。尽管每一处缓步台处的墙壁上都画了壁画，但是除了他之外的行走之人却根本不在意墙上那些画的存在，甚至无视它们。

他一级一级的台阶、一处一处的缓步台，从一开始的漫步从容到中间处的有些惶恐，再到最后不知所措的茫然，像一场经历，让他在越来越惶恐中，感到有一种意外在等待。

他懵懂不知，怎么这一天的时间，所有画作全都画完了，而且所有画幅的落款都是“夕墨”两个字，不仅如此，所有画都是清一色的睡莲。他有些不明白了，明明昨天晚上周夕墨还说白天嫌人多，这才选在晚上作画，可是仅仅这一个白天，这才刚刚到了傍晚，这一切就都像一个幻灭的梦一样，结束得干脆又决绝。

他发现头一天装跳板的那个临时围栏也没有了。

他即刻陷入一种无法消解的惶恐中。仿佛刚刚来时路上的那些欢喜像春天的一场细雨，刚刚飘落，还没等有所觉察，就又都没有了，但是春天的雨怎能等同那个让他心仪的人。

不能。

他失望地坐到曲廊边沿的横木上，周遭满目的新意里弥漫着越来越厚重的淡漠凄凉，好像刚刚对生活寄予了些许美好的希望被这一阵凉风全部吹走了，甚至不及一片树叶的飘落，更不及那或许可以相对恒久的周遭。

人们所说的无缘便是如此吧。

在错的时间遇到了一个对的人，自己以为来日方长，有着无数的等待，不承想只是一场擦肩而过。

是过客。

像成长过程中一路走来的很多人，一如与宋舰三年没有往来的失联，好像彼此成为过客是人生最正常的状态，而想让原本是过客的人成为彼此陪伴或相守的人又是多么可笑。

他开始像头一天夜里那般后悔。

当时，与周夕墨分手时为什么不再坚持一下自己的固执，为什么不再多做一些自己已经准备了很多好感的表白，为什么那么轻易地在茫茫人海中，错过让自己已经怦然心动的尘缘。忽然间，他觉得自己之所以在这熙熙攘攘的俗世中总觉得孤单寂寞，就是因为这种自以为是的矜持和冷傲。好像见利不能伸手，见美不能赞许，无论见到什么，都必须用内敛和矜持取而代之应该有的张扬。只是诗的激情澎湃呢？诗的热情似火呢？

自己枉费了对诗的热爱，他潜意识的念头里这样评价了一下自己。

他站起身，慢慢走在长长的曲廊里。一幅画一幅画地看过去，好像除了头一天晚上自己亲眼看着周夕墨画的那一幅画之外，所有画都给他一种安然且没有任何善意的嘲讽。可是尽管如此，他不想因此而责怪，要怪只能怪自己不懂得把握机会。

在曲廊里，他一边徘徊，一边细细地品味这木质建筑的周遭依然存留的淡淡的涂漆味道。他发现，继续往前走的白色墙壁上依然画着姿态各异的睡莲、流水、荷叶，以及鸟虫小鱼。

他停住了脚步，看着雪白的墙壁上，一片片微卷的莲叶里滴着几颗透明的露珠，像天空落下的星星，晶莹闪亮，又像两只可以看穿这世界的眼睛。在淡粉色的花瓣旁边，仿若这一季又一季的风，吹落了雨、化成了风，在莲花开与未开之间都可以了然这凡间，只有这样的清澈纯净之处才是心和灵魂的安静所在。

他将视线转向曲廊之外。很远处，有车水马龙的繁华街道。那里高楼林立中不用想都知道会有什么样的喧嚣存在，更多的人，包括工作时的自己，就是在那样的环境中，忙碌着、生存着。近处，有三三两两的悠闲之人，看上去无聊地拥着各自生命的时光，感觉上却是一些盲从平凡生活的庸人，无烦忧也无开心之事，在这世间如尘埃一样飞来、飞去、落下，变成泥土。

梁凉这样想着时，觉得在三三两两的人的眼中，自己也是一个庸常之人甚至不如。他不禁与刚刚看着的墙画做了最后的道别，既告别一段确实让他心生欢喜的尘缘，也告别这有了开始却断了过程的无疾而终。

生活抑或人生确实应该如此，不能事事随心，有的只是接踵而来的各种失望和遗憾，就像墙壁上随意勾勒出来的那些水纹，清净的有，灵动的也会有，死寂沉沉的同样有。或许这就是这些墙画的使命，让路过之人像他这般走过、路过、看过、思想过，并明确地明了生命与生命之间就是通过这些可视、可观、可感的画面，进行无须言语的交流与沟通，像莲叶上的一颗颗水滴，像吹拂花瓣的一阵阵微风，像此时此刻的难平心境。

他站到最后一面画墙前，久久地站立，仿佛夕阳照到的墙面上与之前见过的有所不同，好像这一处的墙画比之前见到的那些更加润亮如碧玉、光滑如丝绸，仿佛在微风刚掠过的时候，会被轻轻地撩起，飘逸成一块轻盈的大片画面，而后又随风离开，落成静止的写真。

虽然两茎莲花都一如前面墙画上那般弯曲着向上延伸，但是矮于有花朵的那一茎却更是花开盛艳。冷眼看去，仿若两个追赶的人，一个在前，一个在后；仿若你即便花开于春夏，我也能绽放于深秋，最重要的是，这一幅墙画里多了一只红蜻蜓，透亮的翅膀是一袭袭透明的衣袖。在蜻蜓的翩然舞动中，纵身飞向的不仅是花瓣和花蕾，而且是对花本身的情有独钟。

像梁凉，却更像他的心情。仿若这世间的某些人，纵然身边有着万般的其他美好与美妙，也不及这任性而为的独自偏爱。一如他，众里寻她千百度，即便她离开了，已经不在眼前了，怎奈他有记忆在，这就足够了。

十二

梁凉回到家，鬼使神差地在纸上写下了“周夕墨”的名字，然后呆呆地看着这几个字，好像哪一个字都像一抹光亮或一棵草芽，或干脆就是一朵盛开的莲花。

莲花。

他拿起写着周夕墨名字的纸，觉得自己已然在花朵之间，与花朵一起，伴着弥久的清香，不断在自由自在的旋舞中，或沉醉，或沉睡。

他的想象里有了跟周夕墨在一起相约着去登山、去看海、去喝咖啡、去品味美酒佳肴，甚至一起去人烟稀少的森林、岛屿，去更遥远的地方看星空，看人迹罕见处的缺少人间烟火的唯有他和周夕墨两个人的世界。

他更知道自己确实是不可救药地恋爱了，不仅如此，还回头无岸。

他没有半点迟疑，一边在周夕墨的名字旁边快速地书写，一边在内心里自言自语地嘟哝：

请你爱我吧，

不然，

我总是心乱如麻。

请你驯服我吧，

不然，

我总像一匹乱跑的野马。

请你把我当成你的奴隶吧，

不然……

他拿起笔，几乎一挥而就地在周夕墨名字的旁边快速书写出内心深处的挣扎，以诗的形式，以不可示人的想法，只是他停笔的瞬间，悬崖勒马般止住了自己还要疯狂前行的思维。

干吗要当奴隶？

他看着白纸上“奴隶”这两个字。

如果老妈知道了，如果梁冰知道了，老妈不可能愿意让自己的儿子当什么爱情的奴隶，梁冰自己可以当爱情的奴隶，但是以他对梁冰的了解，梁冰是绝对不可能愿意让自己的弟弟当什么爱情的奴隶，因为梁冰就是因为不想当情感的奴隶，才不得已地挣扎于情感的藩篱，只是梁冰的可悲也成了他的可悲。

都是放不下，还默默地在坚守。

他一把将不能再继续写下去的诗稿撕得粉碎。奴隶怎么能出现在自己的生命里？即便是想臣服、即便是想卑躬屈膝、即便是想肝脑涂地。

他觉得，从自己写下这些文字的那一刻到撕碎这些文字的那一瞬间，虽然不过是白驹过隙的思忖沉思过程，却有损于诗人的高贵和典雅。这不切合实际的所谓浪漫，就是没心没肺的冲动，完全是相信梦想成真的天真和幼稚，但是他却再次觉得，这是自己有生之年第一次也是唯一一次用这样的方式惊艳了这段无聊得有些炫美的时光。

为爱心动。

为爱动情。

为爱盲从。

他不禁看了一眼散落在地上的碎纸屑，觉得有必要将自己头脑中的记忆也一并删掉。只是这样想过，他又十分懊悔地自我安慰了一番。追究其全部内容，不过是将刚刚写的那些字当作无知的涂鸦。

那样的字放到心里最好。自己的秘密无须外人知道，更无须任何不是当事者的外人来欣赏。

他一把推开自己身边的笔、笔记本和随手写诗的一沓白纸。虽然这些东西一向被他所喜欢，但是在这一刻，它们都有罪过般地让他懊恼不堪。他一头扑倒在床上，准备再续美梦，或一觉睡到天亮。

十三

“妈找没找过你？”

梁凉刚睡着，就在半梦半醒中听到了梁冰的声音。

他睁开了眼睛，发现梁冰坐在自己的床边，吓得即刻坐起身虎视眈眈地看着梁冰，而且觉得梁冰越来越不正常。

“我问你话呢。”

在月色微明中，梁冰的脸惨白得异常诡异，仿佛一个千年喋血后终于复活的女魔头，让他觉得不仅可怕，而且恐怖。

“那你就不会去找一找老妈？”

梁凉没有回答梁冰的问话，而是非常不满地反问她。

“凭啥要我去找？你是儿子，你是干什么的？”

梁冰的话还没说完，梁凉即刻蹿下地，冲着她瞪起了眼睛。

他就知道，梁冰这副德行的养成已经不是一天两天、一年两年了，应该是这辈子就这个样子了。

“随她去吧，她的未来还有多长时间，不能让她把自己的一生都葬送在咱俩的人生里，再说，你不是说她不是咱俩的亲妈吗？”

梁凉无比沉着冷静地说完，便没再听到梁冰的任何一句话。他相信，尽管在老妈离开家的这个问题上，自己与梁冰之间没有进行过任何意义上的正面沟通、交流和探讨，但是梁冰与自己一样，都在各自的想法里成长着。

是孩子就总会长大，而成全本身岂不是更深沉的爱？

这世上没有如果，更没有什么下辈子，说有的人是在眼睁睁地骗人，认为会有的人是睁着眼睛也能做白日梦的人。即便是亲情，也不能太自私。

“我那不是气的嘛。”

梁冰无奈地嘟哝了一句，便离开了。她好像离开得很不自然，甚至想多待一会儿，但梁凉的态度让她受不了，原本是寻求安慰来的，却弄了一肚子不能发的火而离开。

梁凉看着静寂无声的门口，梁冰离开的瞬间让他觉得自己的内心也空了，又在不知不觉间安静了也平和了。在感觉上，尽管他的心态像那片开着睡莲的池塘，在月光下逶迤蔓延着无数个星星点点的光亮，不声不响地在这世间，在这凡尘即便不被行人所见，也不被众人所知晓，但是微不足道的光亮在这个时刻却可以在他的内心里持续地闪耀。

梁凉在闪耀的光芒中，沉沉地睡着了，但是过了十几分钟，他又醒了。

十四

他鬼使神差地走进老妈的卧室，恍然间觉得老妈的出走与自己的不听话和不听劝不无关联。如果自己能够顺遂老妈的意愿，与柳绒定下婚期，他相信一切绝对不是眼下的结果。可是让他屈服老妈而违背自己的想法，他依然是一百一千甚至一万个不愿意。

他居然轻叹了一下，自己的余生只属于自己。

不想让自己在俗世的认知面前，唯唯诺诺地顺从，甚至觉得自己这样想的本身就是对自己初心的一种背叛。

他看到老妈简朴的床上还是离开时那套棉质的素白被褥，被褥的最上面是那个老妈用了很多年的玉石枕，此时此刻，玉石枕正一如既往在折叠的被褥上泛着淡绿色的光。墙角的晾衣架上有老妈的一个小皮包和一条丝巾。衣架下面的圆盘上立着一双一尘不染的绒布拖鞋。想着从小到大没有离开过自己和梁冰的老妈，如此这般地决绝离开，且离开后既不打电话，也不惦记他和梁冰，他倒觉得梁冰说的那句自己和她有可能不是老妈孩子的气话说得非常好。

亲妈怎么舍得丢下两个孩子。

虽然两个孩子都已经三十而立，但是孩子就是孩子。他拿起墙角小桌上的相框，照片上，老妈独自一人站在一棵开满鲜花的树下，笑容灿烂地背靠着树干，好像那棵树就是老妈的依靠或是老妈的希望，抑或老妈今生的欢喜。

他不自觉地流出了眼泪，或许老妈用她的一生苦心经营的亲情早已让她不堪重负，甚至早已无法忍受。只是她不说，他和梁冰就无从知道。一如眼下这般，自己日夜宠爱的一对儿女对她的苦痛和喜乐没有任何觉察，像寄生虫般依附于她，无止境地向她索爱、索关怀、索依赖，却只嫌更少而从未觉得太多。

他清楚地记得，老妈拍照的时候，自己和梁冰都在念高中。基于他对老妈行踪的了解，照片应该是老妈为数不多的一次外出旅游的随拍照片。

不知不觉间，梁凉竟泪流满面了，仿佛照片中的老妈也在泪眼婆娑中失去了笑容。不知过了多久，他抹了一把眼泪，拿起照片第一次换位思考地想，老妈也曾是姥姥和姥爷的孩子，老妈也曾有过自己美好的青春和自己深爱的人，老妈也会有自己实现不了的梦想和自己想实现的美好愿望，老妈也一定想跟自己心爱的人一起度过一生最美好的时光，而不是现在这样，以这种连再见都没能好好地说一声便彻底离开的家。

家。

他看了看房间四周，体悟到了老妈不得已断掉的亲情。老妈一定是对自己和梁冰这一对已经到了而立之年还在受着她庇护，却从不想感恩的儿女感到异常失望或是绝望，才不得已离开的。

他这样一想，鼻子又开始发酸，眼泪再次奔流了满脸，并顺着下颚滑落到脖颈上。眼泪冰冰凉凉的，跟家里空气的温度一样，甚至不如，可即便是这样，他也不想进行任何意义上的低头，以媚骨的媚俗方式放弃守护多年的自我。

他不可能放弃一向被自己推崇的情绪满足中的价值吸引。

性格，抑或个性，才是可以坚持独立的自我和本我，而不是什么低级动物的欲望和本能。他一向坚持守护的灵魂让他觉得不过是自己长久以来一向赖以生存的精神支撑，不一定有，但是感觉上一定要有。有时候往往是人们口中言说的而看不见的某种虚无的东西，恰好可以支持起一个人恒久的信念，而人们往往又遵循着这种触摸不到，只能在脑海里飘荡的虚无。它不比实物，可以用眼睛看到、可以用手触摸到，也可以靠嗅觉去闻，但实物的东西往往会被忽略。

十五

“昨晚你咋了？”

一大早，梁凉刚起来，就听到途经卧室门口的梁冰在问。

“我看你在老妈的屋里哭了。”

梁冰说。

他突然想起头一天深夜里的那些失落和沮丧，包括下班后连晚饭都没吃的狼狈。瞬间，他的内心深处升腾起一股连他自己都无法按压下去的怒火。他不得不胡乱地穿了衣裤，头不梳、脸不洗、牙不刷地离开了家。仿佛是逃窜或躲避，似乎这个家在这阶段只能用作夜晚存放肉体的地方，而再也没有其他理由的深情眷恋。他也是矛盾的，更是痛苦的，这段时间所有不顺心的事情好像刻意组团扎堆来找他一样。

“这又咋了？”

梁冰跟在他的身后想问个究竟，他才不可能给梁冰机会。

“这一个个的，啥都不能说了？”

他关上房门的那一刻，听到身后的梁冰一叠声地在抱怨。他叹了一口气，觉得眼泪已经在自己的眼眶里打转。他觉得自己实在是命运不济，好不容易有一个自己想接近也愿意接近的周夕墨，却只在须臾间，画上了不得不意味着结束的句号。这感觉好比一向荒无人烟的世界突然奔来一只小鹿，待要细看时，小鹿倏然跑开了。

眼前的一切恍然如梦，又似云烟，所有关乎爱情的点点滴滴还没等开始，便按下了暂停键。

不是按下暂停键，是直接关机了。

十六

“你好！”

梁凉刚要走进电梯，还没等他反应过来，就被这一声亲和有礼的招呼阻止了迈向电梯的一只脚，跟他打招呼的是老赵和跟在老赵身后的老妈。

“你好！”

他本能地回应了一句，但是在他的内心里却有着说不出的别扭。他发现，如果“你好”这两个字不是发自内心，即便说了也会感到懊悔，没有诚意，类似谎言。可是他发现，老妈和老赵听了这句问候，倒像即刻打了鸡血，浑身上下所有的精神能量都在瞬间散发出了光和热。

“儿子！”

梁凉发现老妈的激动情绪仿佛也带动了老赵的情绪。他即刻心烦气躁地只怪自己与老妈和老赵如此这般“冤家路窄”。如果再早出来几分钟，或许就能错过彼此；如果再晚出来几分钟，至少自己还没出门，即便自己在家，还有梁冰可以指望。

真是倒霉!

梁凉在双方都觉得有些尴尬的对峙时，不禁下意识地打量了一眼老赵。眉毛形状不甚规则，胡须不但不规整，还处于野蛮生长状态，如此不修边幅之人，跟老妈的精致和计较，尤其冷凛和挑剔在一起，别说以后是否会有幸福可言，就这眼下能不能有共同话题、能不能彼此看对方顺眼都应该是无须解的答案。可是他分明从老妈的眼里看到了自己从未见到的小鸟依人。

想必这个老赵应该是老妈生命中很重要的人。他从老妈的眼里看到了一种比老妈看他和梁冰时都有过而绝无不及的慈爱，如阳光般的温暖，带着一定热度，带着无可言说的崇拜，像流淌的河水，绵长而悠远，好像更像雨露的清澈以及花香弥散时的安静。

他无法相信，老妈看向老赵的目光仿佛他的老爸从恒远的另一个世界回来了一般。老赵不是他的老爸，但是老赵身上却带着一种与老爸相似又迥然不同的气度，只是这气度里仿佛蕴藏着对他无尽爱意的表达。同样作为男人，他太懂得这种目光背后所隐藏的真情实感，是一种爱意被牢固地守护，既有日积月累的小心翼翼，更是用意用情的用心良苦。

“我走了。”

梁凉冷淡地说了一句。

“走吧。”

他的老妈，包括老赵，即刻暗淡了目光。

他准备走进电梯的那一瞬间，又补充了一句道：“我姐还没起床呢。”

他之所以这样说，既是有意地无视，也是故意地无礼。他很想借此举来显示自己作为老妈的儿子，很不欢迎老赵。

“我拿点东西就走。”

梁凉站到电梯里，两眼无视老妈和老赵，在电梯门即将关上时，突然，老妈按住电梯门口的暂停按钮，冲着他说了一句完全是无话找话的托词。

“知道。”

梁凉冷冷地回答。

“你俩还能不能复合？”

老妈突然走近梁凉的身边，小声地问他。

“我都没爱过她，怎么能谈到复合？”

他的火气突然升腾到无限远地冲着老妈吼起来。

他知道老妈说的是柳绒，也知道自己不该这样回答，但是他不知道自己能用什么样的回答结束这种无休止的惦记，甚至他无法弄明白，感情或叫情感，爱情或是相爱。好的结果必然是双方都努力的结果。不是双向的奔赴，怎能将一厢情愿的感情变成可以维系长久的爱情。

完全没有可能。

他与老妈开始了目中无人的对峙，既是目光上的，也是态度上的。

“你就气死人不偿命吧！”

老妈说完，收回了一直按在电梯暂停按钮上的手指，电梯的门慢慢地关上了。他不置可否地看着电梯的门重重地合到一起，然后自己与老妈和老赵之间被电梯瞬间拉开了越来越远的距离。

梁凉抬头看了一眼电梯里明亮的镶嵌式顶灯，鼻子有些酸，电梯门即将合上的那一瞬间，他分明看到了老妈眼里闪着的泪光，可即便如此，他依然将老妈从自己的内心深处给彻底清除了。

他觉得是老妈抛弃自己在先。自己之所以如此，也是被动中的不得已。或许，当初老妈和老爸以及那个一大清早就来造访的老赵之间有着影视剧里的情感纠葛，即便这仅仅是他个人的猜测，但是对于他来说，擅自闯进自己生活的老赵，并将老妈绝情地带走，让梁凉在原来就辨不清方向的不安中，成了一只真正的迷途羊羔。

十七

梁凉伸出一只手，是在走出楼门口时下意识的一个举动，好像他的希望，在自然无边际的汲取中，可以获得超自然的能量，尽管所获有可能只是微乎其微的想象，但是有，无论多少，总比没有要好。

他太想找个依靠了，哪怕在这一刻的一瞬间，可是楼门口只有自己，清晨的路上，人和车都还少，整个世界还在半梦半醒的状态中。

他感到了莫名的恐惧。他非常害怕不知是哪一天的未来里，会有那么一天，自己不仅没什么可以爱，更没有了可以爱的能力。他觉得那样才是悲惨命运的开始。尽管他还有诗的陪伴，但是诗迟早会随着内心的荒凉而荒凉，随着内心的苍茫而变成一片虚无。尽管人生的高度还可以继续攀升，人性的深度也可以继续进行挖掘，人的生存维度也可以继续向外扩展，但是眼下的生活确实急需理性的解决。而且是一次彻底的，不只是简单的修修补补和缝缝合合。

他需要一个能够与自己灵魂高度契合的灵魂，彼此相遇，然后在彼此精准的识别后，相互依赖、相互依靠，再然后用认知相同的智慧，在生命的高维空间里一路前行。

只是非常遗憾，茫茫人海，虽然已经在他的眼前现出了车水马龙的热闹和喧嚣，但他依旧感到无比孤独。

再也不会幸运地遇到周夕墨了，上天不可能一次又一次地眷顾他，这他是知道的，但是他的内心深处还在期盼着一种意外寻来的幸运。

十八

梁凉走在大街上，看着树上随风飘动的叶子，有的在枝头沁绿，有的在随风摇摆，有的已经泛黄并飘落到地面，被人们的鞋底无情地踩过，再踩过，直至碾压成尘，或残融于角落的泥土中。

他的心境因为这一场意外的相遇而无法修补也修补不了，在这个心绪不宁的清晨，怀揣着无法排解的寂寞沮丧，孤零零地走在街上。

没人知道他如此深情地爱着的这个世界，包括这个世界无止境地循环往复的春夏秋冬，在他的心里有着怎样的位置。而此时此刻，他却在大街上如同一片落叶般随风飘零着。

因为自身的弱小，被这世界无视；因为自身的无用，没被这世界抛弃，却也几近于随波逐流，甚至无情埋葬。包括他无限悲哀中痛彻心扉的苦楚，在无人诉说之际油然而生且久久挥之不去。

即便有他的诗，一路跟随又怎样。

诗，在这种时刻，如果是一个可以陪伴在他身边的某个人，也会弱到力不能支。因为诗的国度里最不缺的就是孤独。

只是这孤独竟也成全了他内心深处不被人看见的冰凉，如同他那曾经以为是史上最好的名字。在感受了那么多苍凉冷暖后，他有点嫌弃自己的这个名字了。

梁凉，凉凉。凉凉，梁凉。他自言自语地念了两遍。

只是外人看到的是披着诗的外衣的他，而不是他的自身，但是只有他自己知道，自己和诗的关系是多么相爱相杀，甚至到了既无法真正地融合，又彼此仇视，好像谁都无法战胜谁，谁又都离不开谁。

只是在这意欲永久地与诗合二为一时，他才明确地知道，自己有多么失败。

十九

梁凉走进了一家早餐馆。

他好像有生以来第一次正式在外面吃早餐。或许是因为太早，也或许是因为店家经营得不好，原本就冷冷清清，反正他坐到冰凉的椅子上，觉得在这清净的餐馆角落里，春天的凉仿若聚集了整整一夜。即便有枣糕，有烫手的茶蛋，有苦苣炒虾仁，有小汤锅，依然让他觉得吃的喝的虽然都是热的，但到了自己的身体里，却都变成了凉的。

他想到了老妈。

他想给老妈打个电话，想问问老妈此时此刻在哪里，但是想到自己对老妈的拖累，因为自己对情感的挑剔，让老妈那般失望决绝，他又将这个念头消灭在萌芽的状态。

或许管好自己就是对老妈感恩的另一种报答，他一边吃早餐，一边不得不这样想。

二十

吃过早餐，他走出早餐馆，看着老板站在门口，安静地在看大街，满脸的疲惫、满脸的呆滞、满脸满身心的茫然，他觉得与老板相比，自己还不算悲催。毕竟自己的想法虽然扔不掉，但是没人知道。

他这样一想，瞬间感知到了自己的幸运。虽然属于他的人生过往没有什么斑斓的色彩可以让这人生锦上添花，但是，因为有那些诗作陪伴，他的人生比看上去更美一些。

或一点都不美。

他知道自己的心被那个叫周夕墨的女子带去了遥不可及的地方，这让他有些无所适从，又仿佛目标坚定。他开始强迫自己非常有必要进行一次自我检测或是自我检验，并在检测或检验的过程中，学会如何发现自己、如何保护自己。但是仅仅这样想过之后，他又开始了随意放纵自己想法的习惯，好像活着就是为了想某些事或某个人。

爱情，他终于知道了人们常说的“爱情”，以神秘的方式出现，与自己的想法纠缠、与自己的疑惑纠缠、与自己脑海中的幻象纠缠、与自己的小心翼翼和恐惧纠缠。这纠缠不只存在于某一时刻或某一段时光，而且存在于无休无止的无极限中。这让他知道，在这样的状态中，自己的灵魂被一次又一次地牵引，虽然都是被动地完成着思索的使命，但是这过程又消耗了他的心力和能量，并让他在些许的欣喜中有些力不从心。好像有些疲惫，又有些不太情愿，但很快又心甘情愿地开始任其发展，任自己随波逐流、随遇而安。

爱情终于以它让梁凉陌生又新奇的姿态姗姗而来，尽管来得有些晚，却无比清晰，这让他在患得患失中和心神不宁的同时仿佛心静如止水，但是这种感觉仅仅在这顿早餐里停留不长的时间，便在早餐过后，全部成了一种不离不弃的留守。

这留守似乎成了活着的方式。

这种时刻，或许写诗才是可以最大化地网罗秘密、消耗秘密的最佳途径。只是诗仿佛也不是原来他了解的那般模样了。

他的诗就像他自己，已经变了。不只是变了外表，更是变了内在。

二十一

梁凉到了杂志社，值夜班的守卫还没下班，他有些不好意思地对守卫说自己要赶稿子，便匆忙打开了编辑部的门。

他迫不及待地坐到自己的位置，几乎没用思索，便用心沉稳地开始了一气呵成的奋笔疾书。

只要一颗星星就够，
别让欲望膨胀。
贪婪的狗会得一种病，
这种病总会死很多人，
这样的死会被唾弃。

我一直想禁欲。
以清水浇洒心中的那颗种子。
真希望能长成一棵灯笼树，
但只结出一盏灯就够了。

我会采摘多余的光，
折叠收藏在一个暗盒。
在某一天失明的时候，
可以用它找到远方。

这名为《只有一盏灯》的诗犹如春天泥土里钻出来的翠绿草芽，一段跟随着一段、一脉连接着一脉，只一眨眼的工夫，便满眼星光璀璨般葱葱茏茏。

在忘我的状态中，怀揣着一直跟随的美好祈愿，从素雅馨香的细腻中穿过之后，又走进另一丛更加壮阔的汪洋。他的世界已经不再是他一大早走进的杂志社。此时的他已完全置身天地合一的星辰大海。

当雪在夜里落下，
当夜在雪中睡去，
唯有那一条条的河在守护。
生怕被落下的星星融化。
河流收纳它们的光，
化作只只萤火虫。
在林间舞动。

又是一首他写的诗，字里行间比之前多了很多内容和内涵。虽然这一首与当下这个季节不相符合，但是他却觉得此时此刻，有一些不被感知却已萌生在内心里的温暖真的一如那些光，一如那些萤火虫，一如不知是否被星星融化的那些雪花。

夏天的傍晚，
我坐在灯下，
写一些虚构而现实的东西。
也许画面里会出现你，
也许你打扮得比春天还美，

也许，

我是个不懂事的孩子，只知道傻笑。

梁凉感受到了爱情的美妙与美好。

尽管它依然不为人知，尽管它依然被人们称为第一种爱情，但是对于他来说，它究竟属于第一种还是第二种，顺序排名都已经不再重要。重要的是，它终于走进了自己的生命。

他看着刚刚完成的一首又一首诗，心里的惬意比以往不只是多了几分顺遂喜悦，而是觉得要极尽用心地保护好这份美好。保护好了这美好，便保护好了自己的灵魂，也就保护好了写作的灵感以及存在于世间的生命。

Chapter IV 第四章

来势凶猛的情感博弈

一

“袁莺莺，你说，最初为咱杂志起名字的人为什么起了这么一个感觉上有点飘的名字？若按五行来讲，是不是少了必要的根基？”

一大早，庄北就单刀直入地请教袁莺莺，梁凉听了庄北引出的话题，觉得这句话问得很有必要。

“这还不懂，办咱这本杂志的初衷和所要达到的目的都在这‘穿越人海’四个字里。”

“此话怎讲？”

袁莺莺的话音刚落，梁凉即刻接过话茬儿，继续提出问题。

“为了跟读者相见呗。”

袁莺莺回应得非常爽快。

“与读者见面？”

梁凉和庄北同时用不解的目光看向袁莺莺。

“为了见面会？”

庄北非常不解地一边说，一边摇头。

梁凉也很不明白，办杂志本身大多是为了实现自身的商业价值，与读者见面怎能成为办刊的主旨和重点。

“我认为不可能。”

梁凉即刻进行了反驳与否定。

“梁凉说得对，袁莺莺说得不对。”庄北先用手指向梁凉，再指向袁莺莺，然后继续补充道，“我认为，为咱们杂志社起名的人自己本身就很茫然，不然纯文学杂志完全可以用山川代替，可以用大地代替，用河流、用鲜花，用这世间的万事万物，用什么不可以……不过是个名字，用了那么多动词。"

"你的意思是穿越人海只为了去见山？见山川？见天？见大地？"

袁莺莺噘着嘴，比反驳她的庄北还不服气。

庄北见了，将手里的打印文稿冲着桌角使劲一拍，仿佛那桌角已经不是桌角，而是袁莺莺的浅见。梁凉心里有些许的不舒服。虽然他是站在庄北一方的支持者，但是在三个人都无法成为最具权威的当事者时，如此大动干戈地捍卫自己的想法也不是明智之举。

"反正人家没用，就说明人家压根儿就没想用。"袁莺莺倒是没有太大反应，只是抓起搭在她抽屉铁艺把手上的一块米色小方巾使劲儿地擦桌面，然后思忖了许久似的，漫不经心地歪着头对庄北说，"庄北，不要以为你是个写小说的，就用你写小说的视角去看所有问题。横看成岭侧成峰，我觉得咱'穿越人海'杂志名字的高明之处就在于咱们三个人都搞不懂这个名字。"

"何以见得？"

梁凉即刻问向袁莺莺。

"你俩想啊，穿越人海本身就是穿越人海，我可以穿越人海去寻找你、去见你、去拥抱你、去爱你、去跟随你，总而言之，穿越人海本身不过是为了达到一个目的，而不仅是一种想象。"

梁凉听了愣住了。

他发现庄北听了之后，也在发愣。

"其实，留有想象也没什么不好。因为有想象，人间的很多事才可以有改变，才可以更上一层楼。人有心心念念，才会有新的愿望，有愿望，才会梦想成真。"

梁凉一边说，一边觉得自己虽然叛变得快，但是袁莺莺的话确实有道理。他甚至觉得袁莺莺的那一番话不愧是散文编辑说出来的，确实有诚意还有诗意，更有一份人间难得的美意。

“这‘穿越人海’的名字应该是所有名字里最好、最人性化也最具有动感的名字，毕竟现在的人谁愿意通过一本杂志的名字而想入非非。”

庄北居然也叛变了。

“那是，现在的人，想象能力都在退化，甚至连想的欲望都快没有了。”袁莺莺说完，又急忙补充了一句道，“所以说，好的作者才是人间难得的狠角色。”

梁凉听了，觉得之前的自己确实有很多主观的简单评断，尤其对袁莺莺，总觉得一个偶有一惊一乍还时不时背后说闲话的女子，偏偏寄情于一个叫“黑土”的作者，不应该是编辑所为，但是通过刚刚一番话，他倒是觉得，再不敢轻易对这人间之人做任何主观臆想的判断和结论。

傲娇有时比骄傲还可恨。

梁凉恍然觉得，人生之所以有一路向前的勇气和毅力，就是因为这说不清又道不明的欲望与奢望，而芸芸众生的人生也正是因为这欲望与奢求的不断被肯定再被否定，才会有无穷尽的动力。不然，一切都一目了然到熟视无睹，或无动于衷，哪里还会有热爱？

连喜欢的感觉都会消失，悲伤的触角也会枯萎。

这样想过之后，梁凉反倒不敢再将诗看得无比高大上，甚至在这个时候，所有诗仿佛开始萎缩，成了干巴巴的树枝，没有灵性，也没有生命所应有的鲜活。仿佛从头至尾、从上到下都枯枝败草般地没有了一丝气色，也没有了一丝血脉，有的只是无病呻吟的疼痛，以及照葫芦画瓢的工厂式生产。

梁凉也知晓并认同了袁莺莺对杂志名字高屋建瓴的感悟，也知晓了同为编辑的自己已经失职。只是这样的心态和状态怎能全身心地通过诗去拯救他人。

忽然间，梁凉在思索中再次获得了成长，甚至领悟到写作既不是个人的事，也不是某些人的事。而是芸芸众生的事。因为包括自己在内的所有人都被限定在一个框架里，都被疲惫的情绪所困，都被抱怨的心情所累，都处在迷茫中，不是不想找到正确的方向，而是视方向而不见，只一味地顾及自己的小情绪、小利益和小感受。

天地之间，人如此渺小，却时常自诩伟大，想到这些自欺欺人的观点时，梁凉忍不住笑了一下。

他突然将自己的心意和灵魂游离于窗外的遥远之处。在另一个空间的另一个高度，审看自己，也审看芸芸众生。看一切飘浮不定的尘埃，而这尘埃中有他的昨天，有今天，也有未来。

如果所有的认知不提高，小说抑或散文都不过是茶余饭后的消遣，包括神圣而在他心里至高无上的诗也一样。

生活、生存或者是生命不能只是靠着所谓的诗去修饰一种假设的美好，更不可能靠着小说里的故事，以及无病呻吟的风花雪月，去补充、填充甚至生硬地进行无用的虚假美化。

一切都要靠初心，要向阳而温暖，要纯净且不掺杂任何俗世杂念。对于追求必须这样，时间总是悄然地为你安排好了一切，只是在寻找一个给你的机会。

比如，一己私利的欲念。

比如，物欲横流的贪念。

比如，没有爱心的妄念。

二

“下周的读者见面会，按照我个人的想法，原来就不赞成，但是我又不希望这个从办杂志就没断过一次的活动葬送在我的手里，所以我希望你们都能最大限度地理解我说的话，别太主观，也不能不考虑客观……”

袁莺莺一大早就问庄北的话题，好像来源于预感似的，在下午应验了。郭主任开会说到“你们”时，按照座位的顺序，看了袁莺莺、看了庄北，也特意看了一眼梁凉，然后用不得不认真的口吻对袁莺莺、庄北和梁凉说：“你们就看着办吧，最近我实在太忙，就不参与太多了，到时候提前半天告知我一声就行。”

郭主任说完，便起身离开了。

“瞧你早上问的这句话。”

庄北看着袁莺莺，眼神中带着不想掩饰的抱怨。

“问不问这活动也不可能不搞。”

袁莺莺一边说，一边带着傲慢不屑的语气回应着庄北的态度，仿佛她袁莺莺不过是无心插柳，至于柳是否成荫，她袁莺莺才不在意。梁凉和庄北面对着这样一件既麻烦又琐碎的事宜，心里不仅不感兴趣，还很排斥，但是只不过一眨眼的工夫，他便知道庄北也不拒绝这样的举动可以多进行一些。

“见见面也没什么不可以。”

庄北的话音里好像还有几分期待。

“可不是，你可以利用这个机会见见你的‘朱砂痣’。”

袁莺莺一点不给庄北留有余地。

“不瞒你俩，从我结婚后就没再见过朱莎。”

庄北说完，编辑部一片沉寂。

袁莺莺不想参与任何议论，梁凉更不想参与。他知道这样的活动，即便有投稿诗歌的作者来参加，在他的认知里，也没有一位是自己想要见到的。

他们不可能是普希金，也不是拜伦、不是泰戈尔，更不是李白、杜甫、陆游，也不是李清照。

“他们就是他们。”

梁凉在内心里自己跟自己对话，然后呆呆地看着电脑显示屏上的一首根本就是四不像的“诗”，觉得刚刚打开的那几首也都一样。表面上都有明显的字斟句酌的痕迹，也都有珠光宝气的华丽外表，甚至不乏玲珑剔透的精雕细刻，可是撕掉这种种标签，内里，每一首都空空如也。

不仅是堆砌辞藻，还是成堆成堆的词汇组合，既不是阳春白雪的连续高雅，也不是下里巴人的续接地气。什么都有，又什么都没有，连最起码的内容都没有。

梁凉弄不明白，虽然那些诗在写山，但根本不是山；虽然在写水，但也根本不是水；虽然是在写爱情，但是那根本不是爱情。

忽然间，梁凉好像悟懂了《穿越人海》杂志的真正目的，或许在一次又一次的文字交流和作者见面会的活动进行中，无论是编辑，还是投稿的作者，都应该是一种触动，最起码每个参与其中的人内心都应该有一种对文字最基本的敬畏。

不只是作者对编辑的，更是作者对自己作品的。

他自知自己不称职，发现不了好诗人可以怪作者的修行不够，但是培养不出好诗人就应该是编辑的能力不足。

他抬头看了看袁莺莺和庄北，两人都像见面会永远不会到来似的，各自忙着各自的，既不提及，也不念及，而他想提及想念及的也不是即将到来的作者见面会，而是自己依然挥之不去的、无人知晓的心事。

二

“庄北，其实我真的很好奇，袁莺莺那么喜欢‘黑土’，为什么对这个活动一点都不感兴趣？”

梁凉到底还是忍不住地问了庄北。

“‘黑土’不参加。”

庄北的回答让他十分惊异。他真的弄不明白，一个编辑对于自己喜欢且极其欣赏的投稿作者，这样的吸引力或者魅力都没有？

“也对！”

他不得已地回应了庄北一句。

大利益有大磁场，小利益自然不会受重视，他觉得之前自己的想法还是幼稚单纯了，大概是没有见过那么多投稿的作者以及他们的诗歌。在多如牛毛的投稿中，他一首首地筛选和甄别，去寻找不但自己喜欢的，而且发出去读者也喜欢的诗。但他认为好难。

“如果设一些有大额奖金的征稿获奖再看看。”

庄北对梁凉说。

“那样会有吸引力？”

梁凉问庄北。

“也不一定。”

但没用。文人相轻。

不怪郭主任对这样的活动持那样的态度，一切皆有可能。

梁凉针对诗歌的投稿作者进行了不得不再进行的筛选，可是没筛选之前，他就知道肯定还是做无用功，因为大多数作者虽然有礼貌或敬畏，但都不过是一眼便可识破的假惺惺。

有感激，也都深藏不露。

有感恩，也都泥牛入海。

没感激也不感恩的，怀抱着怀才不遇的抱怨，一边抱怨自己的不顺，一边埋怨编辑的不作为或干脆就是编辑的有眼无珠。

梁凉不禁想到了周夕墨。想到周夕墨关上车门的那一刻，像忽然想起了什么似的，转回身冲着他笑了笑，只是那回眸一笑竟如花般灿烂。那灿烂在那个暗夜很温暖。

那略显孤傲且从容的笑容才应该是从骨子里散发出来的倔强和刚强。那笑容俨然一面镜子，虽然是在黑暗中，却让梁凉在那面镜子里真的看清了自己。

在另一个同类面前，带着悻悻然的失望，只一瞬间便恍然醒悟到了上天的馈赠，只是无论怎样想起那一刻，都已经成为过去时，因为叫周夕墨的那个人再也不容易见到了。

上天不会轻易给某个人很多。

上天也不会给抓不住机遇的人再轻易获得幸运的机会。肯定不会。至此，他的情绪一发而不可收地无限循环，直到下班回家，只有增而无任何意义上的减少。

四

“你跟妈吵架了？”

晚上，梁凉打开家门那一刻，才想起早上的事。只是家里连老妈回来的迹象都没有，到处找寻不到人间的烟火气。梁冰坐在自己房间的床上，抹着眼泪，这倒是在他的预料当中。

梁冰见到了他却像没见到似的，只是假装在屋里忙着自己的事。只见梁冰不停地揉搓着手里的毛巾，应该是哭了有一阵子了。

他不禁暗自庆幸早晨早早离开家的决定和壮举。

“不就是老妈不要咱们了嘛，不给咱们做饭、收拾屋子，不给咱们买菜，也不帮咱们刷碗了，有啥了不起的？”

他冲着梁冰说话间，早上的不满猛然在心头聚集到一起，让他觉得自己的怨气也是没处发散，但是完全没有梁冰流泪的这种必要。

“傻！”

他狠狠地说了梁冰一句。

他特别看不上梁冰这一点。看上去像是一个刚烈又刚强的女汉子，实际上脆弱得连蚊子和苍蝇都怕，不仅如此，还非常一根筋，遇到事情千种万种的想不开、想不明白也不想明白。

“你才傻呢。”

梁冰突然回怼了一句。

如果在平时，他不可能谦让，但是此时此刻他不想计较。他无法相信，这么傻的一个女人怎么会是自己的姐姐，为一个旧梦里已经泛黄褪色的记忆而哭成这个死样子。

他居然一下子就理解了老妈不得已的绝情。

这样的女儿着实可恨。只是在这样想的时候，梁凉觉得自己与梁冰比起来，好像也不过是半斤八两。

五

“大鹏回来了。”

清早，梁凉百无聊赖地坐到餐桌前，看着餐桌上依旧是头两天老妈回来时顺手带来的食品，没有任何食欲地在想，不如早点起来早点离开，免得一个凉凉面对一个冰冰。可是梁冰这第一句话无疑成了比老妈和老赵一起回来还让他震惊的一枚炸弹。

“大鹏回来了？什么意思？”

梁凉无法相信，在梁冰的世界里已经消失了整整三年的大鹏居然回来了。

听到这个惊雷般的消息，他一口早饭都不想吃了。想想头一天自己回来时梁冰哭成的那个死样，觉得自己不应该仅仅是早早出去，还应该是晚晚地也不回来。

“你呀……”

梁凉起身之前，已经无法掩饰自己一脸和满心的不耐烦。其实他非常想说你这个人咋就这么蠢、这么呆、这么笨呢！怎么就这么不吊死在一棵树上就死不瞑目的可恨！但是他却惊异地发现，梁冰在笑。

是的，她还笑得不知不觉，还笑得甜蜜快乐。

“精神病！”

梁凉一边看着梁冰满脸的笑容，一边在心里不无怪怨地想着，妈离开得对，老妈的离开不叫作离开，而是应该叫作逃生。

“我告诉你，从今往后，再不许在我面前提什么大鹏！”

他说完这句话，再不看梁冰一眼地走进自己的房间。

但他的内心深处，从没说那句话之前，就升腾起一种直觉，好像从此这家里有梁冰，便没有他。没想到这个世界最让人难以接受的竟然是在自己的家却成了最不爱家的人。

六

梁凉开始了浑浑噩噩的生活。理想抑或梦想，一会儿来，一会儿又全部离开，让他一个人守着某一件小小不然的事发愣、发呆。哪怕是一首不值一看的诗，梁凉也会用半个小时、一个小时或更多时间在看、在琢磨，但实际上仍然是在发愣、发呆。

即便是发愣、发呆，他觉得也大不同于从前那样。从前更多的时候是在自由的想象空间里游走。那时，那种放任自己在想象的王国里，既天马行空，又自由自在的感觉，虽没什么意思，但是想够了、游走够了，或许会有一首诗的诞生。但是现在除了真正的发愣、发呆之外，一无所获。

其间，他想找宋舰喝酒，或找个安静的地方去品茶、喝咖啡，想详细地听听宋舰对自己那几首歌词的具体评价，或者谈一谈自己对歌曲的一知半解。但是不过是想了想而已。他知道自己，也了解自己，不可能拿出半点行动。那几首歌词或许早就烟消云散在人间了。

三年断联的宋舰与三年没出现在梁冰生活中的大鹏又有什么区别？虽然都是情感，但是友情与爱情不会有太大差别。

而他的生活恢复到了没爱上写诗之前的那种云雾缭绕、迷蒙浑浊的状态。说不清为什么要活着，也搞不懂为什么要这样活着。

七

读者见面会终于在梁凉、袁莺莺和庄北，包括郭主任在内的也许是假装积极筹备、实际上无论是谁都一丁点心思都不肯多用的情况下，有了一片吵嚷声。是在杂志社的一楼会议室里。

红色的条幅下面是一长排铺了红布的长条桌。桌上有矿泉水，有《穿越人海》历年来的所有杂志，还有专供讲话之人讲话的台式麦克风。一大盆发财树在靠窗的墙角里孤孤单单地兀自晒着太阳，像看客，又像唯一的主人似的在浏览着所有到场之人的表情，包括心情。

虽然庄北的话听上去很泄气，但是他的语气是清爽的，带着可以感知到的希望，毕竟他的前女友朱莎会来。即便庄北没能在确定婚姻的终身大事时选择朱莎，但是无论怎样讲，朱莎也算是庄北人生的一段美好回忆。而袁莺莺说的话，虽然听上去很有哲理，但是都不过是因为“黑土”不来的失望和失落。

“黑土”不来也对。

梁凉看着会场想，在这样的境遇中，每个文人都应该是最对得起“文人相轻”这个成语的，绝对相信这个成语的源远流长本身完全可以说明从远古一直流传至今的前车之鉴。包括“黑土”的不参加，都应该是同出一辙。

他尽自己所能地做一些自己能做好也不得不做好的分内之事，然后看着一个又一个陌生又仿佛再熟悉不过的脸孔，觉得自己的心态确实很欠职业操守，甚至有不道德之嫌，虽然有点夸张，却还沾点边。

身为诗歌编辑，既没发现超人一样的诗歌作者，也没能发挥“石破天惊”般的所谓带头作用，甚至比没当编辑之前更迷茫、更不知所措、更不热爱人生了，尽管偶尔会有奇迹出现，但是奇迹不能代替庸常的生活。

随波逐流或顺其自然都已经成为他应对一切大小事情的行为准则和确定原则。这主要源自梁凉的内心。原本想大刀阔斧地进行一些实验或实践的他，将原来固有的思维模式或创作模式进行一些必要的更新、跟进，哪怕仅仅是战术上的改进或是战略上的调整，哪怕只是向前推进那么一点点。但是直到他想这些问题时，还仅仅停留在最初的想象阶段。好像一切的决心和动力不仅因为动力不足，更因为决心不坚定而使得梁凉对于现实很失望，最重要的是对自己很失望。

没有创新精神，不具备再创造的能力，总是一而再再而三地被生活琐事所牵绊，总是从个人的一己私利想问题，总是不能将自己的灵感和责任放置到更高的维度上，总是要求自己、约束自己。尽管他偶尔会在思考时有点飞越，但是都不过是昙花一现的幻象。他明了了自己也不过是芸芸众生中的一介凡人。

“快看。”

忽然身边的袁莺莺用眼神向梁凉示意。他顺着袁莺莺的眼神看过去，只见走进对开大门的红衣女郎款款大方，手里拿着一个白色的漆皮包，不像文人，倒有几分商人的气质。

“朱砂痣。”

袁莺莺靠近梁凉身边小声地说。

“请你别问庄北为什么没娶她。”袁莺莺对梁凉说完，又自顾自地补充道，“她不过是看上去像有钱，但是她根本没钱。”

梁凉听了，不禁看向袁莺莺。

“庄北娶的那个才是真正的有钱。”袁莺莺说完，又急忙小声补充了一句道，“也不是真正的有钱，不过是有一些钱而已。”

梁凉听了袁莺莺的话，一边一知半解地点着头应和，一边用冷眼旁观的态度又打量了一眼“朱砂痣”。他觉得，虽然写作的女人身上应该具有一种淡定从容的优雅，但也会偶有人们意念中的那种含酸。是故作优雅的含酸，是缺乏真正优雅的东施效颦，是一个文人应该自带的气质光环，既有别于他人，又不同于他人，而实际的情形是，在他的眼里，谁和谁都一样，没有区别。

都不过是一样的人，只是穿着不一样的皮囊罢了。

这样想过之后，梁凉扭头看了一眼庄北，他觉得庄北与自己的态度和心态包括姿态，应该是一模一样的。显现出来的热情不一定是真热情，深藏不露的心思或许才是真正的用心用情。

只是这一切都必须在这样的时刻很好地隐藏起来。男人的心无论相同还是不同，无论高度还是角度，无论看还是不看、想还是不想，都大同小异，生命和生命之间原本就没什么区别，之所以有些人认为有区别，不过都是自己以为。

“梁凉，快看。”

袁莺莺再次靠近梁凉后，继续用眼神进行示意，他明明知道自己会看到什么，也明明知道自己并不想看，但还是顺从了袁莺莺的眼神看到庄北见到“朱砂痣”后假装的卑躬屈膝和逢迎谦卑里已然没有了之前的傲气，更没有了傲气满满中的傲骨，完全是一副奴才相貌。

这让梁凉惊觉到庄北的道貌岸然和表里不一。这好比大家一起玩牌，庄北作为一直赢的牌友，却不厌其烦地说着自己的愁烦。好像赢了钱财还很失望，那么输得一塌糊涂的输家还有没有活路?

“德行！”

梁凉不禁在内心里怒骂了一句庄北后，又不得不自惭形秽于自己的各种不如。

谁让自己如此这般心高气傲呢？谁让自己如此这般与这现实无法相通也无法相融呢？一切结果都怪不得别人，只能怪自己死守一身的傲骨，以及连自己都高攀不起的高傲。

这就是传说中的无可救药。他知道，但是他即便知道有药可医，也应该是不想被救治。

八

梁凉想起了柳绒。

“我们分手吧。”

当时他这样对柳绒说。是在柳绒高高兴兴地以为他会兴高采烈地与她大谈特谈婚嫁之事之前。

“你说什么？”

柳绒以为自己听错了，不禁瞪着两只永远都不太相信的眼睛问他。但是他异常理智而清醒地回应柳绒道：“我们不合适。”

梁凉说完，觉得那句话代替自己挣脱了一直想要挣脱的桎梏和捆绑，之后便头都没回地离开了。

在那一刻，他终于了解了最真实的自己。原本以为自己在那一解脱之际会获得意义深远的重生，但是他发现自己的重生不过是破土而出的一棵嫩芽，在冷风中，在最近的反复沮丧中，重生不过是一种向往。

破土的嫩芽已经死去了。好在胡社长和郭主任先后的讲话虽然简短，但都有深刻的内涵在其中，这让思想溜号的梁凉听着想着，想着听着，觉得自己的灵魂里有了一点点复活的感觉。好像是在所有人都开始鼓掌时，又好像是在掌声消失的那一刻。反正他觉得自己在这样的场合中仿若局外之人如同当初与柳绒在一起时一样，即便一起看电影，即便一起吃饭时有说有笑，但依然不能保证就是在一起。

不同心怎能同行？可即便如此，胡社长和郭主任讲话的情绪依旧感染了梁凉，在所有人的脸上都洋溢着欢乐时，他的诗兴有了呼之欲出的激情澎湃。

那一刻，他觉得自己又活了。

诗的力量显而易见。他完全被诗所左右、所操控，甚至被其所主宰。虽然《穿越人海》杂志的魅力也显而易见，但在两位领导热情洋溢的激情演讲后，仿佛第一次踏进大学校门的那一刻，内心奔涌的除了意欲头悬梁锥刺股地发奋学习的豪迈，其他任何都成了不值一瞥的俗世浮云。

梁凉觉得这个见面会还是很有意义的。被梁凉有幸邀请来的几位诗人虽然感激涕零地围拥在梁凉左右，但是，梁凉的内心一直在想，同路？同行？

九

“那个时候，我对咱们的《穿越人海》充满了无限热爱……”

袁莺莺在胡社长和郭主任离开麦克风后，便迫不及待地拿起了自己的讲话稿，并用情用心地朗诵起她一挥而就的精简发言。这既是袁莺莺对《穿越人海》杂志名字的赞美，也是袁莺莺对人类美好生活的褒奖以及对全世界的无比热爱。

袁莺莺的朗诵赢得了在场所有人的掌声，梁凉也情不自禁地给予了袁莺莺发自内心的赞誉。

庄北先是看了“朱砂痣”一眼，然后也同梁凉的心情差不多，对他说：“讲得确实不错。”

梁凉听了有些后悔，自己为什么听从了庄北的劝诫，说袁莺莺一个人作为代表就够了。他觉得如果自己遵从对诗歌的无限热爱，也应该像袁莺莺那样，把无限的热爱用与袁莺莺相同或相似的方式表达出来，而不是坐在观者的位置上，只是感动于这样一种感动。

袁莺莺什么时候如此用心用情于一段又一段文字？除了“黑土”的散文，好像从来没有。梁凉看了一眼庄北，发现庄北依然准备鼓掌的手，将庄北整个人都暴露在忘我的境地中，或在神游，或干脆就是精神溜号得只剩下一具人在魂不在的空壳。他看见袁莺莺朗读后的满眼泪花中带着对旧事旧人的深深眷恋，更有对眼前平淡无聊报以的种种无奈。

这让梁凉不仅在一种近似复活的感觉中感受到了文学的美好，还在这样一种活动中，预见了可以持续稳定的美好。

“看门口！”

突然，袁莺莺用手里的笔敲了敲他手边的玻璃杯，梁凉从沉思中被惊醒。

“看门口。”

梁凉重复着袁莺莺的话，并顺着袁莺莺示意的眼神看向门口，但是没等梁凉看明白门口是怎么回事的时候，顷刻间便呆住了。他发现，不知何时走到门口去迎接的庄北，在热情满满的态度里饱含了太多谦卑，还有温暖，包括礼貌以及对“朱砂痣”存在的无视。仿佛一直都不是太有状态的冷血男人，只这一瞬间，便活力四射地春风得意在春天里。

门口是刚刚走进来的周夕墨，穿着梁凉第一次见到时穿的那袭蓝色长裙，而周夕墨正在庄北的引领中，谦和不安地走向签到簿。瞬间，他第一次见到周夕墨的情景、第二次邂逅周夕墨的意外，包括陪伴周夕墨在曲廊墙壁上画画的那个灯光明亮的月色下所有的景象，几乎一秒十二帧地瞬间闪过、闪过，再闪过。

梁凉扭回头看了看袁莺莺，见袁莺莺满脸的鄙夷和不屑，他知道这不屑和鄙夷是冲着庄北来的。想这世上所谓的因贪心而成为中央空调的男人说的应该就是庄北这个样子。

见一个爱一个，爱一个放不下一个……

梁凉弄不清眼前究竟发生了什么事，也不知道自己怎么会在这样一个瞬间，无论是身体上还是精神上都会出现这样一种反应，或叫作条件反射。

庄北怎么可以对周夕墨如此热情?

庄北的生活中，除了他不爱的新婚老婆，还有已经让梁凉见识到的“朱砂痣”，怎么还会有周夕墨？问题是如果周夕墨已经存在于庄北的生活中，庄北不可能隐藏这么久。

“世事皆有原因。”

梁凉对自己说了这样一句自言自语后，希望自己能在胡思乱想的瞬间，迅速退化成一只草履虫。如果可以那样，内心完全失控的他便可以在外表与内里一并前行的这一刻，完成再简单不过的生命之旅。只是这想法不过是一闪而过的瞬间，随之而来的依然是脑海中越来越汹涌、越来越复杂的思索。

是不停顿一分一秒的思索，也是不明就里的思索，更是莫名其妙就怅然若失的思索。

他看到庄北依然对周夕墨无比热情，一如袁莺莺的讲话，有着无限的热爱。这让他摸不着头脑之时，还怒火中烧。只是他瞬间调整了自己的心态和状态。

即便庄北对周夕墨热情了，那又怎样?

即便庄北对周夕墨卑躬屈膝地善意逢迎了，那又能怎样？都是自己的人生，都是自己人生的主人!

十

“你怎么了？”

梁凉问袁莺莺。

他发现自己身边的袁莺莺比自己还惊异无比地看着庄北陪同着周夕墨缓慢优雅地落座，然后几乎是一步三回头地一边走回自己的座位，一边魂不守舍得几乎魂游了天外。

他太熟悉也太了然这种感觉了，而身边的袁莺莺依然在这样的状态中游走着，不是乐不思蜀，而是魂不附体。

“袁莺莺，你怎么了？”

梁凉又问了一句。

“梁凉，那个人就是‘黑土’！”袁莺莺眼珠一动不动地略有所思地说完，又急忙将头转向了梁凉，不无惊慌失措地几乎心神恍惚地问道，“梁凉，那个‘黑土’怎么是个女的？”

袁莺莺的话把他问蒙了。

“‘黑土’不是男的？”

那个袁莺莺一向欣赏又偏爱的“黑土”绝对不可能是女的，最重要的是，即便“黑土”是女的，又怎么会是周夕墨。

“你怎么不告诉我‘黑土’是女的？还长得这么好看！”

庄北坐回自己的位置，满怀心事地凑近袁莺莺，问话的怪怨语气里分明显露着可以听到的几分惊异、几分懊恼和几分相见恨晚的遗憾。梁凉见了，瞬间觉得自己身体内部不仅是不解，还有无法止住的尖酸刻薄顷刻间便成堆成叠地涌向身体的四面八方。这太让人匪夷所思的问题和答案并不难理解，可是为什么自己与袁莺莺会如此这般震撼。

“我也不知道她是女的。”袁莺莺冲着庄北说话时，不得已地又急忙补充道，“她的头像是一座小岛的图片，我又没跟她通过电话，再说了，我压根儿就没想过她会是个女的。”

袁莺莺的话还没说完，庄北立即补充道：“确实，女的不可能取这么一个名字。”

庄北一边说，一边看向周夕墨，好像庄北所有的埋怨里，对自己和袁莺莺认知上的错误给予了态度蛮横的否定。但是庄北看向周夕墨的眼神却是柔和而温暖的。

“可恶！”

梁凉不禁在自己的内心里怒骂了一句，既是骂袁莺莺极其愚蠢糊涂的刚愎自用，也是骂庄北见一个喜欢一个的无耻至极。

“其实，她的小说稍加修改，也是相当不错的。”

庄北转过头，看着坐在不远处的周夕墨说。只是庄北的脸上、眼里以及拿着墨笔抖来抖去的手都在向梁凉和袁莺莺显示，按照他庄北任何人都不可驳倒的审美，已经完成了权衡喜好的判断和利弊多少的抉择。

不是一般的恶心！

这无形当中改变了梁凉心目中对周夕墨的原有形象。对于周夕墨这样的女子，无疑让他不得不重新调整自己原有的三观认知。

梁凉对庄北不喜欢“黑土”小说的不满以及曾经对袁莺莺偏爱“黑土”的不屑，再次一秒十二帧地在脑海中一一再现。不缺少任何一个微小的细节，包括自己对周夕墨的喜欢和痴迷，虽不为人知，却在不知不觉中成为一种刻印在心中的美好。这美好在这一刻成为一粒种子，在他周身流动的血脉滋养下，迅速地生根、发芽，直至开花、结果。

十一

“你要干啥？”

庄北发现，站在自己面前的梁凉不仅虎视眈眈，还咄咄逼人得吓人。

“我要打你！”

梁凉冷凌着脸，强压着内心已经无法遏止的怒火。

庄北听了，丈二和尚摸不着头脑地看了看身边的袁莺莺，感觉像在求助答案，实际上更是兴致正浓时的晕头转向。

“梁凉，你咋了？你在跟庄北开什么玩笑？”

袁莺莺说话时，扭头看了一眼在麦克风前情绪激动地讲解着自己是怎么在写作路上勤奋努力并取得优异成绩的一位散文作者，有心规劝，又漫不经心，这让梁凉觉得，自己代表的不仅是自己，还有袁莺莺。

“我没开玩笑。”

梁凉对袁莺莺说。

“我知道你没开玩笑。”

袁莺莺的认可里包含了梁凉为她打抱不平的有功和可敬。梁凉见了，非但不想解释，反而更加火气冲天地在庄北没有任何思想准备的情况下，根本无法自控地冲着庄北就是一拳。这一拳不偏不倚，正捶在庄北的胸口上。庄北没有防备，整个人因重心偏离，差点儿仰到身后的桌角上。

庄北躲过了桌角，却坐到了地上。

“你俩咋回事？”

不知什么时候，郭主任走到梁凉和庄北的身边，不明白两个编辑，在作者讲话时，其中一个居然坐到了地上。他觉得事有蹊跷，而梁凉的表情依然苦大仇深似的充满了火药气味。袁莺莺见了，即刻站到郭主任面前极力地讨好解围道："没啥，我们在商量点事。"

袁莺莺说完，态度极其温和地将庄北扶起来，而朱莎只是坐在自己的位置上，木然地看着眼前的一切，没有疑惑不说，还无动于衷。

"我告诉你啊，梁凉，你今天表现得不咋样，这种时候，怎么能开这样的玩笑？"郭主任说完，走近梁凉，不再是平日梁凉偶尔见到时的随和，而是用一种梁凉无法辨识的怪异眼神看着他继续补充道，"我告诉你，梁凉，在我们《穿越人海》，就你这种行为很不被看好，尤其是我。"

郭主任说完，转身离开了。

梁凉看着郭主任离开的背影，知道了胡社长为什么讲完话就说自己还有会议要去参加，明了了郭主任，包括胡社长，一向对具体业务不关心也不关注的推诿和敷衍，在这样的时刻，也应该是没有资格对自己指手画脚。梁凉甚至觉得，所谓的人性化管理就应该以人为本，可是庄北对作者过度热情的本身又似乎没错。

"我，那个……"

梁凉看着郭主任离开的背影，突然间语塞到不知该怎么解释。

"快走吧。"已经将庄北扶起来的袁莺莺用手势和口型示意梁凉赶紧离开，但是就在他要坐下的一瞬间，袁莺莺急忙凑到他的身边小声地说道，"先去外面清净一会儿，今天的事实在是太闹腾人了。"

袁莺莺说完，便向门口方向推梁凉，十分乖巧礼貌的幸灾乐祸里有着他能够看得出来的窃喜，是袁莺莺自认为他在帮她出气的窃喜，可是他不想离开。

梁凉看了一眼周夕墨，发现周夕墨也在愣愣地看着自己。

"别再闹了，赶紧出去。"

袁莺莺不分青红皂白地将梁凉推向门口，并一再催促道："去小会议室坐一会儿，那人很快就讲完了。”

十二

梁凉走进小会议室，房间里空空荡荡。他觉得刚刚自己还在人气膨胀的会议室里激情澎湃，转眼之间，便形单影只地成了一个罪人。

他站在小会议室的门口，听着会议室里隐约传来的讲话声，想着怎样找周夕墨说话。他很好奇画画的周夕墨怎么还写散文，问题是写散文也就写了，怎么又写起了小说。最重要的是周夕墨怎么会是“黑土”。

奇怪。

梁凉觉得很委屈，这样的事情发生了，怎么就没人追出来问问他究竟是怎么回事，包括愣愣地看着自己的周夕墨，怎么就不走出会议室的那扇大门来关注一下自己。

他冲出了小会议室，冲出了杂志社的大门。

十三

杂志社的院子里十分安静，院里院外连个人影都没有。梁凉怒气未消地绕过院墙根儿处停靠的几辆车，通过步道砖，坐到院里唯一一条木椅上。

“道貌岸然。”梁凉狠狠地骂了一句。

他是被老妈宠大的孩子，也是被梁冰谦让着长大的说一不二的弟弟，他的生命过往中压根儿就不知道什么叫打架，尤其这次他对庄北没有设防的出手，打得他手臂有些发麻。

他真的痛恨庄北这种表里不一且徒有虚表的所谓“才华”，他认为庄北根本没有资格对他之前压根儿就没看在眼里的周夕墨进行现买现卖的毕恭毕敬。

也许是醋意大发，这样一想，他反倒觉得自己不过是半斤八两。或许同性之间的小心思和小算盘根本不用看就已心知肚明。他突然想写一篇杂文或小说之类的文字，想好好地描述一回世间的这种人，因为有文化、因为会虚伪、因为能掩饰、因为可以借助为自己涂脂抹粉的所谓才能，为自己丑陋的内心和行为进行肆无忌惮的遮掩，甚至无耻地进行粉饰。其目的不过是为自己的一己私利道出最冠冕堂皇的虚假措辞。与此同时，还大言不惭地自觉问心无愧，还理直气壮地想在事实面前据理力争。

突然间，他有了一种为民除害后的大快人心之意，虽然仅仅凭借着一拳的力量。

拂水惊鲤动君心。
素白纯心如玉。
在俗路，
带回的那个人，
就是另一个自己。

梁凉的感触像一阵吹过身边的微风，泛起了心海的涟漪。他太了解自己了，知道自己确实是不可救药地喜欢上了周夕墨，虽然不知这种喜欢具体从何时开始的，却已悄然附体永驻且再也不可能斩草除根地与他时刻纠缠到一起。

如影相随且寸步不离。

在感触中，他惊觉，一个人真的可以住进另一个人的心里。因为人的真实欲望从来都不撒谎，人的本能也从来不曾有过任何退化。不呈现、不表达的无动于衷，要么是不爱，要么是不感兴趣，真性情根本无法掩饰。

他明了了自己，一个傲娇高冷的自己就这样被另一个人的出现而改变。而且不仅是暂时的有所改变，而是原型尽毁的彻底改变。

十四

“我才知道你是《穿越人海》的诗歌编辑。”

梁凉听到了身后传来的声音，是周夕墨在跟梁凉说话。梁凉这才发觉，自己因为一时的怒怨，让自己的坐姿有如面壁思过，但是，这种状态和姿态完全可以看成一种等待。

等待周夕墨的到来。

等待真相被揭开。

等待一个他一直在等待的气度，好像之前所发生的一切都是为着他可以再次与周夕墨近在咫尺。

“你怎么可能是‘黑土’？”

梁凉慢慢地站起身，看着眼前的周夕墨，一边问，一边在想，“黑土”怎么会是周夕墨，周夕墨又怎么可能是“黑土”，可是他的眼前分明就是笔名叫“黑土”的周夕墨。

周夕墨没有回答，只是看着梁凉笑。

梁凉有些不知所措地感到自己的思维不是一般的混乱，一时间，不知进退，不知如何是好。

“你怎么给自己起了这么一个名字？”

梁凉终于捋顺了自己的思路，努力镇定地一边问周夕墨，一边不由自主地看向她的头发、她的眼睛、她白皙的皮肤以及她颀长的脖颈。更有周夕墨的披肩上闪着的细细碎碎的光影，包括腰间的一条细丝带，将淑女的飘逸洒脱完完全全地勾勒出来。

“‘黑土’是我名字最后的那个‘墨’字上下分成两部分的合写。”周夕墨解释完，不禁反问他，“‘黑土’不好？黑能孕育更多的色彩，也能储藏并掩盖更多的秘密，最重要的是，人在黑暗中一样可以怀揣着希望；黑，不仅是衬托，很多时候，黑，能更好地彰显、陪衬，甚至被需要。”

“好，很好，我没说不好！”

梁凉，一边忙不迭地应诺，一边在想，诗原来是在这样一种不安且沉稳的状态中，被孕育、被寄予了希望。而此时此刻，在他的心目中，黑色仿佛比所有色彩都更具有含蓄而深藏不露的魅惑和妖冶，包括已经被放飞的想象力。

“其实……”

“其实什么？”

周夕墨欲言又止后，梁凉追问。他觉得有些欲言又止才是更真实的内心想法。而那种想说又不即刻说出的话一定隐藏着很多很多秘密，在这秘密里面是不被他人轻易知晓的事情，抑或心事。其实但凡这个时候，就没有必要再去追问，如果把握不好节奏的话，可能招惹满脸的嫌弃。

“最初，我就写诗。”

“你写诗？”

梁凉十分惊异。

“一开始，我投的诗稿都没成功。那时的诗歌编辑还不是你，我投的那些诗稿一首都没发表不说，收到的还都是投稿时的系统自动回复。后来我写了散文，现在我又开始学着写小说。”

周夕墨说话的时候，脸上现出了欣慰的笑意，好像她当初写诗不成的结果反倒成全了她的另一种开始。梁凉见了，却是无法相信，眼前这个早已在自己心里开成花朵一样的周夕墨，怎么会给她自己起了一个听上去有道理，但无论如何都无法将道理与诗情画意的周夕墨联系在一起的“黑土”名字。

“真是无法想象。”

梁凉看着周夕墨，自言自语地嘟哝了一句。他确实无法想象，如此优雅的周夕墨冠以“黑土”的名字，会再增添几许光彩？他想说这有道理的名字实在是你的一大败笔，但是他什么都没说。只是觉得，“黑土”的名字再怎么让自己认为是败笔，周夕墨却是自己见与不见都喜欢的成功之人。

“不知道你能不能给自己这样一种想象，黑色的墨落进了黄色的泥土，那一块泥土因此变得肥沃。那是比之前更具馨香的肥沃所在，那里可以孕育出生命的蓬勃生机，可以让所有向上的力量更好地生长；那里有从不言语的内敛和含蓄，也有一种从不屈服的顽强，包括不张扬也不浮躁的自我沉静。那种沉静是一种无声的修为，也是修行。”周夕墨看着梁凉身边的某一处，就像她述说的那样沉静，然后，不经意间看了他一眼后，继续说道，“是由内向外地从骨子里散发出来的一种生生不息的希望。是一个人可以在人世间不一定被关注，却喜欢独来独往地做自己想做的事。”周夕墨说完，沉默了一瞬间后，将视线转向遥远的天际道，“我就是这个样子！”

梁凉听了，既没说话，也没想说话，只是觉得自己在这样的陈述前，无言以对，不是自己找不到词汇，而是觉得自己在周夕墨的这种诚实面前很有愧。在这个时候，语言应该是多余的。

梁凉看着周夕墨，想着自己已经不抱有任何希望能遇见的周夕墨就在自己的眼前，蓦然间觉得，这些天的沮丧和不安以及最后的不得不放弃都应该是一种天意。只有这样，他才能知道自己的真心，而且这样的真心是不会改变的，他对于自己在感情中还是很唯一和执着的。

惋惜、失落、遗憾、无助、懊悔、希望，等等，比五味杂陈还多还复杂的思绪一直搅扰着他的内心，包括灵魂。所以，才有了面对周夕墨突然出现后的惊喜、欢愉，以及对庄北的愤怒。

“为什么是学着写小说，而不是继续写诗？”

梁凉问。

他很不明白，最初就是投稿诗歌的周夕墨，即便想再尝试其他文体的创作，也不必绕开诗歌而写小说。尤其小说被庄北不屑地奚落，虽然也属于正常，但是，周夕墨最初的梦想怎么就如此放弃了。这不像他认识的周夕墨，初次留下感觉的她应该不是这样的，而是对某一件事情无比热爱以及专注。

“可能是因为自卑吧。”

周夕墨说这句话的时候，不自觉地低下了头。

梁凉看到周夕墨揉搓着两只冷眼看去很纤细的手，但大拇指和食指之间因为长期太过用力拿握毛笔和泥板，有些地方可以明显地看到手茧。

“怎么会自卑？”

梁凉无法理解，一个有着姣好外表和内敛贤淑的周夕墨，一向都是以傲娇冷漠示人，怎么会在内心有着任何星星点点的自卑？况且直白坦诚地将其说出来。

“怎么不会自卑？”

周夕墨抬起头，看着他的眼睛，仿佛他明知故问似的知道她自卑，偏要故意引出这样尴尬的话题来说。

“如果说自卑，我们两人中只能找出一个，那就是我。”

梁凉这样说完，俨然吓到了自己。这样的话，他何时何地说过？从小到大任何时候，无论是醒着还是梦着，他从没说过，也不可能说出这样的话。可是刚刚他分明说了这句话，而且是说给自己最不想说与听到的周夕墨。

“我……”

梁凉不知道自己为什么会如此这般不同于往常，心直口快地口无遮拦，还直抒胸臆地毫不避讳。一向以理性的自律严格要求自己，何时都不会有坦露心迹的嫌疑，但是却在这一刻，将心之所想和盘托出。

这应该叫作信任，也应该叫作托付，梁凉不禁笑了。

“你怎么还笑？”

周夕墨看着他，有些不解地问。

“我笑这正是所谓的同命相连！”

梁凉说完，见周夕墨有些不好意思地将两只手叠到一起，像周夕墨的心情，复杂又有些无所适从。他看到周夕墨白皙纤长的手，在户外的强光下，泛着骨肉肤色的光亮。艳红的指甲上斜着几枚不易被发现的小叶子，一如夕阳似火的河床中零零散散的金银碎片。

“真好看。”

梁凉不由自主地夸赞了一句，只是夸奖的同时，不禁精神溜号地想到了自己与周夕墨，在余生、在尘缘中、在不由自主地开启了一段缘起的爱情故事之后，自己会变成什么样或周夕墨会变成什么样，或许会比现在好很多，或许连现在都不如。

“我这是第一次去做美甲。”

周夕墨不好意思地低声说。梁凉听了，却异乎寻常地有些喜出望外，仅仅从周夕墨的这一句话的直白里，便知晓了周夕墨的心意。原来周夕墨所有的冷漠、所有的“敬而远之”都是因为她的内敛矜持，而不是因为他不入她眼、不入她心。

“就为了来参加这个活动？不会吧。”

梁凉说这句话时，虽然凭借的是猜测，但是在他看来，可以在这世间毫不避讳地脱口而出这样一句话，已经让自己等待了太久太久。

十五

“想不想去看看我正在画的壁画？”

“想去。”

周夕墨的话音刚落，梁凉便做出回答了。

周夕墨笑了。

梁凉也笑了。

“不远，离开你们杂志社只有十多分钟的路程。”

周夕墨说。

“走路对身体好。”

梁凉毫不犹豫地回答，回答完却又笑了。

他从来没用过这样的方式对一个人如此这般积极主动，但是周夕墨却成了唯一且绝对的例外。他甚至觉得自己的谦卑谨慎里，比起庄北对周夕墨的卑躬屈膝，只有过而绝无不及，虽然这种过体现在了骨子里，但是他不在意。他还觉得自己能有这样一种态度虽然难得，但是却让自己很受用，好像自己的高傲从小到大就没被任何人打败过，但是在这一刻，或是在周夕墨的面前，自己却亲手雪葬了这与生俱来的高傲，且雪葬得心甘情愿，且任何时候都不可能后悔。

这次绝对不能与周夕墨擦肩而过。

他和周夕墨走出杂志社的大门，在周夕墨的引领下，顺着杂志社的围栏，走过恰好亮起了绿灯的十字路口。途经斑马线时，梁凉一边左右兼顾着等待信号的车辆，一边觉得这犹如一夜春风来的自信如怀才不遇的人，终于被伯乐发现并赏识，甚至被重用。他越发开心得了不得，之前发生的不愉快完全被这突如其来的意外驱散得无影无踪。

此时，梁凉想到了宋舰。

他想利用这段时间跟周夕墨说一说自己与宋舰的关系，虽然在这样的时刻说这样的事很不合时宜，但是，他很想把自己与宋舰之间的莫名亲近与有意隔阂说与周夕墨听。他知道自己的想法很不可思议，却又真真切切地在自己的头脑中挥之不去。有激情豪迈的意欲一吐为快，甚至依然是毫不保留地和盘托出。

“再走几分钟就到了。”

周夕墨用手指着不远处的“天墅庄园”楼群，一边说，一边让他看。梁凉见了，并不是十分在意，却笑着点头回应。

“你怎么总笑？”

周夕墨问他。

“我这个人就是爱笑。”

梁凉笑着回答后，觉得自己的回答和笑容应该是表达了更真实的自己，以撒谎的形式待在周夕墨身边。

十六

“天墅庄园”到了，是梁凉模模糊糊知道有却从未走近的一处新建筑群。在城市中，这些新建的楼群像雨后春笋，不知不觉间就拔地而起地存在了。感觉上不过是一朝一夕间，便成了眼前的一处壮观景象。而他还没走进“天墅庄园”的大门口，便透过这风格独树一帜的内外园区景致，感受到了一种有别于其他小区的高高在上。好像“天墅庄园”的周遭因为有了它的存在而蓬荜生辉或黯然失色。但是无论怎样，只要靠近它，便不得不由衷地慨叹，如果这周遭都有这种建筑的存在，目之所及的视线里便不可能不生发出诸多的人文感慨。其中有一点肯定是毋庸置疑的，那就是这里必须是有钱人才可以居住的地方。

“我这几天一直在这里做壁画，今天参加你们的活动去晚了，也是因为找钥匙关不了门而耽误了时间。”

周夕墨一边在梁凉的前面走，一边回过头来对他说。

梁凉点了点头，想象力和感知力迅速交融在一起，是在这奢华考究又有韵味的时空中，与他设想过的心仪良久的人在一起，安安静静地勾画天人合一的蓝图。虽然这蓝图与他无关，但是作为看客的过程却是属于他的。

梁凉不禁看了周夕墨一眼，了然周夕墨也是一个过客，但是却觉得自己与周夕墨就像两个老相识，在一起看画或是画画好像已经不重要了，重要的是一种油然而生的安全感和彼此信任。

曾几何时，梁凉有过这种发自内心的真正平和吗？好像更多的时日是在一种外表平和、内心却极不安分的忐忑中，或是虚度时光，或是虚掷光阴。好像人生没有什么固定方向，也没有固定目标，有的只是茫然。

无尽无止的茫然，包括盲从。尽管梁凉的诗可以给他指明一个前行的方向，但仅仅是一种向前的方向，好像没能成为一种真正意义上的信仰，而他需要的是一种可以让自己脚踏实地地进行仰视便能怀以崇高的敬畏之心。

“这‘天墅庄园’应该是这一带价格最贵的住宅，但是……”

周夕墨说话时，有意停止了自己在说的话题。

梁凉听了，权当没在意周夕墨的话，而是有意将自己的视线转向别的方向。他知道周夕墨的“但是”里有着什么样不可言说的内容，因为他和周夕墨置身的整个楼群不用仔细看都可以感觉到空旷与空寥并存的冷清。这种冷清既缺乏人间烟火的气息，也缺少人间所应有的温度和喧嚣。很难想象在这样的住宅群里，低头抬头几乎看不到人影的莫大空间，人会变得更加寂寞，更加孤单。

有时，豪华仅仅是一种希望得到的即时奢求。此时的梁凉更感兴趣的不是这可以看得见的豪华，他更希望自己能在这样的境遇里，感受到更多有温度的、有情义的、有感受的与自己良好情绪有关的思想、情绪或者见解，而不是与己无关的满眼豪华。

十七

“看了我今天画的壁画，你就能明白我那天说过的我这种画画为什么是在干体力活。”

周夕墨在梁凉的身边，一边推开一栋豪华别墅山墙的一个小角门，一边对他说。他刚要回答，只见迎面走来的人身上虽然穿着工装，神色举止里却有着完全可以感受到的强大气场，仿佛能来此挣的就是大钱，能在此付出，就证明了一种能力和实力，能居住于此更是与众不同。这感觉让他也随之受到了影响，好像这举架比所有住宅都要高出许多的豪华所在，无形中也带动了自己身上某些细腻温婉的诗情画意，在自觉自己也不是等闲之辈的感染中，整个人的身心和灵魂都被震慑到了。

他无法想象，如此大的空间里会是一个家庭的所在，更无法想象，周夕墨已经画出轮廓的那一面墙体居然比两层楼的举架还要高，这也就是在说，在这样一个空间，无论怎样看上去都有纤秀单薄之感的周夕墨，要独立完成这样一幅作品，光凭绘画的功底和专业的技能绝对不可以。

“确实是体力活，完全是体力活！”

他一边止不住地惊叹，一边不停地向四处张望。真的无法想象，最近自己确实在朝思暮想周夕墨，每天就是在这样的境况之下，实现着她自己的梦想。或如梁凉为他人做嫁衣似的，仅仅是在用绘画的方式讨生活。

梁凉的眼眶湿润了。

他觉得人生真的很残酷，虽然这种残酷最后是以美的形式展现在所有人的眼界中，但是这过程的艰辛与艰苦不是感同身受，谁又能真正地体会得到。就像他对诗的顶礼膜拜，如果不是自始至终都在为着灵魂的鲜活生命、为着命运不屈服的主宰、为着文学殿堂这圣洁的土壤和天空，他自己何曾有过真正的安逸。别人眼里所看见的光鲜，其实后面真不知道经历了些什么，有时候不只是汗水那么简单，甚至会流血。

没有，从来都没有。

梁凉这才明白，周夕墨在装修公司的这等劳作不仅是工匠才华的聪明智慧，更有为作品的最后完成所进行的每一笔勾描和每一笔用心的全部制作过程。是绘画与装修的多元结合，也是建筑的装饰和艺术之间以唯美的方式进行具体呈现的完整和统一。

那么，诗要与什么相结合呢？

他举一反三地这样想到，诗与散文结合叫作散文诗，但是只有自己知道，在编辑部，自己编辑的那些“诗”与袁莺莺编辑的那些“散文”多么多么井水不犯河水。

与小说结合？

能结合？如果可以结合，可以叫作小说诗或诗体小说？应该从来没人做过这样的尝试，或许有，以他自知的浅见，但他确实不知道。

“这不过是引进来的借鉴！”

说话间，已经穿上灰色工装的周夕墨快步走近梁凉，随同他的视线看向初稿已经完成、打底石膏还粗糙不堪的墙面，脸上显现出一种显而易见的自信和一丝不易被发觉的无奈。

“就因为突然接了这个活，那个曲廊的墙画，我才不得不画了整整一白天。那天中午我饭都没吃，我早晨去画画的时候天还没亮呢。”

周夕墨一边拿起画笔，一边像在自言自语，又像在告知梁凉。他听了，觉得周夕墨是在以这样的方式告知自己，她的“爽约”不是有意的，而是一个有原因的意外。

他看着再次准备像以往那般开始忘我工作的周夕墨，油然而生出一种敬意。他觉得这世间千古流传的种种之所以能代代相传不丢失，就是因为远古人的感同身受在后来人的身上同样发生，一如眼前已经开始画画的周夕墨。传承已经成为重任在肩的己任。

梁凉感知到了自己的渺小。这世上的每一滴水都应该是一个独特的存在，就像一花一世界、一叶一菩提那般。每一片叶子、每一缕晨光、每一首诗都将一种不可复制的唯美加持在这样一个又一个与众不同又与众相同的人身上，并将这种美用这样的方式呈现在人间。就是这样一个人，不知从什么时候开始，在不经意间，悄无声息地住进了他的心里。

他竟对这一切恍然无觉，待觉察到了，已身不由己了。可即便他知道了这些，也无济于事，因为不投入、不喜欢，生命也就不再丰富多彩，活着的意义和价值也就恍若不再存在。只是这倾情的投入一定会有另一番艰辛甚至磨难，就像他对诗的崇拜。

爱它，它不一定来。

不爱它，它来或不来，也一样是痛苦的源泉、恒久存在的主宰。一切都在起心动念的那一刻，注定了情感或情绪，或空无一物或更自在，但是谁又甘心在空空如也中走完这一生?

梁凉不愿意。

他相信最后与自己融为一体的肯定是梦想成真的归属，就像他与自己的诗一样，只要白纸黑字地写出来，便浑然成为一体且再无法进行分割。

他暗下决心，要为这样一个过程进行长途跋涉前的所有准备。而他的诗又何尝不是从远古的感同身受中一路走来，穿越岁月的河流，从千古不变的颠簸中，历经一路的风雨和曲折，但是初心没变、初始的形态没变、初心的本意也没有变，变的只是自己这等所谓的“诗人”，心气浮躁、心胸狭小、心志难展，最重要的是没有宏图大志，有的只是屈居小心的小主张、小意念和小算盘。

他又在不停的思索中，感受到了自己即刻在肩的责任和推卸不了的担当，在迂回反转的过程中，不是原地盘旋，而是向上提升。是他作为诗歌编辑的重任和担当，这不仅是为他人做嫁衣，更有义务和职责必须为他人做出最合体也最美丽的嫁衣。这嫁衣既要有传统的传承，更要有可以引领风尚或时代潮流的能力，也包括能量。

从自己喜欢诗的青葱年少到现如今视整个世界为迷茫，庸庸碌碌的平平凡凡中，已经将诗的存在漠视庸常到如同一包救急的方便面、如同一道普通的家常菜、如同每一个没有惊喜也没有希冀的度日如年月。诗，抑或诗人，不应该是这个模样，应该把担当和责任放在诗歌这种文本的前面，再谈及诗歌本身的价值和意义，但是现在所谓的诗人却恰好弄颠倒了它们的顺序。

梁凉再次明了了自己的严重失职，完全是因为自己的失意，将原本应该有的良好状态给销蚀得几乎所剩无几。

“你说我是画家，还是雕塑家？”

周夕墨动作敏捷地跳上踏板后，在即将进入工作状态之前，难得悠闲地回身问梁凉，好像梁凉回答与否，对她并不重要，重要的是她即将开始的一种忘我工作。是出于礼貌也算是一种善良。

“是画家，也是雕塑家，当然，也是‘作家’。”

梁凉态度温和地回答时，想起了袁莺莺曾经对周夕墨散文的评价和偏爱，好像袁莺莺当时对周夕墨散文形神俱佳的赞赏还在他的耳边铿锵作响，一直没有散去，跟随在耳边。

“作家我可实在不敢当。”

周夕墨将手里的灰白色石膏用力地碾压到一个椭圆形的线框内，然后回过头，带着满脸的自豪和从容看着梁凉，像在提问，又明明是在回答。

“应该是艺术家。”

梁凉脱口而出。

他不知应该怎样回答才更贴切。他觉得自己一向因为写诗而字斟句酌，用字特意精准到位的惯常，在这一刻，竟然显得无所适从。想讨好又不知该说些什么，想赞美又找不到最恰如其分的言语。

“艺术家！”周夕墨小声地重复了一遍梁凉刚刚的评价，然后回过头冲着他笑着说道，“那我就为自己能当上艺术家而努力。”

梁凉听了，非常高兴。

他觉得周夕墨与巨型画作一起，不用等到结果，只看这过程，便可以靠着艺术气息的堆砌陪衬，形成一股强而有力的气势与气场，咄咄逼人且高高在上地站在脚手架上，不用说一句话，只靠着自身的光彩，便能将眼前之人照亮。

包括蓬荜生辉。

人们管这叫作借光，梁凉倒觉得，这借来的光不只是照到了自己的外表，还可以照到内心，以及曾经与周夕墨有关的那些记忆。

“这回怎么只是花，没有叶？”

梁凉站在脚手架的一旁，很久很久不敢打扰，终于在周夕墨回身看了自己一眼时，急忙抓住机会地问。

“千篇一律就不好看了。”

周夕墨回答。

说得真对，千篇一律不仅不好看，也不可能好看。人的审美不容易建立，却容易疲劳，任谁都无法战胜，也难以超越。但凡人类可以战胜这一弱点，就不会有一而再再而三的推陈出新和更上一层楼，而所谓的推陈出新和更上一层楼不过是人类对旧有的、已经拥有的、不再喜欢的甚至是已经厌弃的进行本质意义上的N种更改或N种创新。

情感也应该是一样。所以人类都希望得到一种永恒，比如爱情。可是这怎么可能？不过是尽最大努力地保鲜而已。做亡羊补牢的尽力而为，不让结果里有放任的遗憾，不让回忆中有随意放手的懦弱，仅此而已。

周夕墨，一个很美而且很雅致的名字。

梁凉觉得这三个字与她本人一样完美。这让他再次想起《红楼梦》中贾宝玉第一次见到林黛玉时的感觉——这个妹妹，我是见过的。他还想起了诗人拜伦说过的话——爱情上的第一眼就是千里眼。

这世间真有这样的女子，于万千人中，虽然看起来很高冷，仿佛周身的冰山气场让你不敢靠近，更不敢接近，尤其那坚定执着的脸色与眼色，没有温暖，更没有多余的善意。但是所有眉目间的犀利却谜一样地让他过目不忘，甚至被迷惑。而周夕墨的这份高冷和冷漠就让他不得不在怀疑自己毫无魅力可言的同时，又感到了一种无法抗拒的力量，好像一向生而为人的顺风顺水，在这一刻，被阻碍也被搁浅，甚至被放逐。但是人心就是这般奇妙且不可思议，越是被拒于千里之外，越要千里迢迢地一路追随。

有人管这叫作磁场，梁凉从未遇到这磁场。有人也称这为野心，这野心却仿佛是他曾经丢失的。

亿万千百中只想寻一人，

同心，

同行，
同命运。

虽然找到了这人，
冷风却打湿了懵懵懂懂的梦。
不得不把初心里的杂陈放空，
假装什么都不懂。
只想昨晚的夜和今晨的黎明，
还有夕阳如红袖的黄昏。

一起隔空看花鸟鱼虫，
一起听心灵的天籁声音。
既想要有始有终的才情，
又要锦上添花的智慧之树常青。
不信命，
只要好前程，
因为，
这世间真有爱情。

梁凉觉得自己一直以来是很幸运的，仿佛身边跟着幸运之神。与这样一个谜一样的周夕墨相遇、相识，并一次又一次地意外邂逅，这不仅是一种缘分，更是一种天意。这天意更让他觉得，跟周夕墨在一起时，即便彼此间不说话，也有一种云淡风轻的净爽，好像无论视线中的繁杂有多么不合时宜，但只要两个人在一起，便很贴心，也很安心。可是，就是这样彼此安好的两个人，不在一起时，却能让他六神无主地浑身不自在，好像是哪里出了问题，又明知哪里都没有问题。不过是一些又一些不着边际的想法在他的头脑中不停地作祟，是那些曾经的安心和贴心，通通变成了抓握不着和寻它不见的不安稳和无法掌控。

他也知道，因为这样的感受，自己被整个世界抛弃了，但是他的灵魂却因此被唤醒了。这似乎更让他倍感欣慰。是的，即便这世界褪去了所有颜色、隐去了所有高山河流、消融了众生的气息，至少还有一个周夕墨在身边，这足以温暖、美化他的整个世界。因为只有这个人的存在，才能将他的人生充盈得饱满而丰润，丰富而多姿多彩，并且多了一份足以让他挂牵甚至放在心里的念想，似乎周夕墨已经占据了他的心。他没有明确对周夕墨表现或表达出来这些想法，也许觉得时机还不成熟，他在等待这样一个合适的机会。

十八

“梁凉，我让你去小会议室躲一躲，你躲哪儿去了？”

梁凉的手机响了。

他刚接听电话，就听到袁莺莺一连声的嗔怪。虽然他的怒怨早已因为周夕墨的出现而烟消云散，但是在这个时候，他不想做任何解释。他不想因为袁莺莺的一个来电，像遇见宋舰那次那样，失去难得的好机遇。

“梁凉，你究竟去哪儿了，赶紧回来，郭主任说有一位重要的实习生马上就到。再有，郭主任说今天晚上大家出去喝酒，要庆祝一下。”

“庆祝啥？”

梁凉懵懵懂懂地问。

“活动圆满结束啊！”

袁莺莺回答得很爽快，但是梁凉听着却好像有着莫大的讽刺。

"赶紧回来。"

袁莺莺说完最后一句话便挂断了电话。

他本想利用这天赐良机，好好地与周夕墨进行一次深入交流，不仅是相互之间的了解，更有自己对于写作的感悟，比如散文，比如小说，比如周夕墨曾经投稿的诗。但是袁莺莺的一个电话让他不得不离开。

"我得回编辑部，等有时间，我们再认真探讨。"

梁凉要了周夕墨的电话号码，风一般地离开了。但是整个人仿佛还留在周夕墨身边。他甚至觉得自己的生命仿佛不再是自己的，而是游离于自己身体之外，属于这个世界了。而这个世界就是那个依然在踏板上作画的周夕墨。

是，周夕墨就是他的世界。

这，应该就是爱情的模样。

梁凉步子欢快得犹如一位刚刚成长起来的少年，第一次读懂了隐藏在这个世界的规律、规则以及规矩，不是万事万物的，而是自己内心的。他觉得自己从这一场离奇又好像命中注定的邂逅中，拥有了可以让自己壮大蓬勃起来的能量。这能量不仅充满了激情，还澎湃亢奋着可以拯救众生的才情。好像他身上所有鲜活的存在随时会被这能量很好地点拨、激发、拓展，甚至无限度地发扬光大。好像从今往后，即便属于他的天空没有月亮，心中依然会有一片明亮皎洁可以临在；即便天空没有阳光，有的只是风和雨，那又如何？他依然可以依靠这内心源源不断生涌出来的能量，在风雨兼程中，迎接未来所有的未知。

梁凉感到无比庆幸，庆幸在自己的生命中，因为有这样一个人的出现，从此可以拥有风过无痕的从容以及笃行、淡定的洒脱自信。他甚至觉得，这种庆幸是因为自己在可以与众人同行的年龄里，选择了可以抽身远离且独善其身的栖息小径，从而变得如此景色宜人甚至风和日丽。

在这独自走来的路途中，虽然不一定都是一路惬意的鸟语花香，却也有着沐浴四季阳光的景致，最重要的是，他从这样的自信从容中找到了可以撑起自己强大梦想的支点，并找到了前行的正确方向。

是梁凉在自设自找的追梦路上，靠着内心的强大，用晦暗缺少光亮的人生活生生地承载起了诗意漫天的美丽过往。他体会到了世间极其奢侈的“爱情”的美好。千百年来，人们一路寻找、一路歌颂、一路顶礼膜拜到今天，有的人没有遇见，便带着遗憾离开了这个世界；有的人得到了，却不懂珍惜，结果不过是让“爱情”像金钱、像物品、像过客一样被暂时消耗、被懵懂地认知，哭天抢地地惋惜、叹息。而他恰好是刚刚遇见。

十九

“赶紧把你的文具架整理好，还有窗台上那些乱七八糟的东西都收起来。我这就开始擦地，你俩把各自的桌面也都擦了，包括你俩的生活用品，一定要物放有序啊。”

梁凉刚推开编辑部的门，想着之前就想好的面对袁莺莺不同的态度该使用哪一种台词，袁莺莺却像没发生任何事情似的，一边忙里忙外地收拾，一边叮嘱着他。梁凉看到庄北也跟没事人似的在用心整理着自己的各种材料、书本、杂志等物品。

“怎么回事？”

梁凉跟随在袁莺莺身后，一直跟随到洗手间，纳闷儿地看着冲洗拖把的袁莺莺，一种恍然如梦的感觉让他不知道编辑部发生了什么事情。

“据说那实习生很有来头，一会儿就来咱编辑部报到。”

袁莺莺说完，拎着拖把刚要走，梁凉一把拉住她的衣袖。

“袁莺莺，这马上要来的实习生是郭主任说过的美术编辑？”

梁凉嘴上想说不就是个实习生嘛，实习生，顾名思义是来实习的，但是他最想说的是自己与庄北之间的冲突。他知道，无论从哪个角度上看，自己打出去的那一拳都有无法解释的地方。

“我是说……”

梁凉的脸上露出了为难的表情，觉得这样一件有因有果的事情根本不是三言两语能够说清的。最重要的是他知道最能说清的理由又是绝对派不上用场的，并相信如果自己在袁莺莺和庄北的面前一五一十地说出自己与周夕墨之间的俗尘渊源，相信新的冲突甚至更大的矛盾瞬间会成为让编辑部乱成一锅粥的导火索。可即便是这样，他还是想从自己的内心深处进行诚心诚意的或检讨、或自责、或抱歉的种种善后。但是在这一刻，他竟然没有了动手打庄北时的英雄豪气，反而觉得自己在说真话的时刻就已经变成了动画片里的熊孩子。

“别提那事了，庄北说了，写诗的人开玩笑都跟别人不一样。”

袁莺莺有口无心地一边着急往编辑部的门口走，一边用毫不在意的语气对他说。

“不过以后可别这么开玩笑了，容易让人误会，再说你们男人手重，那一拳打谁身上能不疼？”

袁莺莺刚要进门时，突然回过头来对梁凉说。

“知道，知道，我知道！”

梁凉一叠声地忙着回应时，不禁又愣住了。他没有开玩笑，但是他又不好对袁莺莺实话实说。或许这样的想法不对，但是他知道这本是天性使然的行为，或许连庄北自己都没有察觉出来。只是让他万万没有想到的是，袁莺莺和庄北竟然会认为这是因为误会而引起的一场笑话。可是，即便袁莺莺和庄北都有“误会”的认同，他的愧疚感和自责依然存在，虽然自己的个性有那么怪有那么突出，可是动手打人还是第一次，如果真的不加以控制的话，以后还会有第二次、第三次，梁凉在内心想过这样的问题，而且这对于自己以后不管在任何地方是不好的，万一遇到不是庄北这样的人呢？如果对方更火爆，不仅矛盾会更激化，事情也会闹得更大。

“不过，我得先更正一下，刚才电话里说的晚上喝酒庆贺的事已经取消了。”

“为什么？”

他无法想到，不过是十多分钟时间，自己就前后收到袁莺莺截然不同的两种通知。

“我刚收到的信息，不用问为什么，肯定是咱郭主任被那个实习生带跑了。别忘了，人家是有来头的人，我们是什么？我们不过是几个自视清高的文人而已。”

袁莺莺显然很失望，梁凉见了，倒是即刻有了兴致地对袁莺莺说：“那就我请你俩，咱仨出去庆祝，一样。”

“这个建议好。”

袁莺莺一进屋，便向庄北公布了这个最新消息，庄北听了，抬起头，有几分喜出望外，又有几分兴奋不已。袁莺莺也顺势向他竖起大拇指，梁凉见了，露出了开心的笑容。

如果不是因为袁莺莺把自己喊回来，这个晚上，他肯定和周夕墨在一起，但是因为见面会的活动，能让自己与周夕墨真正结缘，他的内心对欣赏周夕墨散文的袁莺莺和看不上周夕墨小说的庄北都有着说不清的感激。或许冥冥之中，为这缘分出力的不只有上天的赏赐，更有袁莺莺和庄北的人力所为。

这顿祝贺的酒是一个可以让自己为冲动赎罪的好时机。虽然在他的内心里，更想下班后去找周夕墨谈诗论画，但是他相信自己的直觉，来日方长，自己与周夕墨有缘有分，不差这一个晚上。

万事有了开始，又何愁今后。最重要的是，编辑部又要来新人了，而自己这原本就是新人的请客之人，完全可以利用这样的机会，将新人的名号就此转移。只是编辑部到处堆放的资料、文档、杂志，杂物，包括杂七杂八的陈年旧物，再怎么收拾，也不过是放整齐了、摆整齐了，到头来还是乱糟糟的。结果实习生来是来了，却只是来了不到二十分钟，便离开了。

“他这就算来过了？”

实习生在郭主任的陪伴中，匆匆地来，又匆匆地离开。之后，袁莺莺、庄北和梁凉三个人几乎都要用同一个问题问询另外两个人。

“你俩没听郭主任说还要领那个实习生去广告部？”

庄北看着梁凉和袁莺莺，好像不太相信自己的耳朵。

“去完广告部，再去发行部。”

袁莺莺摸不着头脑地问梁凉的时候实际上是在看庄北，梁凉不置可否地不知道这来走过场的实习生究竟有着多大来头。

“你俩看没看见郭主任的态度？”

袁莺莺看着梁凉和庄北，神秘兮兮地问。

“看见了。”

梁凉和庄北异口同声地回答。

郭主任对那位实习生卑躬屈膝的态度里，比庄北见到周夕墨时还多了很多的谦卑之心和恭敬之情。

“这就叫背景！”

梁凉看着袁莺莺和庄北，斩钉截铁又不许有任何反驳的慨叹感觉像在诗朗诵，但语气上却带着一万种不服气，听上去更像是在自言自语，当然也像在自我安慰。只是梁凉更在意的是一个满屋的纸墨香，还没沾上星星点点的实习生，想励志于这书香天地，他才不屑于判定其成功率的高低，以及其未来究竟是成功还是失败。

去饭店的出租车上，袁莺莺心直口快地猜测。梁凉和庄北听了，有些迫不及待地问。只是问过之后，梁凉有些后悔，觉得这实习生来与不来与自己有多大关系。如果一个人连自己的事都无法关心到位，为何还要去关心别人，没必要，也无须必要。

“最后连咱杂志社这庙门都留不住人家呗。”

庄北听了袁莺莺的判断，非常认同地点头道：“从他进来，除了确实跟咱仨打过招呼之外，我就没听他说过什么话。”

“喝了郭主任递给他的水。”袁莺莺说完，又补充了一句道，“只喝了一口。”

“人那叫不屑于跟咱们说话，只能喝水，虽然只是喝了一口。”

庄北揶揄着补充了一句。

“也对，人家的目的地又不是咱《穿越人海》。”

袁莺莺不无慨叹地现出了无奈。

“是不是咱《穿越人海》倒无关紧要，我觉得，一个人无论想‘穿越人海’去哪儿，都应该有个最基本的也是最基础的为人处世的行为规范。不然，就算是穿越到了天堂一样高不可攀的地方，怕也是德不配位，只能是被打回最初始的出发点，”庄北像对某个投稿作者的作品在一锤定音般地确定着自己的明智了断后，又急忙补充了一句道，“因为那个出发点才是那种人的位置。”

梁凉听了，不由得用一种无比崇拜的目光看着庄北，觉得自己有必要在请酒时，认真周到地进行一场负荆请罪的修正或纠正。有对庄北的无礼的认罪，也有刚刚对庄北说这番话的敬重。

梁凉笑了。

“你笑啥？”

袁莺莺和庄北见了，一起问他。

“我在笑，好歹还有我们几个，天天在编辑部里坚守作为拯救现实世界最后一片土地的精神土壤。”

“还有精神殿堂。”

他的话音刚落，袁莺莺显得很开心地补充道。

“这是必须做的，文学本身就是最好的精神食粮。”

庄北认真地说。

“我非常赞同庄北的说法。”

梁凉听了袁莺莺的附和，敏锐地感知到袁莺莺褒赞庄北时着重说的“说法”两个字。

“我也赞同。”

他即刻应和一句。

梁凉觉得，这你一言我一语之间，虽然探讨的话题有些缥缈虚幻，但是从三个人工作的角度上看，又都是实实在在的。尤其彼此说话时的口无遮拦，不仅拉近了彼此间的距离，还让他很是纳闷儿，什么时候，自己在内心里不是拒袁莺莺和庄北于百里千里之外，包括被庄北和袁莺莺一致认为在开玩笑的这一场误会，都是从他的内心里无法融合也无法化解的一个心结，可是，却在这样一个短暂的谈笑之间，被你来我往的直言直接解开了。

隐约间，梁凉仿佛感知到，虽然没有低于尘埃，却低出了梁凉自设的极限，但那些仍然记忆犹新的不愉快、防范或叫作芥蒂，在这一刻都被自己的宽容放逐了。

放逐了，也就相当于抛弃了。

抛弃了，也就相当于遗忘了。

仿佛一些久违的美好正悄无声息地向他慢慢靠近，最终会与他握手并陪着他走向想要的远方。这种美好不能短暂停留就消失离去的，梁凉心想，要怎么留住并与之和谐地相处下去。

二十

“诗人酒寨。”

梁凉、庄北和袁莺莺刚下出租车，便一起看向梁凉所说的“诗人酒寨”。

“这地方我还真没来过。”

袁莺莺看着“诗人酒寨”的门脸，一边感受着古色古香的古朴店面所溢漾出的幽静和谐，一边不想掩饰内心情绪地看着梁凉和庄北，显得很开心也很愉悦。误会，有的时候如果不把它看成误会，或许会很美。比如，袁莺莺认为梁凉是在替袁莺莺复仇，或在消解袁莺莺的心头怨恨，而庄北之所以对梁凉那一拳不提不念地已经确认为是开玩笑，相信每个人的心中都给出了最好最完美的理解和解释。

“这地方选得好，很适合今天这顿酒。”

庄北走过四个镀金大字的“诗人酒寨”牌匾时，一边说，一边向梁凉竖起了大拇指。梁凉见了，有几分欣慰，也顿觉心情愉悦。仿若自己也变成了庄北，在这样一种即将开场的酒局前，像个孩子似的将自己应有的歉意和不安进行了毅然决然的一笔勾销。

二十一

“别说，这家酒店还真不错。”

袁莺莺站在“诗人酒家”的大厅看向四周时，由衷赞叹着说。

梁凉看到，在袁莺莺身后不远处，有一个清净透明的藤架，上面只有两艘由古纸制作的帆船和稀疏错落摆放的几本书。有宋词，有古诗，还有两本线装的古纸画册。旁边椭圆形的木桌上，一人一碟一盏一筷的用具已经被固定了位置，让梁凉觉得，人遵从更多的往往不是自己的内心，而是这特意而为的事先安排。

梁凉还看到庄北的身后吊垂着一盏又一盏纱灯。纱灯的圆柱上有自上而下的行草小字。想必袁莺莺惊呼雅致更多的应该源于那些小字。虽然有的字看不清楚，但他敢肯定，都是《诗经》里的。那些诗句与纱灯上下相对应的，是桌心上泥瓶里的一棵绿草，不是真的绿草，而是手工纱制作的。草叶上有几颗透明的露珠，可以与绿草同生同死。

“今天，咱们借庆贺之机，都喝好这顿喜庆的酒。”

梁凉一边说，一边坚信，迟早有一天，自己的想望会在长久的蛰伏后自然苏醒。像黑夜的尽头肯定是黎明，他的灵魂不会在一时的气馁中失败，而是必定会在自己对文化认知的提升中获得他想要的一种新生。

“这也太有文化气息了。”

袁莺莺兴致高得像没听到梁凉的提议似的，站到花灯下，逐一看向每一盏灯。梁凉看到，花灯上那些外翘的花瓣一半透明一半在磨砂的模糊中，映着灯芯处的朦胧诗意。尤其三人一起走向顺着墙壁一长溜的字画灯具前，更是惊异地看到，一片银灰色的荧光古纸灯，一盏一首是古诗绝句、一盏一阕的古词古韵，一一在背景墙处的白色野鹤与落日余晖的红色花瓣中，散发着字墨香馨的清雅大方。仿佛梁凉、袁莺莺和庄北的身上，包括所有可以见到的人身上，都瞬间便被沁润浸泽了诗的灵气。而酒香混合了所有粮米蔬果般，将一种不可抵抗的力量毫不保留地扑向了梁凉、庄北和袁莺莺。

“这也太适合我们文人了。”

袁莺莺一脸的兴奋和激动，好像这饭店的一切都与她袁莺莺有过前世就有约在先的不解渊源。

“不错、不错，非常不错。”

庄北也很欣赏梁凉确定的邀约地点。这种欣赏和满意在无形中影响并感染了梁凉的心绪。梁凉由最初的只想借此回报而变成了沾沾窃喜。

落座后，梁凉看到自己的头上方那盏不用抬头就可以看见的花瓣和花蕾也都是水晶的吊灯，觉得这很奢华的创意布景中确实蕴藏着显而易见的朦胧意蕴。有暧昧的感觉，又很有生活气息，仿佛梦幻、迷离和尊贵都从伞形的脉象中，得到了精细极致的诠释。只是盯得久了，会有高处不胜寒的敬畏，好像是怕自己无法继续坚持长期的成长，而那种坚定不移仿佛成了无助的奢望。

梁凉举起自己的手臂，用力伸向吊灯的方向，觉得让自己以为被恐高症震慑的情绪实际上是被现实的美好恰到好处地融合了。

是一个让自己怦然心动的身影，是周夕墨的身影。

是又一次非常意外的邂逅，是他与周夕墨不期而遇的再相遇。

是这一场预期中的同事小聚，酒却成了推波助澜的魔手，让梁凉在纠结不安中，变得淡定从容。他再次感受到了自己的成长，不是缓慢的成长，而是突兀间的长大成人。

“这就是传说中的满屋纸墨香，墙上有星星点点的微光，酒里有玉液琼浆，所有的所有都会将我们的今夜永远照亮！”

梁凉一边给袁莺莺和庄北倒酒，一边脱口而出了自己的诗兴大发，由此而牵引出袁莺莺比之前更加兴奋张扬甚至带着一丝不是抱怨的抱怨。

“这么好的地方，才想着领我们过来。”

袁莺莺的话听着是抱怨，细品也是抱怨。但是梁凉和庄北却都知道，袁莺莺的抱怨不过是一种嗔怨，是表扬，也是褒奖。只是却让他产生了几分悔意。这么好的地方，更适合他与周夕墨在一起。这样一想，他的兴致迅速消失了一多半。

梁凉看着木桌上迂回着边沿的暗色花纹和泛着白光的瓷釉酒具，觉得自己越来越在优柔寡断和绝情寡义之间不可理喻地变来变去。一边是小心翼翼地在人心浮躁的现实生活中放不下追梦脚步地一边追逐，一边感叹，另一边则是种种的不满和无力改变的矛盾重重。

“这才叫真正意义上的以文会友呢。”

袁莺莺的兴奋和兴致依然在她一边招呼梁凉和庄北喝酒，一边照顾他俩人吃菜的热情洋溢中，没有掩饰，也没有虚假，好像没到酒店时还有几分矜持，这一刻，全部被一扫而光且不再有卷土重来的任何机会。而周夕墨早已被袁莺莺和庄北忘记得一干二净。

想必袁莺莺想象当中的那个她以为是风流倜傥且下笔如神的“黑土”，一向被袁莺莺奉为男神般存在的周夕墨，任谁都没有想到，通过这短暂的见面会，竟然成为白马王子秒变白雪公主的一场大变活人的人间喜剧。想必袁莺莺想象的梦幻殿堂顷刻间化为乌有那一刻，一定是五味杂陈地黯然神伤到只想找到无人之处落些眼泪吧。就像庄北见到周夕墨时的喜出望外，怎么看怎么觉得始于颜值本身，并没有颠覆人们对审美本质的初始认同。

虽然第一眼的印象不能决定最后的结果，却是结果之前很重要的原因。梁凉觉得有关误会这件事，对于庄北来说，充其量不过是猎人又遇见了新目标。或许自己也是如此，在一见钟情的见色起意中，还来不及衡量利弊，便觉得对方是一面更美好的镜子，那镜子照见的不是对方的所有，而是自己的全部。

“真好。”

袁莺莺再次有感而发，这让梁凉再次确认了自己的判断。袁莺莺的内心应该是不安的、是不开心的、是沮丧的，也是失落的，但是这让袁莺莺不得不掩饰，不得不用所有兴高采烈来掩饰所有不开心，因为他就是如此，即便看上去的他很开心，但是他自己知道，只要一想起周夕墨，就异常讨厌袁莺莺和庄北，甚至对这样的一顿酒没有可以提起更多兴致的能力，而只是希望能快快地收场。

“今天袁莺莺多喝点。”

庄北对梁凉的心理有了心灵感应似的对袁莺莺说。

“今天不用劝我都肯定要多喝。”

袁莺莺说完，好像将自己刚进酒店时的饱满情绪瞬间用尽了似的，只吃菜，不再喝一口酒。

“其实大家一起喝酒的好处就是在麻醉自己的同时，也可以看到别人眼中的自己。”

庄北很感慨地说，听上去很像庄北创作的某人在经历着的某些故事。

“以后，我会努力工作，不让所有人失望。”

梁凉没喝先醉似的满身心的感慨，这种慨叹和感慨让他深陷其中。虽没有欣喜若狂，但心情无比激动。恍然间他觉得，已经作为诗歌编辑的自己，如果从今往后，在自己的字里行间和自己选中的字里行间无法发现和创作对不劳而获的鞭挞、对唯利是图的鄙视、对弱势群体的同情、对芸芸众生的悲悯以及对生命的尊重和崇敬，包括对祖国和祖先的敬仰和赞颂，又怎能进行一种灵魂有高度的指引。

不能。

都不能。

“来，我敬你俩酒。”

梁凉情绪激动地端起自己的酒杯，觉得自己从到编辑部报到那天起，就没有一次能够像现在这样，从内心谦卑的态度里，认真而从容地向袁莺莺和庄北给予一份真正的尊重。

哪怕是借茶、借文字、借语言的任何一种形式，都不曾有过。他对庄北和袁莺莺的认知态度改变之前的所有坏印象都被他在这一刻，通过酒精的作用，进行了一一埋葬。

他喜欢充满理性的大智若愚，喜欢不加任何粉饰的智慧张扬。人类文明的飞花绚烂仿佛都在这一刻近在眼前，美不胜收。而自己也在这一刻，成为参与其中的一员。

这是何等的幸运。

这幸运坚定不移地在梁凉的内心游走了一遍，还有了一个花开花落的必定结局。

“既来之，则安之，未来究竟会怎样，现在还都是未知数，来，我们喝酒、喝酒、喝酒！”

他说完，将自己酒杯里的酒一饮而尽。他觉得，这个时候除了喝酒庆贺之外，还应该是喝酒庆贺。

“等有时间，我请你去‘诗人酒寨’喝酒，那地方非常适合你。”

他想起了三年前宋舰对自己说过的这句话，但是宋舰请他喝酒的那天却不是在“诗人酒寨”，而是在“久久酒坊”。

这样一想，他即刻觉得近在咫尺的袁莺莺和庄北瞬间与自己相隔了很远很远。人心总是无法用情感的尺度去衡量。因为无法衡量，即便自己以为自信确定，也仅仅是他自己的以为。实际上，真有可能相隔着十万八千里。

梁凉懂了，从他的角度，更想找到一个与自己相似或相同的知己，显然宋舰已经不是曾经那个可以谈论诗的知己，相反，他倒是被宋舰的歌词带跑了。

他被宋舰进行了悄无声息的向下兼容。可是，尽管梁凉在这一刻明白了这一点，还是觉得诗的天地虽然不像散文世界那么宽泛随意，也不像小说世界那般包罗万象，但是诗的敏锐灵动与精准通脱又是散文和小说所无法比拟的。

他觉得还是喜欢诗，所以才在自己潜意识的感召下，将袁莺莺和庄北带到了这个想和宋舰来却始终没能成行的地方。

诗真的成了横在他和宋舰之间不可逾越的高墙，但是这依然没能改变他对于诗的喜爱，甚至深深的爱。

灵魂在尘世游走，却无法觉悟、觉醒，甚至连觉察都做不到，因此又怎么能将人性骨子里的精髓用诗的形式完整且完美地展现出来？他认为这是自己作为诗人的悲哀，也是作为诗歌编辑的悲哀，更是空有一个曾经谈诗的知己宋舰的悲哀。

他想要获得的觉醒依然在他的身体和灵魂中沉睡着，即便偶尔醒来过，也依然是半梦半醒着。

二十二

“要我说，这人和人之间好或不好，都不外乎是利益的驱使，就拿‘黑土’来说，我一直误以为她是男的，她也确实让我以为她是男的，但是，正如你们所见，她竟然是个女士。”

袁莺莺最先提起了“黑土”，她说话时脸上现出的懊恼、埋怨和遗憾让梁凉知道，这时的袁莺莺才是最真实的袁莺莺。

“我都差点儿让你带沟里去了。”

庄北对袁莺莺说。话是埋怨的，语气却是轻松自得的。梁凉看着庄北得了便宜还卖乖的德行，觉得自己当时出手得还远远不够，应该再多给庄北一拳，哪怕不是像现在这样以开玩笑的误会收场，也比看着庄北的得意忘形要好很多。

“我发邀请时，本来没想发给她，但是我想她来了万一再挑理，不过是举手之劳的事，可我也没想到，她都告诉你不来了，结果我邀请她，她居然来了。结果她这一来，还把你的美梦给打碎了。”

庄北一边说，一边举起酒杯示意袁莺莺跟他喝酒。感觉上他因为不胜酒力，已经没有了好的状态，但是表达上却没有任何纰漏。袁莺莺听了，既没回应，也没反驳，而是看着自己的酒杯沉默了许久后，用很小的声音嘀咕道：“她回我的消息是太忙了，不参加了。”

“也对，她来晚了不说，我看她匆匆忙忙地坐在那儿，一直都是心不在焉的样子。”

庄北见袁莺莺只是自顾自地自说自话，便没攀扯梁凉奉陪，而是独自举起自己的酒杯，像发什么誓愿似的一饮而尽。梁凉见了，恨不得一拳将庄北打倒在地，或将放到桌上的酒杯扔出屋外。但是又觉得，最幸运的还应该是自己，最应该感激的还应该是庄北。于是他脸上挂着无动于衷的木然，内心里却一而再再而三地重复着自我安慰与自我和解。

“庄北，跟咱俩说句实话，你爱不爱你老婆？”

袁莺莺看都没看庄北一眼，依然盯着自己酒杯里的酒，像问杯子里的酒，但实际上是在问庄北。

“袁莺莺，你对咱俩说句实话，你爱不爱你老公？”

庄北没有回应袁莺莺的问话，而是反问了袁莺莺一句。

“你这人一点不实在。”

袁莺莺喝了一口自己酒杯里的残酒，觉得庄北不仅不实在，还不太懂礼貌。

“我可能是爱上了一个与你俩都有关的人。”

梁凉看着袁莺莺和庄北，表情极其严肃、态度极其认真地说，但是袁莺莺和庄北都沉浸在自己的想法里，对他的话根本没往心里去。

“我最近在制订一个新计划。”

庄北对梁凉刚说的那句话一点都不在意地只顾着想要自我表达，这让梁凉有几分窃喜的同时又觉得很是悲哀。他很想在这样的时刻，让袁莺莺和庄北都知道，虽然自己说的对袁莺莺和庄北来说都不一定是开心的事，但是更希望自己与周夕墨之间的事情能提前让他们知道。

“什么计划？”

袁莺莺问庄北。

“我决定了，写一部长篇小说。”

庄北拿起酒杯，一边给自己的酒杯里倒酒，一边心血来潮地对梁凉和袁莺莺说好像梁凉和袁莺莺都是他贴心又知心的好朋友。梁凉的内心有几分感激，觉得平日的自己太过于特立独行、地我行我素，忽略了庄北身上的长处。

“上一个长篇小说你不是没写成吗？怎么又要写了？”

袁莺莺看着庄北，满脸的疑惑和不相信，梁凉见了，倒是多了几分羡慕和敬佩。

“要我说，舍长以避短，智者难为谋。你最擅长写短篇，就一直写短篇吧，别好高骛远了，以免再受打击！”

袁莺莺看着庄北，有点语重心长又不无关心地替庄北担忧。梁凉却觉得，敢于这样想本身就值得敬佩。

“庄北，写吧，我当你长篇小说的第一个读者。”

梁凉用很少有过的热情对庄北说，看上去既是热情有加，更是热情洋溢，但只有梁凉自己知道，自己是在用这样的方式弥补着自己的过失。

“诗歌编辑就是比散文编辑的情商高。”

庄北心情有些激动地向梁凉竖起了大拇指。他冲着庄北笑了笑，然后举起自己的酒杯，模仿着庄北的豪饮，将自己酒杯里的酒一饮而尽。

梁凉认为无论庄北能否写成长篇小说，必要的鼓励自己还是应该给予的，至于看和看本身又会有很大区别。秒看、潦草地看、不认真地看、用崇拜的心情看、或看或不看的各种各样的看，对于梁凉来说，都不是难题，难的应该是庄北说到还能做到才算是庄北的话没白说。

“你以为写长篇小说是荡秋千？”

袁莺莺不屑地看了庄北一眼，然后，用一种轻蔑的带有鄙夷的眼神对庄北说。

“写散文才叫荡秋千呢。”庄北说完，又补充道，“梁凉、袁莺莺，我从来没跟你俩说过，对于我准备要写的这部长篇小说，我已经深思熟虑了很久。最重要的是，这一次我不仅能写出来，还保准能得到预期的社会效应。”

庄北回答得理直气壮且雄心勃勃，让梁凉觉得没必要不相信庄北。但是袁莺莺却看着梁凉补充了一句道：“他上次也是这样许愿发誓的，到头来怎么样？根本没写。”

“这次肯定说到做到！”

庄北举起自己的筷子，将筷子指向头顶的吊灯，看上去是在向天发誓，但实际上，真像袁莺莺说的那样，像要飞去荡秋千。梁凉顿时油然而生一种佩服和感慨，觉得庄北不愧是小说的编辑，虽然说话时的选字用词没有精雕细琢的痕迹，但是庄北给梁凉的感觉已经不是最初那样，相反，梁凉倒觉得自己总爱将问题复杂化。

“其实……”

梁凉很想对袁莺莺和庄北说几句肺腑之言，但是看着袁莺莺和庄北都对自己抱有期待时，他又主动放弃了。而且放弃得干脆和彻底，也许真不能让某些拖泥带水的东西把事情弄复杂化了，刻意弄复杂的东西是很糟糕的。

“其实，我没有酒量，但是跟你俩一起喝，可能是因为高兴，不知不觉地喝了这么多。”

梁凉一边说，一边看到袁莺莺和庄北的脸上显现出了自然流露的笑容。他想，人生谁不想登高望远。就像人们常说的诗和远方，尽管谁都知道，那“诗”和那“远方”跟眼下的苟且根本没区别，但是同样是“苟且”，遥不可及的苟且总会掺杂一些美好的想象，便会自欺欺人地觉得，彼“苟且”会比此“苟且”好很多很多。

梁凉不禁哼笑一声，这才是既会骗别人，更会骗自己的高明所在。

“庄北，你不要再写小说了。”

袁莺莺对庄北说。

梁凉听了，觉得袁莺莺喝多了。

“袁莺莺，你也不要再写散文了。”

庄北对袁莺莺说。

梁凉觉得庄北也喝多了。

“那我是不是也不要再写诗歌了？”

梁凉愣愣地问袁莺莺和庄北。

“你继续写你的诗歌。”

袁莺莺和庄北同时回答梁凉。梁凉听了，觉得袁莺莺和庄北都没喝多，而是自己喝多了。最重要的是，他真的想在这样的氛围里，说一些诸如作为编辑，要带头以德行服众，而不是俗人俗念地带着浑身的俗气玷污了“文化和文学”这两个词。但是他一个字都没说，只是觉得没说或许比说了要好很多。如果借酒不能成事，反而会有被酒精驾驭的嫌疑。

“来，让我们敬爱情、敬生活、敬永恒！”

梁凉端起酒杯，内心重新升涌起来的不是刚刚还纠结于心的烦恼，而是起心动念都非常完美且热情澎湃的心旌荡漾。是为诗、为万物、为文学、为这世界、为这人生，也为《穿越人海》杂志社。只是，梁凉一激动，竟然将“爱情”放在了首位。

“对，敬诗歌、敬散文、敬小说！”

袁莺莺也摒弃了刚刚的沉默不语，情绪高昂地端起酒杯，看看梁凉，再看看庄北，好像她面前的两个男人像两块熠熠闪光的宝石。

“对，敬我们各自的人生！”

庄北说完，带头将自己酒杯里的酒一饮而尽。

二十三

“真是年轻不懂事，以为爱情可以战胜一切……”

袁莺莺推开酒店的大门，冲着半明半暗的夜空，倾吐着满嘴的酒气和满身心的怨气，向上天以及身后的梁凉和庄北两人发着感慨。

“彼此、彼此……”

庄北以同样的酒气和怨气，认同地点点头。梁凉见了，也想亦步亦趋地随同，但又自觉无话可说。都不过是借着这份带有麻醉和麻木的半真半假来证实自己的委屈和不满，只是这不满和委屈用文字的形式表达出来又有何异？都不过是凭借着酒力想一吐为快。

只是怨言又能限定谁、又能约束谁、又能指责谁？都不能，只能让自己在不良的情绪中，再无止境地循环。梁凉豁然开朗时，觉得自己像一个洒脱又勇武的英雄，既有大义灭亲的决绝，也有万般自在的自得和自负，仿佛豪情满怀于顶天立地间，气吞霄汉于壮志未酬间。所有与英雄有关的气概，此时此刻的梁凉都有，但唯独没有梁凉真想发自肺腑要对庄北说的一句抱歉。

哪怕只是一个字。

即便庄北对周夕墨有好感又如何？优秀的人谁都喜欢，包括自己。

梁凉明了了自己的不可理喻和虚伪，甚至猥琐自私。明明该道歉，却偏偏要借路下坡地想不了了之。一个男人在大是大非面前意欲装无知和装不知的本身都应该是可耻又不道德的。这样想过之后，恍然间他又觉得，袁莺莺和庄北对周夕墨不同形式的偏爱说明他们都有与自己相同的审美眼力和判断力。这说明真金白银还是糟粕微尘，袁莺莺和庄北也一样能识别得出出。

梁凉彻底同情着袁莺莺的同时，也彻底地原谅了庄北，只是这样一想，便忍不住拿出了手机，犹疑着心里的一份想念。他想给周夕墨打个电话，想不冷不淡地没话找话地问询一声，或干脆找个牛马不相及的话题，只为了跟周夕墨说说话，只为了跟周夕墨聊聊天，但是准备拨打电话号码的那一刻，他又放弃了这个念头。

吸引、喜欢、爱和欲望之间的区别让他自觉，诗人不长媚骨。他不想在自己极其在意的事情上因草率而有什么闪失。而且他第一次觉得自己在爱情面前的胆小、卑微，不但不随着时间的流逝而消失，反而越来越过犹不及。

不过是一句话的告白，不过是向心仪之人表达自己的心意，却如此艰难，甚至难以启齿。可即便如此，他仍然希望自己能像战士一样英勇果敢。只可惜终究没有拨打那个只看一眼便会永生不忘的电话号码，甚至在自己的内心里设想出浪漫的场景，好像自己的话一经说出，整个世界便成为花的世界、爱的海洋。而自己或许会像影视剧里的男主人公那样，一路奔跑，一路伴着草尖上的风声，让所有的兴致盎然不但不会随着风浪渐行渐远，反而会一如一路上的飞鸟、河流、远山、楼群一般，一路激越着更加浓厚的心潮澎湃。

爱情果真是件奢侈品。

梁凉扭头看了一眼袁莺莺和庄北，觉得他们两人的爱情和婚姻虽然都有瑕疵，都有不尽如人意的遗憾，但是他们真的很幸运。

或许不幸之人都有可怜之处，幸运之人应该都有可爱的地方吧。

梁凉看着在自己视线中消失的袁莺莺和庄北，觉得自己也很幸运。还没有步入围城的他起码能享受一个人不用走几步都需要报备的时光，其实这样的时光是奢侈的，围城内的人向往这样的时光，却不能轻易地走出去享受。作为矛盾综合体的人，一辈子无非就是纠结和挣扎。

生命之美

Chapter V

第五章

一

梁凉与袁莺莺和庄北分手后，本以为借着酒后的懵懵懂懂，斗胆给周夕墨打个电话，不承想却被告知拨打的电话不在服务区内，他即刻便清醒了。

这打不通的电话不过是暂时的，自己好歹迈出了第一步，过后还可以找各种理由和借口去见周夕墨，但是眼前的这一夜，他觉得自己似乎无法顺利越过。刚刚在“诗人酒寨”里与袁莺莺和庄北在一起时的谈笑风生依然在他的周遭弥散旋回，只是这一刻，那些谈笑风生让他觉得，比起曾经的自信满满，一顿聚酒之后拥有更多的反而是无奈和失落。

“要我说，现在那些散文几乎都是走马观花的天边浮云，不只是空灵，而且是空！”

袁莺莺说这番话时，有意将“空”字说得特别重。

“是空洞，非常空洞，一点都不走心。”

袁莺莺进行补充时，恨铁不成钢的表情，只差咬牙切齿了。

“袁莺莺，要我说，你也别太教条，‘散文’两个字本身就已经说明了散文的特点，原本就是散体文章，你还想让散文不散？不散还叫散文吗？还要求走心，我看，还是省省你自己的心最好。”

庄北翘着嘴唇说的话听上去语气虽然还算和气，但是内容上怎么听都让人觉得心发凉。

“有道理。”

梁凉的赞同不过是想通过这样的细节，为自己对庄北的无礼进行间接的将功补过。

“你那‘小说’好？就凭前面那个‘小’字，能好到哪儿去？”

袁莺莺即刻回击了庄北，并在数落了庄北之后，看向梁凉，似乎想在他的评判中寻求一种认同。而梁凉却让袁莺莺失望了。

梁凉什么都没说。虽然他知道小说的琐屑、浅识，也明了小说本身不过是“治身理家”的短书，而不是为政化民的“大道”，但是他不想在这种原则界定都很严格的概念上进行任何意义的相关探讨。

“诗歌呢？”

袁莺莺问向梁凉。庄北听了，也饶有兴致看向梁凉，好像梁凉的回答肯定有着最正确的答案。

“怎么说呢，要说诗，我还真不敢随随便便地卖弄，我怕我卖弄不好，就渎职了诗！”

梁凉的话还没说完，肩上就挨了袁莺莺的一巴掌。

“你这人怎么喝多了还动手打人呢？”

庄北半开玩笑地看着袁莺莺，听上去应该是有口无心，可是，梁凉听着却如芒在背。

“袁莺莺，以后开玩笑可不好动手动脚，我白天那一下子到现在还后悔呢。”

梁凉终于有了借花献佛的机会，但是即便有这般的好机会，把自己要说的话说了，内心里还是觉得千百万个不应该。

“虽然诗的前面没有一个想框定限制的‘散’字和‘小’字，但是，它的后面被人为地赘上了‘书’字、‘词’字、‘歌’字、‘画’字，等等，好像有诗就会有诗书、诗词、诗歌、诗画。”

梁凉兴致勃勃地说完，发现袁莺莺和庄北都愣愣地看着他，他了然了自己的失误。在袁莺莺和庄北的眼里，诗一向都是可有可无的点缀。

“我觉得，现在的很多诗之所以被认定为诗，应该是概念不清。很多诗非常写实，非常口语化，非常非常平铺直叙。很多诗让人觉得，随便拿来一篇散文或小说，随便找出一句长句子，不停地分行或不停地按回车键，就可以将分割出来的那些字说成诗。”

袁莺莺的话还没说完，庄北即刻补充道：“是组诗，是长诗，也是诗集。”

梁凉回想到这儿，不禁长长叹了一口气，好像这顿酒就是在他说出有关“诗”的感慨后突然结束的。

二

梁凉很快回到了家，躺到床上，在一片黑暗中看满屋的投影。有落地灯的，有衣柜角的，有电脑显示屏的，也有写字桌上铁立书架的，包括窗外云朵飘过时投向地板的灰黑暗影，等等。一切都在安静中，如同有着生命的体征，不声不响地在这世界安静而小心翼翼地游走，仿佛谁一个不经意的小举动都会破坏这不易被发现的存在。

他发现夜晚的光亮远比白天的阳光更迷离生动。无穷尽的变幻莫测里，都在无尽头的暗黑中，积蓄着厚积薄发的能量，或投射出变幻多端的光影，或生发出弥美幽深的玄妙，让曾经发生的一切在回想起的那一瞬间，比发生的时刻还美丽动人。

记忆好像不仅是记忆，还多了几分被修饰、被添加、被想象的美好。

这种种美好中隐藏着一个不易被发觉的“爱”字，这个“爱”字是人类文明中包容量最大的一项发明，好像千百年来，人类的很多很多方面都在悄然变化，唯有它始终不变。

从它被发明到延续至今，再到所有人都想得到它、都想拥有它、都想不离开它、都想好好地守护它，它依然如初般博大无私，既根植生命本身，又不断进行着与生命有关的延续和扩展，以层出不穷的各种呈现方式，让人们知道，爱才是生命的本身。

爱，让这个世界永葆生机勃勃和向上的青春活力。

热爱，更让这个世界日新月异地朝气蓬勃，而无限的热爱则让所拥有的人以一切一往无前的力量一路向前。这让梁凉在一片黑暗中既明晰也反思了自己的似是而非以及自己的任性而为，并在这个过程中，了然了自己对庄北的无礼以及因为自尊的作祟，而依然存在的种种愧疚。

庄北真的没错。

庄北和自己都是因为“爱”，虽然周夕墨既不属于梁凉，也不属于庄北，更不属于袁莺莺……

梁凉终于睡着了。

在睡梦中，他走上一座老旧且残损得极其厉害的木桥。木桥的两旁是遮天蔽日的参天古树，高耸繁茂的枝干中透着稀疏可见的光亮。他一边过桥，一边抬头观望，可马上要通过时，意外发生了。

梁凉掉进了水里。

他拼命挣扎着逃离时，一眼瞥见了不远处笑看他的周夕墨，他奋力游向周夕墨，不承想却扑了空。

梁凉醒了。

他睁开眼睛，见身旁站着没有任何表情的梁冰。

“你今天不上班了？”

梁冰冷冷地问。

梁凉没言语。

“你想被杂志社开除？”

梁冰用手指了指墙上的石英钟让他看。

“我愿意。”

梁凉看都没看梁冰一眼，非常生硬地回答着她。此时此刻他最关心的根本就不是上不上班、会不会迟到，而是自己在水里即将游到周夕墨的身边时被梁冰吵醒而无法续梦的遗憾。

“用你管我？”

梁凉不满地对梁冰说。

“我最不爱管的就是你！”

梁冰生气地冲着已经完全清醒的梁凉抱怨完这句话便离开了。梁凉不得不用最磨蹭的慢动作，在清晨向梁冰证明了自己生命当中的重中之重。

迟到了又怎样？

酒后清醒的梁凉一想到袁莺莺和庄北在自己高谈阔论诗的美好时刻，不是给予自己赞同，而是绝情地发布了散席的命令，就觉得心里堵得慌。

诗的美就不可以说？只说散文多美、小说多美，他才不想。

梁凉看到房间中清晨最后的那抹光亮，照在暗红木质花纹的地板上，若明若暗，光强的地方能看到地板上些许的灰尘，仿佛他梦里散落的记忆碎片。他走近那些碎片，想安静地从那些碎片里找回自己想要的记忆，可是非常遗憾，他眼里只有那些细小的尘埃，尘埃却又无法将他带回曾经的美梦里。

他失望地躺回到床上，拿起手机，百无聊赖地打开自己与周夕墨的消息对话框，完全是空空如也的一目了然。

他这才想起，自己与周夕墨之间只有加好友时的礼貌图标和文字招呼，当然，还有通讯录里的电话号码。

怎么会是这样？

明明一切都有迹可循，却像陌生人一般。可是那个叫周夕墨的人分明已经在他的心里像一棵正在生长的树，有根有叶，还有花蕾。他不禁了然了身不由己的自己正置身假想的幻觉中，正游离似梦似醒中，仿佛刚刚的所思所想都不过是梦的延续。

他明了了这应该是一个只属于自己的秘密。这个秘密里有辽阔的陆地、高远的天空、浩瀚的海洋，还有鲜活的生命，更有无穷尽的美丽幻想，当然也包括他视线中的电脑。虽然那里有一首又一首梁凉用心写成的诗，但是那些诗都有堆砌辞藻且华而不实的嫌疑。那些文字怎能比得了鲜活灵魂所带给他的无穷尽的魅力。

一个让他心仪已久之人，恰好那人或许也喜欢他，可是他内心向往的美好又怎能匹敌苍茫宇宙的洪荒力量？或许都是他自己的错觉，或许有些人只需要仰望。就像他自己，即便有着不可更改的自信，也有着一向自信的自我评判，但是他依然希望在这个世界上能有个人可以让他仰望。

是梁凉，也是周夕墨。

周夕墨！他再次在内心默默吟咏了一遍这个好听到无与伦比的名字。他在想，自己与周夕墨相识的本身应该就是上天的恩赐。随后又在想，如果自己的余生可以与之相守……

三

“袁莺莺，我十分好奇，你怎么能不知道‘黑土’是个女的？”

庄北一落座，感觉上还沉浸在酒桌上的酒兴正浓。

“庄北，我也十分好奇，你怎么能在知道‘黑土’是美女之后，在态度上有那么大反差？”

袁莺莺不但没回答庄北，而且给了庄北一个下马威。

“你从没跟她通过电话？”

庄北看向袁莺莺的眼睛非常明亮有神。

“我打过电话呀，我还发过语音呢，但是‘黑土’不是不接，就是回个‘忙’字。反正她已经改写小说了，以后就不要在我面前提她了，大家都知道，散文就像梁凉说的，败就败在这个‘散’字上。”

袁莺莺一脸失落地对庄北说话时，下意识地看了梁凉一眼。梁凉即刻收敛了自己的目光。他如此的动作不是因为害怕袁莺莺，而是觉得自己当时说得在理，而不是什么揶揄挖苦。

“说不定什么时候‘黑土’也能改写诗歌。”

庄北说。

“会的。”

梁凉即刻自信地回应了一句，可是庄北和袁莺莺听了，都看向了他。仿佛两个人的目光像四道闪电，顷刻间掏走了他大脑里的一切，而后留下一片空白。

“干吗都这样看着我，写作本身不过是表达形式不同，而没什么性质不同，对吧？”

梁凉前几句态度决绝，后一句问话却温柔了语气。梁凉觉得，头一晚自己的高谈阔论，虽然袁莺莺和庄北不爱听，但可喜的是，他们都听进了各自的心里。

“也对，就拿‘黑土’的小说来说，第一次看时，我确实觉得像散文，但是，我一边看，一边又觉得，这小说的意境是隐藏的，我不过是那天没太在意。”

庄北对“黑土”小说的评价轮到让梁凉和袁莺莺一起呆呆地看着他而不知该说什么了。

“真的，我这一打开电脑就在看‘黑土’的小说，我觉得这‘黑土’的小说有福楼拜的韵味。”

“福楼拜？”

梁凉和袁莺莺一起诧异地问庄北。

“对呀，难怪袁莺莺一直说‘黑土’的散文是上上品，实际上，‘黑土’的小说也具有上上品的潜质。”庄北说到这里，觉得这样说有些赤裸裸，欠妥当，不禁改变了说话的方式道，“虽然‘黑土’的小说跟浪漫主义鼻祖的作品无法对接，但是在表达形式上很接近，确实很接近。”

没等庄北说完，梁凉便觉得自己的整个身心瞬间恢复到见面会活动现场的那种状态。梁凉只能在内心里自己对自己说，一个为人做嫁衣的所谓文人，在一个喜出望外的突发事件中的丑陋嘴脸，实在让梁凉感到极度不可思议时又觉得这才是人性最本真的实质。

“我就不相信，同样是原来那篇你根本就没看好的小说，只这一个见面会，就变成了绝世经典？真奇怪。”

袁莺莺醋意大发的揶揄语气不仅毫不掩饰，还蓄积了比羡慕嫉妒恨还复杂很多的失落、沮丧和无助。

“你不懂小说，跟你说也说不通。”

庄北恨铁不成钢地对袁莺莺说话的语气完全是如获至宝的扬扬自得。编辑部的房间里现出了谁都不想说话的长久沉寂，但是长久的安静中，谁都知道，每个人都在自说自话地进行着自我评价和自我感知。

“其实，散文就这一点不好，看上去好像各有不同，但是，感觉上，哪一篇文章与哪一篇文章之间都差不多。”

袁莺莺在长久的沉默后，主动开始了一如既往的抱怨。

“小说也一样，看着好像各有区别，实际上，千篇一律，根本就是大同小异，没有区别。”

庄北配合着袁莺莺的抱怨，好像刚刚庄北还对“黑土”的小说抱有积极向上的认知，只这长久的沉默之后，态度便有了很大转变。

“要我说，坏就坏在这个‘散’字上，从最开始，这个‘散’字便把文章给定性了。”袁莺莺看着梁凉和庄北，非常认真地补充道，“这‘散’

字本身就不是个褒义词。”

“小说的‘小’字也不是褒义的。”庄北说完，又继续补充了一句道，“我觉得，在这一点上，诗歌比散文和小说强多了。”

庄北一边说，一边将自己的视线转向梁凉，好像他庄北认可的虽然是诗歌，但仅仅是诗歌，而不是对梁凉作为诗歌编辑的认可。

“可不是，诗歌、诗文、诗意、诗兴、诗坛、诗韵……”

袁莺莺配合着庄北，带着一种听上去有些别扭的话音，重复了梁凉头一天晚上在酒桌上说过的话，当然，是做了更好的补充和完善。

“还有诗集，还包括《诗经》。”

梁凉下意识地拿起胡社长送给自己的《诗经》，觉得这囊括了中华民族传统诗歌的文学瑰宝实在让梁凉心生敬畏和由衷的礼赞。他看着手里的《诗经》暗自思忖，或许祖先已有先见之明，知道诗与经放在一起，才会成为前无古人、后无来者的无法超越更是不能将其摒弃的一种先见之明。

“是应该包括《诗经》。”

庄北看着梁凉，不是不得不赞同，而是很认可地赞同。

梁凉见了，却不禁叹了一口气。他恍然觉得，当今太多太多诗人之所以写不出被芸芸众生所认可的诗作，虽然物欲在先是不可忽视的重要原因，但信仰不笃定也是不容忽视的根本缘由。他觉得这样的结果，包括自己，都是逃脱不了的一丘之貉。

如此，诗的功能怎能不被隐藏，甚至埋葬?

梁凉一向这样认为，即便偶有诗人可以将诗的意境和唯美表达得很清楚，也不过是大多难逃一己之念的小情绪、一孔所见的小眼界，以及坐在井里观天的有限视角，站不到更高的高度，挖掘不了更深的深度。

虽然仅仅是为了一首首诗歌。

梁凉再次想起了宋舰，想起那么喜爱诗的宋舰都不再与自己谈论诗了，而是大谈特谈歌词，而自己也跟随其身后，亦步亦趋。自己的这些顿悟来得实在不是时候。没有超越古人的能力和底气，怎会有资格谈及诗的现在与未来。

活在当下虽自最好。

梁凉不得不用这样一句自欺欺人的话来安慰自己。自己只能在不动声色中，做好本职工作，至于担当或是什么诗的责任与己任，都显得与自己无多大关联。毕竟自己的努力和天赋全部加起来也不过是一些让自己只满意而不能有突破的诗而已。眼下最重要的已经不是诗歌的现在和未来如何，而是能不能打通周夕墨的电话。

四

梁凉离开了编辑部。

他想继续给周夕墨打电话。尽管他的潜意识里知道自己与周夕墨之间应该有着某种不解之缘，打电话或是再联系都不应该在乎这一早一晚之间，可是他就是无法掌控游移不定中始终慌乱不安的自己。更何况庄北因为周夕墨的小说，一百八十度大转弯的态度让梁凉无法在安静中等待命运之神的眷顾。

“喂！”

梁凉刚拨通周夕墨的电话，周夕墨就接听了电话，这让他十分意外的同时感到一种措手不及的狼狈，因为前两次没有打通的电话是在早晨临上班之前。第一次是他想好了说辞之后，电话没打通；第二次是他在上班的路上。本想借上班路上的随意，装作若无其事地打个电话，但是，依然没有打通。

“我……我……”

一时间，梁凉被这突然打通的电话搞得不知所措。

“今天我回绿岛了。”

梁凉听到电话里风很大，信号也不是太好，但是并没有影响他与周夕墨之间的对话，只是让他没有想到的是，周夕墨说她回绿岛老家了。周夕墨说她老家的屋顶漏雨了，她的突然离开是因为回家处理屋顶漏雨的事。她还说如果一切顺利，晚上就能回城里。

“我过去帮你，你不会拒绝吧？”

梁凉也不知道自己为什么脱口而出这样一句应该是不容周夕墨回绝的话，但是，他也没有想到，周夕墨没有拒绝。这让他瞬间像急于完成穿越任务似的冲回编辑部，对袁莺莺和庄北说了句自己马上跟郭主任请假有事要离开，便风一样离开了杂志社。之后他便是出租车、长途客运车站，再之后便是惊魂未定地坐上了通往绿岛的大巴车。

“我已经坐上去港口的大巴了……”

梁凉给周夕墨打这个电话时，语气里完全是凯旋般的神采飞扬，仿佛他要去救急的不是周夕墨家的屋顶，而是周夕墨的人生。

五

梁凉坐在密闭的大巴车上，终于有时间吃面包、喝纯净水了。这一路的奔波让他觉得，自己的人生到了这一刻，才终于有了一个不错的开端，甚至这一路奔波只为这样一种心境。

去一个陌生的地方。

去见一个虽然不陌生，但依然算是陌生人的人，并通过这个“陌生人”去尝试一种新的人生体验，去感受一种自己选择的未知天地，像探险，又像赌博，内心充满着希望，并伴随着一些莫名的不安与忐忑。但是心情和心绪却是激动的、亢奋的，好像曾经所有看不到前路方向的层层云雾，在这个过程中，完完全全地散去，一切都变得无比清澈透明。而他在这一路上，既没有感到颠簸，也没有任何失望，有的是一往无前的心，一直向前、向阳。

六

梁凉到了可以前往绿岛的港口，还没下车，就闻到了一阵阵鱼腥味，在海风的吹抚下，顺着车窗扑面而来。车里的乘客像猫闻到了鱼腥味似的兴奋异常，感觉上像海里跳跃的鱼，几乎全部涌向码头。他这才发现，一艘等候在江边的大木船仿若带着绿岛的热情，正迎接着从大巴车上下去后要去坐船的乘客。

“这哪里还用去绿岛体验，这里到处都是鱼！”

下车到码头的船边不过是一百多米的距离，到处都是散搭在各处的渔网，水桶、钓鱼竿、晾晒小鱼的小块空地，甚至沿着路边的水洼里、电线杆子旁边、油漆铁桶下面，到处都有渔网，并且渔网上还挂着的大小不一的各种小鱼，包括一些小虾。

“这里的鱼实在太多了！”

梁凉看着视线中的一切，不无感慨地对自己说。

“绿岛的鱼更多。”

梁凉身边一位渔民打扮的人对他说。

“鱼多好，鱼多好！”

梁凉开心地回应时，心里不禁紧张起来，因为木船上的人让他赶紧上船，于是他急忙跑向即将开启的木船。

“一看你就是第一次去绿岛，这船马上就要开了。”

梁凉站到船舷边，看着转眼之间便离开了岸边的船，听着身边渔民打扮的人热情地对自己说着话，觉得这行将见面的一刻，虽然自己不是有备而来，但是这一程对他来说，还是无法理解，也多少有些不可思议。

这说走就走的行程。

梁凉不禁回头看了看刚刚还犹疑着的岸边，不过是转眼之间，便成了渐行渐远的岸边。

人生真是不可思议。

这一刻，他感慨万千的思绪一如茫茫水岸，看不清，又仿佛清清楚楚。他看到自己身旁的椅子上，一位年轻的妈妈带着一双儿女，也如自己一般，安静地看着船舷外的天空。那小男孩儿乖巧地围拥在妈妈的臂弯里，有几分顺从，又多了几分被妈妈过分爱护的乖巧。小女孩儿则一蹦一跳地举着手里的棒棒糖，所有的心满意足都在无忧无虑的被呵护中，俨然那小女孩儿，成了一个名副其实的小公主。

这温暖时刻让梁凉的眼眶瞬间湿润了，眼泪不知不觉地流向脸颊和嘴角。他觉得自己的心灵在这一刻被打开了一道闸门似的，再怎样控制也止不住心潮澎湃的激动，好像阳光也在这一刻透过他被泪水模糊的眼帘，将闪着斑斓光影的碧波荡漾稀稀落落地照进他的内心。一种柔软又柔弱的东西，在他的内心最深处，如平静的水面突然落下的一场急雨，泛起了层层的涟漪和水花。

爱心如江河宽阔，才不会虚枉此生。

情深似湖海辽远，才不会枉来红尘。

这样一些类似心灵鸡汤的字句，包括一些概念，合着他此时滋长的思绪，在一阵突如其来的慨叹中，让他有了一种不是写诗时很少出现的心潮澎湃和心旌荡漾。仿佛自己与天地万物已合二为一，成为一个不可分割的有机整体。潮湿而咸咸的海风吹在他的脸上，很多久违的感觉就这样在不经意间来了，但也许又在某一刻不经意地走了。人在这个世上就是这样，有时候来或去不以人的意志为转移，甚至在你防不胜防之间来了、去了。就像他这次孤身前来绿岛一样，没有任何前兆，也没有任何一点心理准备。一切在突然间就已成行，而他自己压根儿没有想过，会以这样的方式奔赴一个自认为心仪的女孩，而这一切的想法也仅仅是在他个人之间，真不知道能不能和周夕墨的想法连线。

梁凉这才发现，自己已经很久没有如此这般被某一种生活场景所感动了，好像早就麻木的心和神经，即使有心仪的“爱情”来过，也仅仅是一种怦然心动。比如周夕墨的出现，但是这种眼前一亮的关注仅仅是一种有别于其他的关注而已，不如灵魂深处发出来的更加感动。

心动从来不会维持太久。心动一向被另一种心动的到来而影响、而左右、而改变。但是眼下的这种感动却与以往截然不同，这种感动让他知道，自己与即将变成现实的一场遇见，既能验证梁凉眼中再无他人的可能，也可以自然而然地成为梁凉今生最大的情感收获。

梁凉不得不承认，这世间真的有这个周夕墨，既可以成为他的魂牵梦萦，也可以成就他的梦寐以求，好像仅仅是一次又一次的机缘巧合，便成全了他很少有过的心心念念。他知道这种很少不是他的不在意，而是一向不相信。

或许，这源于外在的美只能吸引人的眼睛，内在的美才能感染人的灵魂。他觉得在这份天意缘分中，自己的认知和认可一边是无限度、无止境的升华，一边是不断向上的扩展和延伸，并在这样的过程中，不断地往及四面八方。梁凉明了了，这绝不只是表面上的形式契合，更有无言也可以懂得的共鸣与共情，尽管梁凉没能亲自验证这些，但是他相信自己的直觉。

这绝对是人们传说中的命中注定。

只有这种可以让自己忘乎所以的遇见，才可以是真正意义上的温暖自己，也只有自己存在于被温暖的精神世界里，才有可能让自己的灵魂鲜活茂盛，才能成为真正的力量。一如诗的根芽和血脉，想守护、想延续，只有不间断地学会辨识，何为糟粕、何为璞玉。

把你带进我心里，
给你看，
可以流芳百世的诗句。
相信，
你会感到惊喜，
人的心里，
怎会装下如此纤冗的记忆。
一如月白桃红的满天星，
又像静水流深处的鸿爪雪泥，
每一个细碎的影，
都是旖旎绮丽缠绵的幻梦。
用虚幻的方式，
明晰着所有的前世今生。

如果说，这突如其来的行程能让梁凉在这种感动中，将自己对人生、对世界以及对诗的认知全部升华为笔下的文字，那么这爱情定然是他孜孜以求的爱情。

给你看我的灵魂，
怎样在凡尘，

一刻不停。

像意欲参天的小树，

连生长的脉象都带着凝重的回音。

是一面明镜，

能照见你来时的身影，

能看清你不想离开的真情。

因为，

前世我们就这样在心的虔之城，

相逢。

这一生，

还用这样的方式，

在只有你我的空间重逢。

历经岁月的磨砺都无法放弃的对爱的执着之心依然在。这让他觉得自己顶礼膜拜的高贵灵魂回来了，是在爱情的感召下。实际上只有这样，他才能真正地感知到自己还活着。

七

下了木船，梁凉走在众人身后，心里五味杂陈，有些无法自控。他觉得自己真的好像是去面见一个陌生人，力不从心的胆怯油然而生。这一刻，他一向的高傲和直率消失得无影无踪。

绿岛，他曾在一些链接里见过一些唯美的图片和视频。四面环水的一片绿意葱茏，在图画和视频中，如一块碧绿的天然翡翠，华美而纯粹。

绿岛秋天和冬天时的景色他也见过，但是从没有过这种身临其境的真实感受。尤其他内心的复杂情绪，让他觉得生命的不可思议和生命的神奇竟如此鲜活生动。

远远地，梁凉看到周夕墨在电话里说的，她的家在绿岛最高处的一片石柱旁。青瓦白墙的屋脊上，周夕墨正在一个立于院墙边的梯子上一个台阶一个台阶地向地下顺。或许是周夕墨刚刚干完活，或许是因为周夕墨看到了即将走向她家院墙的他，反正他视线中的周夕墨再不是自己见到的那个仪态万千、不善言笑的冷漠女子，而是一个爽快活泼且直白耿直的女孩儿，涉世未深又很有自己的个性主见。

他即刻怀揣了莫名的紧张和兴奋，带着所有期待，停下脚步，看向周夕墨。仿佛曾经的点滴过往犹如用心写出的文字，本以为自己的想法会一一尽落纸间，只是再一细看，才发现根本就是词不达意的字句不通，因为太过于复杂的心境根本无法用文字来表达。

即便是语言，也会苍白无力，表达不出心里所有的想法。

“我本想拒绝你了，但是一想到你来看看绿岛的景致，呼吸一些新鲜的空气，还有这凉爽的风和天空飘浮的云，很有诗情画意的感觉，我估计会有助于你的创作。”

周夕墨见到他后，虽然说得有些轻描淡写，但是听上去让他觉得，或许周夕墨知道自己是诗歌编辑后，内心里又多了几分尊重抑或讨好。这让他很不自在。

“你是没想到你一答应我就跑来了？”

梁凉有些尴尬地问。

“我爸。”

周夕墨没有回答梁凉的提问，而是向一位推门走进的中年男人示意给他。梁凉这才发现，自己一路行走得太匆忙，以至于现在两手空空。他瞬间感到无地自容，不知说什么才好。

“我爸知道你是杂志社的编辑。”

周夕墨即刻用熟悉的介绍为他解了围，可即便如此，梁凉依然心怀忐忑和不安。

“这几天我爸特别忙，他跟我家的邻居们要出去打鱼。”

周夕墨说话时，一边关注着梁凉的表情，一边关注着匆忙于庭院和屋后的爸爸，梁凉知趣地装作无所谓的同时，恍然间觉得因过于悠闲自在而空虚无聊的自己一向自以为是，实际上啥都不是。

“进屋里去看看吧，来我们绿岛一回，虽然屋子里因为漏雨而特别潮。”周夕墨一边说，一边将梁凉引进厅堂侧面的一个房间，然后回过头来对他说，“其实，在你们城里，我很自卑。”

“自卑？”

梁凉看着周夕墨，有些不敢相信自己的耳朵。他真的不太相信，这世间竟会有周夕墨这样的人，不说一句情话，却哪一句听来都仿佛在情理当中，让人觉得很温暖，入心驱寒般的温暖。这恰到好处的“情话”在这样一个陌生境遇里，仿佛有沁人心脾的微凉，让他一向感到燥热难耐甚至焦躁漂浮的心灵终于落到了一处安静所在，好像眼前这一个人就是一个永久的归宿。

梁凉觉得自己实在需要周夕墨这样的人，肯让自己在她面前俯首帖耳地顺从，尽管不一定做到百依百顺，但是至少愿意臣服她的说辞或她的想法，或尊崇她的某些开导，或者引荐，甚至就如眼前这般，完全是各自在自说自话地进行着自我剖析。

“是自卑。”

周夕墨点了点头。

“我也自卑。”

梁凉即刻用相同的自我肯定顺从了周夕墨的自我认知。

“你也自卑？”

周夕墨抬起头，目不转睛地看着他。

“我不是现在有这种感觉，很久以前我就这样。”

梁凉态度坚决地回答。

周夕墨没说话，而是拿起身后的一把小提琴，不弹，只是不自觉地抚摸着琴上的琴弦和琴头。梁凉觉得这样的时光或许才是自己奔赴而来想要的或是想得的。

静默中，彼此互不打扰地各想各的心事，然后在各自的内心权衡一些虽与己有关却无大碍的评判，喜欢或不喜欢都照单全收，只想要投身自己义无反顾的这片深潭，即便再也无法走出，也会无怨无悔，就像梁凉对诗的憧憬和神往。只是这样一想，他倒生出一份难言的愧疚，有对老妈的，也有对梁冰的，还包括对柳绒的，但是也正是这些愧疚，才让他更加认清了自己。

陪伴抑或有缘都不等同于爱。梁凉知道自己在见到周夕墨之前从没有真正爱过，但是他知道曾经的自己之所以会那般迷茫，不过是尚在成长的自己，病了的灵魂在找寻着人生的方向。

一条心灵归属的道路。

梁凉站在那条道路的起始点上，像大雾笼罩中站在十字路口看不清指示灯的盲童。去哪里，全凭自己的一己欲念。那欲念像不死的挣扎，以寻找另一个自己的方式，意欲找回生命中一息尚存的某些希望。

“谢谢你。”

梁凉说。

“谢谢我？说谢谢的应该是我才对。”

周夕墨用几近嗔怪的口吻对他说。这让梁凉觉得，周夕墨的话仿若将感激的心意变成了凡尘的火种，将他已经在等待着被点燃的热情瞬间全部点燃了。

我终于活过来了！

梁凉即刻在自己的内心深处记下了这只有一行的诗，别人不会知道这是他的诗，即便知道了，也不可能看懂，但是他却因为这几个字而把自己感动得流下了眼泪。

一个人，呼吸也好，健康也罢，活着最重要的是可以寻找到那个自己最需要、恰好也是最被需要的人。人们都把它叫作爱情。一开始，梁凉称它为灵感，现在叫她为周夕墨。

“你喜欢拉小提琴？”

梁凉问周夕墨时，觉得周夕墨的身上还真有一些音符蕴藏的韵致。比如周夕墨的头发微微翕动时，眼眸一眨不眨地盯视某处时，真有一种无声胜有声，又仿佛流水潺潺中有一种灵动的声响，让他误以为那是诗意的灵光闪现。他这才发现，周夕墨家几乎每一面墙上都有半面墙的画稿。其中有素描画稿，有水墨写意，也有梁凉在曲廊见到的国画工笔。有些画的下面写着清晰可见的日期，有的画上面写着画的名字。梁凉看到折叠桌上有几盒大小不一的彩色颜料，一些型号不等的毛笔和油画笔散落在各种颜料和一沓画纸中间。

梁凉觉得单凭自己视线中的所有都与小提琴没有任何关联，可是周夕墨的手中分明抓握着一把小提琴。

“这小提琴是我爸不要的，我爸说这琴的琴弦总是调不准，就送给我了。”周夕墨说完，把手里的小提琴放到梁凉的手上，然后又自顾自地继续补充道，“实在太累的时候，我就抱着这把小提琴发呆，或者再拉几声不成调的音，反正这把小提琴只要看一眼都会觉得轻松很多，也许……”

周夕墨不说话了。

“也许什么？”

梁凉问。

“也许是一种没有办法的精神寄托吧。”

周夕墨说完，便沉默不语了。

梁凉看了一眼周夕墨身后的一沓纸和一摞教科书，还有一些散落着的书签和小字画，觉得很难理解，一个喜欢写作且爱画画的周夕墨竟然出生在这样的家庭里。恍然间他悟懂了音乐、绘画，抑或诗，都不过是通过不同的形式表达出了生命的真实感受。形式不过就是形式。生命对这世界、对这人生、对这人间的酸甜苦辣以及欢乐悲苦的感受永远都应该是相同的。

突然间，他觉得，自己在这一刻或是在这样的一段时光中，自然而然地跳出了三界之外，一边安静地看人世间，一边又极尽认真地续写着刚刚从灵魂流淌出来的文字。那些文字在这一刻不仅可以信手拈来，还迅速地开花结果。

对周夕墨来说，或许这把小提琴是她生命中非常重要的曾经，或是无法放下的人生过往，也一定是护身符般的存在，就像有些故事，直接闯入不一定成为主角，还有可能受到伤害，绕道走才不至于受伤，因为某些曾经不过是没有参与过的空白。

梁凉在静默中，在自己的内心，坚定起了一种决心。无论周夕墨有着什么样的人生过往，他都准备照单接受。人无完人，不能过于严格要求。他觉得比起周夕墨，自己的不足和缺点应该更多，他应该找一个人不断地纠正自己，看着他一步步蜕变成全新的模样，而这个人是眼前的周夕墨吗?

梁凉有了这十分真切的感觉后，觉得周夕墨的所有经历也都是自己经历过的。他顺手拿起一只小小的书签，上面是一叶棕色的残荷，荷叶下是一丝若隐若现的水波纹，水波纹之间有两条淡墨水色的长尾鱼。

“真好看。”

梁凉说。

“我画的。”

周夕墨说。

“我知道是你画的。”

梁凉回答。

“送给你吧。”

周夕墨说。

梁凉听了，心里很感动，他从没想过，自己会以这样一种形式获得自己喜爱之人送与自己的喜爱之物。他甚至在想，对于周夕墨来说，画这个书签之时，定然无法想象，日后会将这个书签以这样的方式送与他人。

“我会好好保留的。”

梁凉说。

“我知道。”

周夕墨的声音很小，但是他还是听到了。

窗外，周夕墨的爸爸从院子里拉起了一大捆渔网，然后将渔网搭到一辆手推车上，急匆匆地推出院门。周夕墨见了，急忙拿起身边的一袋食品跑出门外。

梁凉随即跟在周夕墨的身后。

“爸，您把这些吃的都带上。”

梁凉看着周夕墨将食品交到她爸爸的手里，再看着周夕墨的爸爸费力地将推车快速推走，他不禁暗下决心，争取让自己的诗以及自己编辑的诗都成为更多读者阅读时的一炷香。不仅如此，他还在想，如何用尽心力让那些香变成有温度的光，既照亮自己，也照亮周夕墨。

八

在通往码头的山坡路上，梁凉和周夕墨准备乘坐最后一班木船回城里。是在他和周夕墨匆忙吃了几条街边叫卖的油炸小黄鱼、茶叶蛋和一碗清水煮米饭后，一边看着时间，一边不得不有些不舍地离开，既是因为周夕墨需要赶时间制作的壁画，也是因为要赶离开绿岛的最后一班木船。

“我们这儿的船，为了安全，天黑后就不再通航了。”

周夕墨心怀歉意地看着他说，不易被发现的羞涩让梁凉深切地体会到了周夕墨所说的自卑。

绿岛太小以及通往绿岛太多的不方便，让绿岛这个与大城市相邻的不宜居住地虽然风景优雅，却让居住在这里的人，无论什么时候，都有着太多太多的不方便。

“尤其冬天，水面结冰后，我们绿岛的人几乎就断了与外面的联系。每到这时，我们最怕的不是缺什么，而是生病。”

周夕墨说。

梁凉觉得自己虽然住在城里，无法体会周夕墨所说的那些不方便，但内心里的不安是没有任何区别的。他总觉得自己不够好，做事不周全、不周到，总有一种说不清的敏感，包括眼下。

“已经很好了。”梁凉说。

“这样就好。”周夕墨看着梁凉，脸上掠过一丝笑意。这在周夕墨的脸上是难以见得的笑容。他闻了闻弥漫周遭的鱼腥味以及周夕墨身上的淡淡墨香和石膏的味道，觉得这温馨的陪伴让自己希望获得的爱意已经围绕在他的周遭。

同样是这条路，他来的时候，内心有数不清的忐忑，归来却满载而归，不仅有周夕墨的陪伴，还有一路被自己忽略的好景致。

“这是什么花，这么漂亮？”

梁凉看了一眼周夕墨，觉得那株花开得实在过于妖艳。

“虞美人。”周夕墨笑着回答。

梁凉不禁停下脚步，走近那株盛开的红花前。

“它是野生的，跟罂粟有相似的地方。”周夕墨说。

“你说的这两种花我都听说过，但是真花还是头一次见到。”

梁凉回应了周夕墨，发现刚刚还是鸽子成群的芒草丛里，还有一些零零散散的其他花。

“这花好看。”梁凉自言自语地说道。

每一朵开在风中的花都很妖艳，尤其另一株上盛开的白雪花瓣，仿佛淡如烟波的花色正在无限度地招摇着暮霭的余晖，让梁凉的心中油然而生一种怜惜和疼爱。

“你看，这是花椒树。”周夕墨走近一棵椭圆形的矮树，一边回身指给梁凉看，一边对他说，“别看我们绿岛不大，岛上到处都是宝。”周夕墨说完，又补充了一句道，“谢谢你，大老远地跑过来，其实……”

周夕墨不再说了。

“其实什么？”

梁凉好奇地问。

“其实，城里没人知道我是绿岛人。”

周夕墨说完，抬起头看向水平面的更远处。那里水天一色，除了有几只水鸟在飞翔外，便是清一色的蓝色天空、蓝色水面和仿佛满身心的蓝色心情。

梁凉第一次发觉，所有颜色里，蓝色是如此深邃而具有理性，自带永恒的颜色里，有无穷尽的自由，又有无穷尽的梦幻，一切都在这一种颜色中变化无穷，又恒定为一种可以让人平和宁静的心情。

他觉得此时此刻自己便是如此，过去的一切纷杂不安都在这一瞬间得到了清理或平复，或干脆就是埋葬得彻底被消失。而生活的美好好像即将有了一个崭新的开始。不，好像是从拨通周夕墨的电话那一刻起，这个开始就已经开启了。

他看了一眼周夕墨，沉思中的周夕墨仿佛也在体会着他的心思。这让他更加自信地将自己的所有想法都物化到了周夕墨的身上，像写诗的时候，开始落笔的那一刻，想到的不仅是首尾呼应的周全，而且是如何能用更清晰、更准确到位的字和句子，将自己的想法表达到极致。是情绪上的宣泄，更是追求完美的本能。

“真的非常感谢你，那么远的路。”

木船启动的那一刻，周夕墨扭过头看着他，亲切又真诚地带着自己无限的感慨对他说。而这相同的话也像是他要对周夕墨说的，只不过他更想说的是，无论这路途是远还是近，我都要谢谢你没有拒绝我的意欲前往。但是梁凉一个字都没说。

在他时而那种诗性的理解和语言中，他觉得有些时候，有些语言比起自己内心的情感，不仅苍白，还很无力，或许根本就属于无用。而自己的生活好像从见到周夕墨的那一刻起，就在逐渐被改变。

是变得越来越好的改变。虽然周夕墨并不知道，梁凉也只是刚刚发觉，但是他想把这个秘密深深地藏在内心深处。

不说或许更好。

九

在木船的行驶中，在夜幕渐渐低垂的灰暗中，水变得越来越深邃。船头船尾的水花围绕在船的四周，一层一层地荡漾出椭圆形的水波纹，仿佛水也有方向感地一波一波地投奔月色微明的无限远方。这让梁凉的心比没上船之前更加静如止水。虽然他满眼都是不停漂荡着的透明水花。

木船上，周夕墨安静地站在梁凉的身边。有人在听歌，时而欢快，时而幽怨的旋律，像是一道道轨迹清晰的心路历程，让听到的人同频共振地了然，相同的心情，自己曾经有过，不同的心情，同样也有过，但是无论什么样的心情，都是人生中的一种必然。

或许人生的圆满不是单一的，而是丰富的；不是单色的，而是多姿多彩的。就像刚刚感动他的蓝颜色，谁又能说如果只有这一种色彩而没有其他斑斓的调和，这世界会不会让人觉得能够永远地平和下去会更好？肯定不会。

只有一种颜色肯定是单调的，无论这种颜色有多美，就像梁凉喜欢的诗，高亢的自然有高亢的激越，悲伤的自然有悲伤的感怀。而秘密心事的表达又会让人觉得，世界的神奇、人生的绮丽，包括生存本身所有的磨难或是苦难，仿佛又都成了构成美丽画幅的不可或缺。

“真美！”

梁凉看着眼里的一切，感知着心里的一切，觉得畅快通透中，所有情绪垃圾都被这一次不太远的行程清理得干干净净，像一尘不染的天空、像刚出生的婴儿，没有俗尘也不可能有俗尘。

“你可能很好奇，我一面做那些墙画挣钱，一面还要搞文学创作。”周夕墨看了一眼沉思中的梁凉，也不管他是否能够听到或是在意，只是自顾自地继续补充道，“我写作其实是为了得到稿费，虽然得到的稿费不多。”

周夕墨说得有些轻描淡写，梁凉却完完全全地听出了她的话外音。

“稿费确实不多。”

梁凉回答。

“我现在这个工作，忙的时候，收入确实很多，但是个别的时候，会有很长的时间没有客户。”

“应该是这样。”

梁凉善解人意地回应了周夕墨一句。

“我的学业是靠助学贷款完成的，我需要还钱……”

周夕墨说完，再不看梁凉一眼，而是目不转睛地看着天空，像刚刚的梁凉那样，但是梁凉知道，周夕墨内心的想法不会与自己相同，因为自己的心里和肩上没有周夕墨那么沉重的包袱，甚至可以说成重负。

“在我很小的时候，妈妈就离开了，是奶奶和爸爸把我带大的，后来奶奶也去世了，这么多年……”周夕墨看了梁凉一眼，继续说道，“我实际上就是人们传说中的那种小大人，一直是一个人在拼天下。”

周夕墨说完，根本不在意梁凉听了她的话会有什么异样的想法，而是露出了笑容，既不勉强，又带着一种想让他清晰看到的复杂。

“现在我不仅要还念书时欠下的贷款，还想在城里多挣一些钱。虽然还钱不是我人生的唯一目标，但是我暂时不得不这样活着。”

梁凉明白了，为什么周夕墨能爽快地答应自己来绿岛的要求，她不过是想让他亲眼看见属于她周夕墨的世界。

梁凉没有说话。他只是安静地看着周夕墨，任时光在寂静的暮色苍茫中，任两人之间在类似默契的一种感应里，体会各自生命的呼吸，在彼此间的精神世界中，变成汩汩流淌的细流，而曾经的点滴过往在这一刻或被定格，或被渲染，或被珍藏，反正统统变成了美好又虚幻的重复回放。

“其实，我比你也强不了太多，我不知道你是不是相信，上天对谁都是公平的。”

梁凉这样说话时，周夕墨看向他，眼神里呈现出一种坚定，更有一种认同和认可。

“上天不会给某个人很多。”

梁凉又强调了一遍。

“是的。”

周夕墨非常爽快地回应了他。而梁凉觉得认识周夕墨之前，一切都不用标签，更不需要定义。但是认识了周夕墨之后，一切都被打乱了，好像一切都必须进行重新的调整，甚至有必要进行一次又一次重新定义，因为已经被固定那些概念，当初虽然觉得是不可更改的，也是不可动摇的，但是有了身边的周夕墨，他的整个世界有了翻天覆地的改变。

曾经没有色彩的，现在有了斑斓的色彩。

曾经没有价值的，现在有了价值，也有了意义，甚至所有的色彩、价值和意义都集中体现在周夕墨一个人身上。人们习惯称这种感觉为爱，而这被看作爱的本身还拥有着更奇妙、更神奇的不可思议。梁凉自认为拥有了这爱，便可以笃信，这才是自己想要拥有的，也是自己意欲征服的。

“都会好起来的。”

梁凉说。

他觉得自己的话说得有些轻巧，甚至有随意的嫌疑，但是他是认真的。他觉得从此自己的人生不会再孤单，虽然他明知所有的喜怒哀乐还会如影相随，但是感觉上，未来好像只有喜乐，而不会再有悲苦哀愁。

“我也相信。”

周夕墨说。

梁凉听了，心里陡然升起一种欢喜。是的，一切都会好起来的。如果周夕墨是天空，他自己就应该是大地。而他自己如果是四季，那么周夕墨就一定是穿越其间的季节和岁月。他甚至觉得，在没有遇见周夕墨之前，从来没想过“白头偕老”“缘定终生”这样的成语，可是这一刻他却觉得，这种发誓许愿的成语真的是妙不可言。

牵手一生。

梁凉相信，这人类千古年前就在祈愿的美好，也一样会激励自己这个后人亦步亦趋地一路跟随。

十

“梁凉，你怎么回事，我打你电话一直都打不通，赶紧过来……”

梁凉与周夕墨刚坐上归程的大巴车，宋舰的电话便打了过来。

宋舰在电话里一气呵成地抱怨，不分青红皂白，好像没被及时找到的梁凉对他宋舰有着多大的亏欠，甚至是一种过错。

“我还寻思一会儿下车找个好地方，好好地请你吃顿大餐。”

梁凉挂掉电话后，看着周夕墨，知道坐在身边的周夕墨想必完完全全地听到了宋舰的抱怨，但是他的话是最真诚的心有所想。

“我们绿岛上的信号就那样，失联是经常的事，所以我才想多挣点钱，等我有能力，把我爸也接到城里。你也看到了，别说是管我，他连自己都照顾不好。”

周夕墨不但没有回应梁凉，反而带着极其沉重的心理重负，说了一番与他的话毫不相干的话。他知道如此努力的周夕墨心中怀揣着梦想和亲情，只是他听了，心里不由得一沉。恍然间他悟懂了袁莺莺和庄北的婚姻。

利益的权衡。

难怪那么多拥有人看上去不完美和不完整甚至是明显的情感瑕疵，却都在自怨自艾地默默忍受。不为人知，又痛苦不堪，像庄北和袁莺莺各自的婚姻和情感，都不是自己的最爱，又都被私心和利益所驱使，随波逐流地随遇而安且身不由己。

梁凉知道了为什么人们如此喜欢文学作品，因为文字作品里的浪漫和美好有自己怀揣着的无法实现的美梦，甚至可以有所选择、有所回避地与自己的人生对号入座，哪怕仅仅是一时的身心愉悦。

爱情无法选择，可以有选择的应该不是真爱。

梁凉在不得不与周夕墨分手的那一刻，从内心深处悟出了这样一句更接近事实的真理。

没有选择还肯飞蛾扑火，这才是真心。

梁凉一步三回头地向站在原地一动不动的周夕墨摆了摆手，有些意味深长，又有些恋恋不舍。他原本想拒绝宋舰的邀请，而诚心诚意地拿出行动邀请周夕墨好好地吃一顿自己所说的大餐，但是周夕墨说他们之间不必拘泥陌生的客套。周夕墨还说，她对耽误的画作也很着急，不妨在梁凉与朋友赴约时，她的画可以多赶制一些，然后两人在彼此都安心的情况下，再好好地吃他所说的那顿大餐。

梁凉非常感激地同意了，但是他在即将看不到周夕墨的那一刻，很想像电影里演绎的那样，不顾一切地放弃自己即将去奔赴的好友之邀，然后与自己心爱的人在一起，吃喝玩乐也好，虚度光阴也罢，只要是两个人在一起。但是，那不过是电影里的浪漫演绎，生活就是生活。

生活代替不了电影，电影也无法变成真正的生活。

十一

梁凉心急如焚地奔向约会地点时，心里涌起各种各样清醒且理智的自责。他很想用自己的余生、用超人的力量护佑周全地照顾或许还在原地站立的周夕墨。

只是，宋舰已经进入了他的视线。

“干吗呀？要说见不到，好几年都没个踪影，这有了联系，还一日不见，如隔三秋了？”

梁凉走近路边等候自己的宋舰后，打招呼的语气和语言都显得过于热情。这不像他，也不是他为人处世的风格，但是他知道，这不是因为宋舰的出现，而是因为刚刚分手的周夕墨。

“我的歌词集《不敢》。”

宋舰笑呵呵地将手里的一本歌词集递到梁凉的手里。

“你的歌词集？不敢？”

梁凉有些发蒙地重复着宋舰刚刚说过的话。

“后面有几篇写歌词的随笔，让你看看我的文字有没有进步。”

梁凉看着手里宋舰递给自己的歌词集，见封面的右上角写着龙飞凤舞的“不敢”两个字，觉得这设计不是不敢，而是什么都敢的疯狂与狂野。

“真有你的，居然出书了？”

梁凉夸赞宋舰时，心里涌出万般的不是滋味，好像自己不是被蒙在鼓里，而是一直在被欺骗。想当初他和宋舰都念大学时，他一向是既有天赋，也有努力，而宋舰比起他，无论是天赋，还是努力，都有所欠缺，几乎都属于先天不足。可是他到底还是走在了宋舰的身后。

“这书封的颜色不错，书名也不错，你的签名，都不错。”

梁凉一边极力地夸赞，一边极力地掩饰自己的内心，并觉得自己说话时有些语无伦次。虽然他的表达没有任何问题，但他就是觉得，即便自己心里确实有着非常真切存在的不开心和不认可，表面上他也不能表露出来一星半点。毕竟这样的“好友”，有总比没有要好很多，至少宋舰的存在能让他明白，即便大家都站在同一条起跑线上，到达终点的那一刻也不一定就有前后之分。有的人跑不到终点就掉队了；有的人即便用尽了全力，或许一辈子也无法到达终点。

终点毕竟是终点。

梁凉觉得，就自己手里这一本歌词集而言，这样的终点无疑是个高高在上的所在，是可望而不可即的终点，这终点不是所有人都会幸运地到达。

“不错，真的很不错。”

梁凉看着宋舰，觉得自己有很多话要说的同时，又根本就是无话可说。

“梁凉，喝酒之前，我先带你去‘印象公司’。”

宋舰满脸笑容且神秘地对他说。

“‘印象公司’？”

梁凉从没听过这公司的名字，他也不知道这个“印象公司”和宋舰的歌词集和自己这个现任的诗歌编辑之间究竟有什么关系。

“我让你看看，为什么现在都说搞音乐，而不是爱音乐。”

梁凉听了，虽然无法分辨宋舰这一字之差的具体用意，但是他的内心却明了，从今往后，诗虽然是要继续写的，词也是要一起跟着写的。

“你看了就能明白，现在那些所谓的音乐人为什么都是在做歌曲，而不是爱歌曲，太商业化，也太多元化……眼花缭乱地走马观花……你看了就明白我说的意思了。”

宋舰这样说着，梁凉这样听着，他觉得自己与宋舰之间的距离突然拉开了很多，再不是当初一起谈论诗歌时那般同行同走同交流，而是一个在前，一个在后，一个在东，一个在西。自己与宋舰之间不仅总有那么一个不能叠合在一起的点，彼此即便如此相遇，也不过是擦肩而过的不一定再停留。或许彼此守候仅仅是一个不能擅自妄想的摆设。

梁凉的内心深处即刻涌起一股无以名状的悲伤。烦乱无奈，好像人生的路上不是茫茫然，而是惶恐得顾盼左右。这如同写诗不顺时，一笔一纸一低头的沉思和一抬头远望时的凝眸都无法抵挡一种被诱惑时的犹疑或是迟钝。

没有江郎才尽，也做不到妙笔生花。

梁凉觉得自己彻底失去了宋舰，但是又觉得人生路上，自己才与宋舰相识。

十二

“一会儿，你能看到给你的歌词作曲的那位朋友，在圈里已经小有名气，但是……”

宋舰与梁凉走近“印象公司”门口，准备推门走进时对他说。但是说到关键处，却下意识地看了看梁凉，欲言又止。

“但是什么？”

梁凉问。

“怎么说呢，你知道，现在的人对艺术本身已经没什么敬畏和尊敬了。”

“我明白。”

梁凉即刻用宋舰听得懂的语气回应了一句。他觉得宋舰没说出来的那些话完全可以用一个“钱”字来概括，这就像宋舰一开始说的那样，是“搞”音乐，而不是“爱”音乐。

“明白就好。”

宋舰笑着拍了梁凉的肩膀一下。

“不错！”

梁凉也笑着回应了他。

梁凉不禁低头看了看手里拿着的那本歌词集，觉得丢失了很久的默契，在这笑的回合里，又回来了，只不过是以这样一种让他不得不将真实的自己伪装起来的假装惬意。他甚至觉得宋舰找他一叙的目的不仅是送歌词集、引荐音乐人，而且是重叙旧情，或重新开始。虽然他的内心深处伴有一多半的不开心，但是又不得不跟随自己的内心，跟着这不得已的感觉走。

十三

“印象公司”不大，门脸和内里不过是一个小型酒吧的规模。如果不是“公司”两个字的招牌，很难想象，这样的公司里会有什么大规模的交易。

“我先给你们听听歌曲小样，当然了，这都不是你们的。”

梁凉跟在宋舰的身边，见到了宋舰所说的音乐人，一个留着长头发、穿着一件米白色棉麻汉服的文艺青年。

“他的音乐很有风格。”

“是风格多变的那种。”

宋舰向梁凉介绍音乐人时，还没等他点头应诺，音乐人便神情爽快地插了话。这让梁凉觉得自己一介文人，夹在他们两个人中间，有点不伦不类。虽说隔行如隔山，但是，音乐人身上的艺术范儿和文人身上的儒雅应该有着很大不同。果然，音乐人低头归拢文案时，梁凉看到了音乐人光亮弯曲的卷发，每一缕甚至每一根都仿佛有着一种与众不同的天赋在其中。尤其听到其中的一个歌曲小样重复循环时，那些头发更是肆意配合着音乐人浑身上下散发出来的音乐节拍而让他不得不佩服宋舰的判断与高见。

梁凉有些疑惑自己对诗的顶礼膜拜。

是不是方向上有所偏差，目的上有所不妥当，甚至动机上还不够炽烈？毕竟任何艺术形式离开了现实的肥沃土壤，想必生命力或是保鲜能力都会大打折扣。他想起了一个文人说过的，关于文化和伪文化的辨别、较量以及抗衡。

“想什么呢？”

宋舰偷着用脚尖踢了梁凉一下，梁凉即刻不知所以然地看着宋舰，不知道宋舰的真正用意。

“这些歌怎样啊？”

宋舰问梁凉时，语气是和气的，眼神却是游离的。这让梁凉不但不知如何回答，而且想起刚刚想到的伪文化和文化之间的鉴别、甄别以及识别。

“不错，不错，我觉得不错。”

梁凉急忙点头赞赏。

“确实不错。”

宋舰有些讨好，又有些客套，实际上全部是虚假的附和夸赞，梁凉完全听得出来。

“那咱们这就着手协议的签订，我这儿有两种套餐任你们选，但是，我还是建议你们选高级版，毕竟一分钱一分货，这一点，你们比我懂。”音乐人说完这一番话，转身看了梁凉和宋舰一眼后，继续说道，“你们尽管放心，别一听到‘高级’两个字就以为价格会高得离谱，实际上这两个版本的价格相差不多，但是质量上却绝对是天壤之别。当然，你们这么有才华的朋友，我肯定会给你们最低的价格和最高的品质。我这个人一向对钱不感冒，我不过是遇到了好歌词，才会有所区别对待而已。”

“你咋说就咋办。”

宋舰无比爽快地回答音乐人。

梁凉也急忙附和着点头。

“那就做出版级别的高级版，我这么说也不是说网络级别的普通版不好，我只是说，无论哪一版，我都可以保证在作曲、编曲、歌手演唱、视频制作、全网发行以及歌厅上架方面做到最完美也最能让你们满意放心……”音乐人说完，极力控制着自己满脸的喜悦以便将这种情绪拿捏得恰到好处，随后又补充了一句道，“这就签高级版？”

“签高级版。”

宋舰语气平和地回应音乐人。音乐人听了，看都没看梁凉和宋舰一眼，便一个急转身，闪进梁凉和宋舰坐着的会客室旁有着各种作曲设备的隔壁房间，着手打印协议资料去了。

梁凉有些不知所措地想跟宋舰说点什么，又觉得自己根本不知道该说什么，但见宋舰也没有想跟自己说话的意思，他便不得不抬起头，看自己头顶上方那个庞然大物般的吸顶灯，在自己掩饰情绪紧张的视线中发出微弱的光芒。

梁凉在内心对着那些微弱的光芒默默地说了几句自己想说的感激话，但是，又觉得再好的语言，在这样的交易面前，如果不是靠着物质或金钱的呈现，不仅是苍白无力，还完全可以凸显梁凉的情商高低。瞬间，一种陌生的疏离感在梁凉的全身弥散开来，带着他深深的无助，交错混合在一起，让他觉得，音乐与自己的生活实在是太过遥远，虽然“诗”和“词”两个字确实像两个孪生兄弟般不可离分地紧密相连，但是他真的无法理解，这“歌”和“词”依然是相依相靠在一起的两个字，怎么会有如此大的不同。而自己又怎么会如此这般一点都不懂得。

“我怎么觉得刚才听的那些歌，哪一首都是一个调调呢？”

宋舰对他说，声音很小，但是在梁凉听来，却不亚于如雷贯耳，因为这句话也是他想说给宋舰的。

“是有点。”

梁凉急忙附和着宋舰。

“你也很厉害！”

宋舰向梁凉竖起了大拇指。

“宋舰，这你知道，我平时不听歌。”梁凉对宋舰说了这么一句之后，又继续补充了一句道，“念大学时，我还认真地听过歌，但是现在几乎不听。”

宋舰听了，有些纳闷儿地问他：“为啥不听了？”

“就像你说的，所有的歌都是一个调调，所有歌词也大同小异地差。尤其那些唱歌的人，谁和谁也没什么区别，更别说那些美容脸，个个千篇一律。”梁凉说完，又补充了一句道，“听什么歌都一样，也可能是因为麦克风的融声效果造成的。”

宋舰听了，明知道他前后说的不是一回事，依然无奈地点了点头，好像很认同他的观点。而梁凉倒觉得自己好像在音乐圈里不是距离太遥远，而是摸爬滚打了太久。

“我把我这本歌词集直接给他了，你的那几首当时我就是转给的他。”

宋舰对梁凉说。

“那钱呢？让他做歌曲的钱呢？”

梁凉觉得宋舰之所以带自己过来，目的应该只有一个，那就是让自己见识歌曲生成的过程，然后做出判断和选择。

“这个就不用你管了，我一次性打包给他。”

宋舰说完，突然露出一脸的笑意，好像眼前的这一切都已经是轻车熟路的套路，而不是让他进行什么所谓程序上的了解与知晓。

“明白了！”

梁凉回答得很干脆，不仅如此，他还在内心对宋舰涌起所有的原本对宋舰的抱怨、偏见，以及一些无法示人的浅见，包括拿到歌词集时对宋舰的不满，都在这一刻一笔勾销。

“宋舰，啥都不说了，就凭你这本歌词集和你的先知先觉，我必须先请你俩去好好地喝一顿庆功酒。”

梁凉陡然升起的兴致让他恨不能将“印象公司”变成“印象酒馆”。最重要的是，音乐、歌声抑或酒和菜本身好像都已经不再重要，重要的是以一种最恰如其分的方式，让他有机会表达出对宋舰的感激和自己在这短短的时间内，那些依然还在的感慨。

十四

“宋舰，为什么不告诉我？”

梁凉、宋舰和音乐人一起离开了“印象公司”，走进一家酒馆，或许是因为梁凉、宋舰和音乐人都饿了、都渴了，反正酒菜刚摆上桌，三个人便一杯接一杯、一个话题接一个话题地开始了，酒过三巡后，梁凉举起宋舰那本《不敢》，对宋舰用着几乎是抱怨的语气进行质问。

“其实，上次咱俩喝酒的时候，我原本想告诉你，但是……”

宋舰说到这儿，看了一眼音乐人，竟然停止了自己的解释，但是，也正是这一眼，梁凉瞬间明白，原来自己以为的与宋舰很亲近，实际上完全是自己以为的。恍然间他明白了，自己与宋舰之间断联的三年不是无意的，而是有意的；不是没有缘由的，而是有原因的。

彼此没有了共同话题而不得不分道扬镳，就这么简单。

“当初，咱俩那么好，是不是无话不说？”梁凉看着宋舰，在酒精的作用下，已经将一旁一直在得意地哼着小曲摇头晃脑的音乐人当成了空气。

“这么说，你就显得不友好了。”

宋舰拉下了脸，看着梁凉，一脸严肃。

“不友好了？”

梁凉明知故问地一边说，一边看着宋舰，像看情敌一般，脸色不仅煞白，还目光犀利，仿佛即便不说话，也会让宋舰不开心。

“你俩这样不好，我可不是来给你俩当裁判拉架的。”

哼歌的音乐人停止了自己的哼唱，一边愣愣地看着宋舰和梁凉的情绪对峙，一边觉得两个人像怪物一样不可理喻。

“喝多了，喝多了，咱们都喝多了。”

梁凉急忙给自己台阶下，起身去了服务台，结了账，心里轻松了许多。

十五

“前辈，我那几首歌词怎么样？”

梁凉与宋舰和音乐人走出酒店的大门口，在一阵夜风的吹拂中，清醒了很多也理智了很多地问音乐人。梁凉觉得自己太在意宋舰的那本歌词集了，反而忽略了自己的歌词已经接近歌曲的近水楼台。

“不错，相当不错。”

音乐人看着梁凉，很认真地点着头，赞许的态度毋庸置疑，但是在他看来，怎么听都觉得像他与宋舰之间的对话，什么都是大同小异，什么都是一个调调，什么都是没有些许差别。

“不错就好，不错就好。”

梁凉好像十分放心又十分满意地在自己的内心里给了自己一个用自己的语气给予的定心丸，然后觉得自己在这样一场聚会中，不是更多地想到宋舰和音乐人对自己的帮助，而是一心想着自己的被动和两人没能共同成长的遗憾。

怨天尤人本身就是一种落后。

梁凉一再用这句话安慰着自己。

“现在的歌只要是唱出来的，你就权当它是歌去听吧。”宋舰说完，当着音乐人的面又毫不避讳地接着说道，“梁凉，你想啊，随便唱个什么动物、植物、天空、大地、什么的，它就是一首歌，对吧？”宋舰说完，又补充了一句道，“梁凉，不要指望一首歌能唱到谁的心里去，再能唱到灵魂里，再把谁谁谁给改造成非人类。一首歌就是一首歌，没那么大的力量，也不可能有那么大的能量，不过是一首歌而已。”

梁凉听了，这才想起来这顿酒应该是一场意义非凡的一举多得的与三人都有关联的通往成功路上的重要环节。至少宋舰送给自己的歌词集里，指不定哪一天就有可能有一首歌成为流行歌曲而被广泛流传。这样一想，他觉得，宋舰没错，音乐人更没错，错的是自己。

与时俱进才是王道。

梁凉再次见证了自己的成长，乃至成熟。

十六

梁凉回到家，晕晕忽忽之间，发觉梁冰没在家。

他不太敢确定自己的判断，便对每个房间进行了一次自认为很仔细的查看，结果发现梁冰确实没在家。

都学会有家不归了。

他躺到床上，发现家里静得出奇。这完全自由的空间里，哪怕翻个身，都是个很大的举动。他甚至可以清晰地听到自己的呼吸声。这清清楚楚的存在感让他觉得这个世界不再那么复杂吵嚷，而自己与宋舰的那本歌词集都已经无关紧要了。

梁凉想给周夕墨打个电话或是发几条信息，但是又怕自己因为喝了酒而满嘴胡言，还不如不说。反正睡一觉，天就亮了。可是他怎么也睡不着，好像这一天，从一大早到这万籁俱寂的眼下，电影回放般的每一个情节都十分清晰又非常模糊。

梁凉坐起身，安静地看着窗外的如水月光，安静地倾听着窗外的风声，真切地感知着房间里的静寂，突然之间，他觉得，老妈和梁冰都在家时，尽管大家相处得不太和谐，也不太融洽，但至少有生活的气息，而不是眼下这一潭死水般的死气沉沉。

他拿起了手机，翻出手机里周夕墨的电话号码，一个数字一个数字地看过去，觉得这一个电话号码真的可以成为一个人的全部，像一把钥匙、一个背影、一个笑容，像说过的所有的话，更像他想象中的所有未知。

他想起了第一次近距离见到周夕墨的那条曲廊，以及曲廊墙外那一棵棵树，那满树的白，以及那满地的花瓣，还有到处飘逸的那些香甜，在模模糊糊的状态中，他又一次地了然了自己沉浸在爱情中的状态。但这次是自己发自内心地去喜欢一个人，虽然没有向对方表白什么心迹，但都是成年人了，对方应该能够看出些许。其实这仅仅是自己独自的喜欢层面，根本谈不上爱，离爱应该还有一段很长的路要走，而且这中间不确定的因素太多了，谁也说不准会出现什么情况。但梁凉却把现在自己的状态定义为爱，或许是因为已经注定想把周夕墨当作对象来处吧。他和柳绒相处的那段时间还算不上是恋爱的过程，在他看来，仅仅是柳绒对他的一厢情愿罢了。其实如同此时他对周夕墨的状态是一样的。

很美好，也很投入得忘乎所以。

或许，活着的意义就在于此，爱情的价值也就源于此。

十七

梁凉决定整理自己的诗。

他借着酒后的激情豪迈和骨子里的各种不服输，开始到处翻找自己的诗稿。有发表过的，也有没发表的；有很久以前发表的，也有新近发表的；有自己喜欢的，也有需要进一步修改的。他决定像宋舰那样，出版一本属于自己的诗集。虽然这部诗集永远都属于步宋舰的后尘，但是这或早或晚又有什么关系？在前行的路上，根本无所谓谁在前、谁在后，重要的是都走在向前的路上。

“上一期《穿越人海》里有一位‘西窗人’的诗，你觉得怎样？”

梁凉以最快的速度将这一行字发给了周夕墨。

他整理诗稿时，猛然想到这个可以与周夕墨最恰到好处的交流方式。尽管已经很晚了，尽管这种方式有些不伦不类，但是在他看来，这才应该是最有效也最浪漫的一个好的开始。

周夕墨没有回复。

“‘西窗人’是我。”

他又补充了一句。

梁凉相信，投稿诗歌没成功且依旧喜欢诗的周夕墨不会忽略“西窗人”的诗。尽管周夕墨写起了小说，但是他相信，没得到的不是不好，应该是因为没有指望，才不得不假装无视。可是他即便知道这个道理说得通，还是有些莫名地失望和沮丧。

是不是自己有些自以为是的唐突会引起周夕墨的反感，因为自觉自己与周夕墨很亲近的关系仅仅是他的自以为是。

“可以呀。”

周夕墨回复了信息，是在他发出第二条信息的五分钟后。这无疑使他瞬间有了蓬勃的朝气和向上的力量以及冲动。这时，虽然在时间上已接近子夜，但是在他的感觉上，就跟清晨刚刚醒来时一样。

“说说你的意见或者评价。”

梁凉显得很谦逊。但他相信，这一刻，无论周夕墨说什么，自己都不会介意，相反，他更急于知道周夕墨对自己诗歌的看法，无论准确与否。

“虽然诗体现的是你的灵魂，但是你展示给读者的根本就不是你。”

周夕墨的回复让他和周夕墨都陷入了尬聊的沉默状态。

他没再发信息。不是不想发信息，而是不知道该怎样回复信息。有那么几个时间段，他很想催促一句，但是又不得不放弃了。他觉得周夕墨最后那一句已经将最标准、最准确也应该是最正确的答案清清楚楚地抛扔给他了。

“如果你明天晚上有时间，我请你吃饭，然后我们好好地探讨一下诗和灵魂的关系。”

梁凉给周夕墨发了最后一条也是最想发过去的信息，但是这一刻，他还想与宋舰进行一次酒后的理性探讨，不过在这一想法刚一出现，他便放弃了。

他觉得与宋舰说说自己的真实想法没什么不好，应该很好，但是这样的想法倒不如一五一十地写进诗集的自述里，用这样的方式与未来不可知也未曾谋面的类似宋舰之人进行沟通和交流，或许会更有意义，也更有价值。虽然这都是一种不一定有结果的设想，但是他在这样想这样选择的过程中，心里更愿意的还是通过诗集里的白纸黑字进行直抒胸臆的表达，然后得到自己最想要的结果。

周夕墨说得没错。

真实的梁凉并不是他的诗。或许，一个诗人对待诗的纯美倾向和多种功能的态度用心不只是要有诸多的想法和做法，更要有诸多特立独行的行动和理念。诗人应该将这些想法一一落实到读者可以看到的字里行间，诗人有义务也有责任让看到文字的人在品读鉴赏的同时，还能接收到诗美之外的诗用。

周夕墨说他的诗不是真实的他，但是他还是很用心地过滤了一遍，周夕墨不过是说对了一半或是一多半。

诗不仅是表面的人文山水、花草云朵，以及饱满的热情和激情，诗更应该保有对国家的热爱、对民族的自豪感，以及对表达诗歌的那些宝藏文字博大精深的尊重和最起码的敬畏以及深爱。虽然写诗本身属于自己私密的表达，但这种表达没必要都如花开花落有什么样的必然结果，更不必急于求成。写诗的过程不过是自己的生命和灵魂呼吸的过程，是在呼吸的过程中，成长、成熟的过程。但没有人在收获快乐的时候，能够拒绝一起走来的痛，似乎有的时间段里，痛反而更深刻和持久一些。如果你看见一个成天笑的人，他一定是深藏了很多自己体会到的东西，是不想让人看见他一个人的狼狈罢了。喜怒哀乐是不分人的，生而为人，就要承受这些东西，只是有些人会调整自己，会把自己调整得好点罢了。

梁凉觉得，有心思要表达展现的诗人，不用这样的方式与整个世界交流或和解，生命就不会积极健康，甚至会阻塞内在精神力量的畅通无阻。当然也包括灵魂的灵动与安宁。只是在这一刻，他整个人的状态，不但不安宁，反而越来越近被窒息的一种濒临崩溃的状态所搅扰。但仅仅是那么一瞬间，便烟消云散了。

是梁凉整理出来的诗，在这个时候，成了他生存于这个世界的唯一的救世主。

诗变成他这个个体生命向群体生命表达所有意愿和状态的最好也是最直接的载体与媒介。在这个夜深人静的夜晚，在酒后的清晰思维里，他看清了自己，也明了了自己，更懂得了自己。

他决心成为一个真正意义上的诗人，而不仅是现在这样，满腹诗书却无真正用武之地的一介诗歌编辑。他为已经开始着手整理准备出版的诗集起名为《执念》。

是他对诗意人生的执念，也是他执意要抛掉所有烦恼的执念，更是他对美好未来心怀祈愿的执念。他要用这本叫作《执念》的诗集，歌颂与自己有关的这个令自己和他人都很不安，又让自己和他人不得不爱的美丽而残酷的世界。他还要继续写诗，还要对那些诗进行一些必要的补充和修正。

梁凉要歌颂白天。

梁凉要歌颂夜晚。

梁凉要歌颂孤独。

梁凉要歌颂一切。

在整理诗集的过程中，他觉得自己即将走向一条开满鲜花的长路，这长路上花香四溢、多姿多彩、美轮美奂。

他一边这样想着，一边这样整理着，偶然间一抬头，发现窗外已经现出了鱼肚白。

是东方既白的颜色，不过是淡如尘烟的色彩，在不知不觉间，竟弥漫了整个窗台。

崭新的一天又开始了。

而昨夜居然就这样过去了。过去得那么快，似乎昨天所经历的一切都近在眼前，仿佛周夕墨经过身旁时留下的发香余味还在。这让他不得不再次回放了下昨天的所有画面，如胶片一样一一呈现。包括看不见、摸不到的风，流动着画面往前，而自己和周夕墨还有一路遇见的陌生的面孔都是组成画面不可或缺的元素，虽然这些元素在生命中仅此一眼而过。

十八

“怎么，你又新买的？”

梁凉走出卧室，发现自己认为夜不归宿的梁冰居然安静地坐在沙发上，跟没事人一样。

而茶几上又多了一对新杯子，跟原来梁冰摔坏的一模一样。

“今天你不上班了？”

梁凉问。

梁冰没有回答，只是目不转睛地看着眼前的杯子。他发现两个杯子里都倒进了热水。那些热水在两人的视线中，冒着袅袅婷婷的热气，一如氤氲如烟的游丝一缕缕地在两人的眼前若有若无。

“好看吧？”

梁冰倒是有了非常难得的好兴致，这让他感到非常意外，只是他才无心关心梁冰的好心态究竟是因为拥有了这对新杯子，还是因为别的什么。

“你好好看看，这杯子和原来的不一样。”

梁冰举起其中一个杯子让他看，梁凉这才发现，杯子的另一面有图案，是凸画着的两只团团圆圆的小雪雀。

“你怎么弄来的，居然跟原来的这么像？”

梁凉接过梁冰手里的杯子，觉得很蹊跷。

“好看吧？”

梁冰又问。

“是好看。”

梁凉一边说，一边看着那两只可爱的小雪雀紧紧挨着的头和紧紧依靠的身体，加上背景零零散散的雪白雪白的斑点，凸凹不平中，让他感受到的不是天空飘来的朵朵雪花，而是随处飘摇的团团棉絮，仿佛都是刚刚从树上的果壳里飘飞出来的。

“是大鹏送我的。”

梁冰一脸的扬扬自得。

“扯谎。”

梁凉说了一句便离开了。

他才不愿意针对类似这样的一些事与梁冰进行任何意义上的交流或是交谈。他不想与梁冰有半句的争辩或是辩论。

“真是病得不轻。”

梁凉顺嘴嘟哝了一句，便一头冲进卫生间。他永远都不想与梁冰，包括老妈谈，论什么有关情感或是爱情的问题。一个个的都以为自己很懂，又谁都不懂，包括他自己。

十九

“今天的天气真好。”

梁凉走在上班的路上，看着阳光灿烂下的天空碧蓝如洗，身边的一棵老树在风中颤巍巍地抖动着满树招摇的嫩绿枝叶。有关和平、安全、安然等向好、向上、向善的句子，如同温暖的阳光照在他的身上以及脚下的步道砖上。

原来，很多被忽略的或是没能时刻印记在心头的情感，却能在某一个时刻，以诗的形式，显得那般神圣、伟岸，甚至带着无法阻挡的气势磅礴与雄壮，让他作为一个男人，觉得自己俨然成了一个正在用千古流传的中国文字，一边为其发扬光大，一边又在用心传承的使者，不仅是重任在肩，更有一种无上的荣光。

这无上的荣光是可以让他安然地坐在电脑前，看诗稿、改诗稿或写诗稿的一份安然从容；这无上的荣光是他为自己编辑或创作的文字所打造的沉稳的基石和牢固的基础。因为只有一个强大的国家，才有这般取之不尽、用之不竭的源泉和力量，也只有无比强大的民族，才可以如此生生不息地始终如一地支撑着属于自己国家和民族的文学天地，才能让自己在一日又一日的岁月往复中，与诗为舞、与诗意相伴、与诗的灵魂一路同行。

而在他的内心，想法一个又一个、一叠又一叠、一丛又一丛，仿若蒲公英的种子，如同春天盛开的花朵，将原有的沉郁心境和曾经的那些阴霾，在这上班的路上，全部驱散了。

“今天的天气真好！”

走进杂志社大门的那一刻，他忍不住在内心里再一次这样慨叹。

二十

“昨天下午，朱莎过来了。”

梁凉想着晚上可以与周夕墨出去吃饭，心里便如沐春风般畅快得不得了，好像上班不是上班，而是去咖啡屋、去看电影，总而言之，是去任何一个可以让自己快乐的地方，可是袁莺莺的这一句话让他知道，头一天自己离开的下午好像错过了什么。

“她来干啥？”

梁凉感兴趣的不是庄北的“朱砂痣”来干什么，而是庄北的态度。虽然袁莺莺满脸书写着唯恐天下不乱的表情，但是明知一整天都会在沉闷中度过的编辑生涯，对他来说，乱一会儿也没什么不好。

“送庄北一份结婚请柬。”

袁莺莺说这话的时候，满脸惊喜，没有任何掩饰，想必庄北见了那份请柬，内心也一定是五味杂陈吧。

“朱莎在见面会时肯定没对庄北说这事。”

梁凉对袁莺莺说，他相信自己的判断。

“肯定没说，你都不知道，整整一下午，庄北没说一句话。”

袁莺莺对他说。

“没说话才说明有太多的话，不是不能说，应该是无从说起。”

梁凉一边对袁莺莺说，一边觉得一向以为离开他庄北就无法活下去的朱莎，突然要结婚了，这对于别人来说是与己无关的事，但是对于庄北来说，就算不如五雷轰顶，也应该接近一颗已经爆炸的地雷。

二十一

“以后，你还给朱莎发作品吗？”

袁莺莺在庄北走进编辑部后，沉闷了将近十多分钟的时间，最后实在忍不住自己的好奇心，便先看了一眼梁凉，然后面向庄北，显得很关切地询问。

“那就要看她的表现了。”

庄北故意装出无所谓的样子说。

梁凉听了，对庄北的回答和态度不是刮目相看，而是瞧不起甚至是一种鄙夷。他觉得自己所有的好心情都被庄北的随心所欲掠夺走了。

“原来我以为，朱莎要的不过是精神上的陪伴，在乎的不过是我给她的精神鼓励，可是她竟然把我的鼓励变成了获利的一种手段。”

“此话怎讲？”

袁莺莺问庄北。

“利益呀。要我说，那作者和咱编辑之间不过是一种互相成全的关系。什么尊重啊，敬佩啊，喜欢啊，爱呀什么的，不过是为了自己的利益。要我说，怎么生存才是不得不认真思考的人生难题。”

“说得有道理！”

袁莺莺即刻秒赞了庄北的想法和说法。

“你们根本不知道，我差点儿被朱莎给带进沟里。”

庄北说。

“我就觉着这任何人在婚姻面前，都是绝顶盖世的聪明，多亏我早就知道了这个道理，不然我肯定是要多惨有多惨。”

袁莺莺义愤填膺般地发表了一番自己的高谈阔论，这让梁凉和庄北听了，像两个情窦未开的孩童，不自觉地品味起袁莺莺的言外之意，好像哪一句和哪一句的言外之意都不无道理地充满大彻大悟的智慧，但是又仿佛哪一句都让人听得满头雾水。

编辑部的房间里再次开启了空气凝重的沉闷模式，每个人内心进行着万语千言的自说自话和自问自答。过了许久许久，庄北起身离开了，但是很快又回来了。

其间，梁凉和袁莺莺都没再针对朱莎要结婚这件事进行任何一句或是一个字的议论或探讨。尤其袁莺莺，好像刚刚的那个兴奋点不但消失了，连她自己说过的话都变成了子虚乌有的不太可能。但是梁凉却觉得，自己原来对袁莺莺的认知不得不进行重新定义上的更改，甚至觉得，袁莺莺这种女人与庄北的前女友朱莎一样，都是绝对不可小觑的存在。

梁凉猛然间觉得，女人可能就在这一点上让男人们永远无法理解。糊涂的时候无法理喻，明白的时候又让男人不得不颠覆曾经的认知，一如他眼睛余光中只一味默不作声做事的袁莺莺。而庄北则像没发生过任何事情一样，跟以往一模一样，不停地选稿、看稿、修改稿、打印稿、整理稿。可是梁凉和袁莺莺都知道，庄北心里的苦不会就此消失，只会继续蓄积更多并衍生出更多痛苦。

这个时候，庄北不得不小心谨慎地戴上强颜欢笑这个面具。生活不是小说，庄北知道，梁凉和袁莺莺更知道。他们三人之间谁都没和谁再说一句话，每个人的心里都明白，哪一位的哪一天不是面对着一堆又一堆的繁琐事儿，哪一个不是面对一堆又一堆忘也忘不了的酸甜苦辣和悲苦艰辛，而这些别人看来不过是无关痛痒的事又像一面又一面镜子，在反照着各自的人生和生活。

真真切切又清清楚楚。

梁凉觉得，如果属于庄北的爱情是一杯羹，那么全部交给一个人就是一杯，给两个人就只能是各自一半，如果给了太多人，得到一勺或是两勺又有什么区别。

“如果你难过，就别看稿了。”

有好几次，梁凉想对庄北这样说，但是却始终找不到最适合说出这句话的机会。

去看场电影、去逛逛超市，或者继续去喝酒，就算大家互相陪伴！

梁凉一边偷瞄着庄北，一边一次又一次地设想着如何采用各种方式，以便缓解眼前的尴尬和难耐，但是却始终没能说出这些可以随时脱口而出的话。这种时候，什么样的语言或什么样的陪伴都不及庄北自己一个人，安静也好，难过也罢，顺应一切，又不得不顺应一切地守着自己的心，以便尽最大努力让自己恢复从前的平和。虽然到头来有可能徒劳，但是谁的一切都由不得谁自作主张。

人生的变数太多，让人猝不及防，又无从下手，即便心里早有准备，无奈于太多的未知里，没有永远顺利的因果轮回，结果依然是一次又一次看不到希望的牵强和失望。可是放下了，忘却了，不再前行了，一盏或亮或不太亮的灯，又会在你不经意间，在某个高处挂着、闪着，让你不敢无视，更不敢就此错过。

对于梁凉来说，这一天应该是自己生命中最漫长的一天。不得不随波逐流，又不得不才下眉头又上心头地对自己与周夕墨的未来有所期待。当然，也有宋舰那本歌词集对自己自信和自卑的反复冲击和敲打。但是他时刻惦记的还是怎样才能尽快见到周夕墨。

Chap

一

“先请你指教。”

饭店里，迟到的周夕墨身上带着石膏和碳墨的混合味道，刚坐下，便从随身的包里拿出几张雪白雪白的 A4 纸。

“这是什么？”

梁凉问的时候，恍然觉得那应该是周夕墨写的诗。

“我写的诗。”周夕墨说完，又补充了一句道，“是被原来的诗歌编辑退稿的诗。”

“这我倒要好好地看看。”

梁凉原本想好的见到周夕墨要说的很多客套话，因为压根儿就没在预料当中的周夕墨的这个举动，在这一刻全部作废了。

“本来我没想拿，但是我想这么好的机会，不亲自听听你的意见和建议，好像就不会再有机会了。”

周夕墨说得很认真，梁凉听得却非常高兴。

他不禁态度极其认真地开始审视手中的白纸黑字，一方面这都是他的喜欢之人周夕墨的诗；另一方面也是很重要的一个方面，这都是被原来诗歌编辑退稿的诗。这一点应该对他有着极大魅惑，也是最能引起他兴致的重要焦点。他真想知道，原来诗歌编辑的审美究竟是怎样的水准。

有蜘蛛逆着光结网，

一意孤行地，

将执念全部挂到蛊惑心扉的细丝上。

像缠绕包裹着的秘密，

只看到一眼，

便比之前还惊慌……

梁凉看到这儿，不禁抬起头，看着周夕墨。

“确实不好？”

周夕墨神情忐忑地看着他，好像他这时说出的任何一句话都决定着周夕墨诗的好与坏、对与错。

“这么好看的诗，怎么会确实不好？”

梁凉觉得自己刚刚看过的文字仿佛及时雨般完好地给自己培植了一剂养料，甚至觉得周夕墨的文字给了自己感受淡淡的忧伤，又给了自己一种天然屏障的保护。仿佛诗意、诗境和诗趣都通过周夕墨的字里行间给出一个最直接也最真情的表达。

“你看这一段。”梁凉指着纸上的文字给周夕墨看。

原来，

四季花开都不及的书香，

也抵不过你指点江山的力量。

即便春夏秋冬一路顺畅，

也不及你护佑身旁期许的目光。

即便有风吹不停歇的张狂，

即便有雨打芭蕉的天渐凉，

即便冷冽的冬真的无比漫长，

都不如你引领我走进的这神圣殿堂。

不只有生命蓬勃的成长，

更是笔尖穿越长纸的诗行。

梁凉一边示意周夕墨关注自己在看的诗稿，一边低声吟咏着她的诗句，觉得周夕墨的诗仿佛合成了继续积攒能量的修行道场，不仅给予了他以情感上的鼓舞，还让他以此集结出高高在上的诗朋酒侣一般。完全是在一片诗意盎然的生机勃勃中，彻底体会了诗情画意的缠绵悱恻。

“都是好诗，都是好文字。”

梁凉在继续赞叹中，觉得自己不禁被周夕墨的诗句所感染、所感动，还因为周夕墨的文字而体悟了诗以言志的恢宏气度，当然也包括对生活、对生存、对生命的由衷慨叹。

“这么好的诗怎么能不给你发表？”

梁凉拿着手里的诗稿，看着周夕墨，在愤愤不平中，发现周夕墨清澈透明的眼眸像一对银杏的果核，正闪着诗一样的光辉，并且在他面前，有如盛载诗意天地的大厦和基石，无比坚定，也无比虔诚。

周夕墨没有回答，而是愣怔中带着一种已经不想控制的惊喜，略有所思中，正在呼之欲出。这让梁凉明了，诗能给予人的不只有激情满怀的豪壮，也有婉约如雪的润泽丰盈。好像一个人一旦与诗结缘，便会成为这世间一枚多情的种子，余下的只待春风、夏雨的姗姗而来，以及秋风、冬雪的猝然临至。

“其实，那位编辑也不是说这些诗不能发表。”

周夕墨嗫嚅着小声说。

“那为什么没发表？”

梁凉不理解也很纳闷儿地问。

“我还是别说了，你现在是诗歌编辑了，说了不太好。”

周夕墨有些难为情，也有些闪烁其词。

“跟我还不说？”

“那位编辑说，稿酬没有，只有样书，可我不是不答应，我是因为当时太忙，没能及时回复，结果……”

“结果就没能发表？”

梁凉抖着自己手里的诗稿，觉得这光天化日之下的违规行为实在不应该出现在诗歌编辑的身上。

“结果那位编辑就把我的联系方式给删除了。”

他听了周夕墨的话，想起了自己刚到编辑部时，庄北所说的，诗歌编辑都很“跳跃”的真正含义，或许自己确实是个例外，而庄北和袁莺莺却多多少少存在着“跳跃”的嫌疑。

谁还没有自己的七情六欲？谁还没有自己的三亲六故？只要可以用“情感”两个字进行最恰到好处的诠释，都可以理解，只是好永远是好，真正的好会被时间所验证。他一边这样想着，一边觉得周夕墨不说才是最让梁凉无法理解的不可思议。

周夕墨的诗，如果是花蕾，应该在那个利欲熏心的编辑面前无法开放，应该是一朵一朵地直接枯萎或直接被扼杀了。什么样的花朵能耐住那么冰冷的目光、那么无礼的不尊重。梁凉感到了严重的失职，虽然这不是自己犯下的错误。

“所以你就写了散文，之后……”

他没再说下去。只是觉得通信如此发达的今天，不知对方是男是女的情况虽然还会有所见，但是一个是编辑，一个是作者，本不该出现这种状况。

“没想到，散文编辑和小说编辑都没对我有过这样的要求。”

周夕墨说。

梁凉听了，觉得从这一点上看，袁莺莺和庄北还真是不错，虽然他们有着周夕墨不知道的私心杂念。

“你可以继续写诗，这些好看的诗，我都拿走了。”

梁凉看着周夕墨，觉得她必定是那种越是近距离在一起，越会从她身上看到与众不同气质的人。或许是诗的独特，也应该有散文的，抑或应该有小说的。

“我特别想写一种类似向生命致敬的诗。”

周夕墨说的时候，眼里流露出梁凉完全可以看得懂的激动和激越，甚至是一种豪情。忽然间梁凉就觉得，眼前的周夕墨不是别人，正是可以为她的灵魂助力的另一个自己。

二

梁冰打来了电话，就在他与周夕墨谈诗谈得正有些忘乎所以时。而梁冰打来的电话让他即刻闭上了嘴。

“发生什么事了？”

周夕墨从他的惊异表情中知道了这个电话的重要性。

“一个认识的人去世了。”

梁凉看着自己眼前的杯盘，觉得这一个电话的惊扰让整个饭局的气氛甚至所有菜肴都发生了质的变化。

“那你？”

周夕墨投来问询的目光，正欲言又止时，梁凉的电话又响了。是他的老妈打来的。

“妈。”

梁凉喊了一句后，觉得心里有很多很多难以言说的委屈。

梁凉的本意是抱怨、是埋怨，但是喊了一声“妈”之后，说了句“梁冰刚打来电话”，便不知再说什么了。

“你知道了，我就没啥可说的了，你们都好自为之吧。”

梁凉看着手里的电话，不禁开始了难以自控的发呆。他觉得以老妈的性格，肯定有很多话要对自己讲。但是老妈之所以什么都没讲，只能说老妈或许比自己的情绪还糟糕。

柳绒自杀了。

梁凉没对周夕墨说，但是却在内心里对自己一遍一遍地重复着说。

怎么可以这样？他实在无法理解，明明各方面都没能让自己看出端倪的柳绒，怎么就这样决绝地以这样的方式离开了这个世界。

“我的事情影响到我们吃饭了。”

梁凉十分歉意地一边对周夕墨解释，一边觉得，这顿原本应该有着诗一样美好氛围的饭局，顷刻间变成了一种尴尬，甚至平和心境的一种拖累。

“没关系，真的没关系。”

周夕墨尽力以最大的努力掩盖着对她来说也同样是一种遗憾的遗憾。

梁凉没有针对柳绒离开这件事与周夕墨进行任何一个字的交流。只是与周夕墨在吃饭的礼节中，尽最大能力地控制着自己的情绪。他甚至觉得自己已经接近崩溃的边缘，这并不是因为他对柳绒有什么深重的情感或无法排解的恻隐之心，而是他无论如何想不到，与之有过短暂接触的柳绒竟然是抑郁症最高层级别的重症患者。

梁凉无论如何都想不通。

他觉得柳绒的家人不应该甚至不道德。因为选择极端方式结束自己生命的柳绒，在这世间最后的弥留之际，并没有得到梁凉的同情、帮助或是柳绒想要得到的爱情。

可是他即便知情，又怎能慷慨地给予？

爱情！

梁凉看着周夕墨，觉得爱情不仅是奢侈品，也是一个不可捉摸的人间神奇所在。

三

梁凉送周夕墨回到住所的楼门口，准备离开时，周夕墨看着他，眼里有一些犹豫。

“这些诗稿我争取这期就发刊。”

梁凉让周夕墨看了看自己手里的诗稿。

“我是说，进屋坐一会儿？”

周夕墨小心翼翼地看着他，眼里问询的目光不是祈求，而是一种礼貌。

梁凉犹豫了。

他不是不想进周夕墨的住处看看，只是觉得自己的心绪被梁冰和老妈的电话搅扰得不仅七上八下，甚至能预测自己回家后的这个夜晚会怎样地在不安和烦躁中度过。

周夕墨拿出钥匙，打开住宅楼的单元大门，是在没等梁凉是否点头或摇头之际便自顾自地带头走进门廊。他不敢有任何怠慢地跟随在周夕墨身后，不仅像心花怒放的孩童，更像一个盲童。

周夕墨住处的楼道里不是太整洁，个别楼梯拐角处的地砖已经磨掉了很多瓷釉，非常明显，这是改革开放初期兴建的商品房。周夕墨用钥匙打开居住处的门，首先映入梁凉眼帘的是一套靠着墙壁从上到下的白漆鞋帽柜。

“是合租房。”

周夕墨示意梁凉走进时，转过身不冷不热地对他说了一句。这语气让他有了很踏实的心安感觉，毕竟从他的内心深处，总是对这样一种近距离的交往有着天然的排斥或叫作拒绝。他更愿意接受的是天长日久后的彼此了解，过于亲近或是疏于亲近，对他来说都不太适应。

“是三家合租的，我在这一间。”

周夕墨一边打开靠门边的一扇门，一边示意梁凉走进去。梁凉凭借着自己对房屋结构常识性的经验，觉得周夕墨的房间应该是三个房间里最小的一个。

“不错。”

梁凉尽最大努力地显得有口无心地说，但是实际上他相信，这“不错”两个字肯定是用错了地方。

“你先坐，我出去一趟。”

周夕墨说完离开了，梁凉坐到靠床的椅子上，看着房间里非常简单的陈设，认可了自己的判断。

正方形的房间里，感觉上完全没有空间的立体感，有的只是一张床、一套靠床的简易桌椅和门后的一个简易衣柜，包括墙上那个悬挂式的空调。空调下面贴着几幅淡彩蜡染画，只有轮廓和淡如水的浅灰和淡墨在一起，雾气朦胧像画似的挂在墙上，仔细看才能发现上面仿佛在游动着的一个莲蓬和一叶残荷，残荷上立着一只比名字更好看的山蓝鸟。

这不知道是否完成的画很有周夕墨的风格。不争、不辩、不多言、不多语，有的只是周夕墨的眼神中不经意间会流露出的顾盼。但仅仅是瞬间回眸式的顾盼，既没有目的，也没有祈愿，完全是一种自然流露。

梁凉好像就是被周夕墨的这种意态悠然所吸引或陷于一种沉迷。他很喜欢这种流连陶醉的感觉，此时此刻仿佛自己在这静守一隅之时，从窗户吹进来的微风混合着房间里原有的气息，明明是一抹香，却于悠然间，说不清来自画间还是来自某个人，但是却能给他一种不愿离开的感觉。最重要的是，这感觉完全可以在日后成为生命中这一刻里最深远的印记。

这印记可以让他在未知的那一刻回想之时，依然带着品闻时的这种近乎痴迷的陶醉，仿佛面对这只有几幅画的空间和自己手里一直被用心抓握着的诗稿，完全可以等同于一杯上好的香茶或是有品的咖啡。他不得不慨叹，这不过是一场浅浅的遇见，却让他仿佛看到了尘世中那个特立独行又云淡风轻的自己。当然，还有一个一会儿就会回到他身边的周夕墨。

“你是我这个家的第一个客人。”周夕墨回来了，又补充了一句，“绿岛也是。”

梁凉听了很受用。周夕墨的话在他听来着实厚重且有价值。他欣赏这样的人，简单、内敛、神秘，好像身上的每一种特质都有内涵和内容，不仅如此，还容不得你不感兴趣，也容不得你不想探个究竟，更容不得你只见一面便不敢就此罢手。

“我这儿太简陋了，我轻易不敢让任何人来，也有些乱，你别笑话，很多时候，我回来得特别晚，再赶上想写点什么，就没有时间收拾房间了。”

周夕墨一边说，一边将一大袋装着各种食品的方便兜放在梁凉身边的桌面上。

“喝点饮料还是吃水果？”

周夕墨看着梁凉，是在问询，也是在把一种她喜欢的尊重毫无保留地交付给了他。梁凉用手指了指一瓶饮料，周夕墨即刻拿给他，说道：“我知道你爱喝什么了。”

“你先喝，我收拾一下。”

周夕墨一边示意梁凉喝饮料，一边开始收拾手边的杂物。他这才发觉房屋虽然简单，但确实有些乱的地方。比如，被他忽视了的那些画具、花架和各种纸张、颜料，还有放在红色水桶里的一大捆毛笔，以及各种画画用的提斗笔和各色画棒。

“我也是太不注意细节了。”

周夕墨一边说，一边归拢各种零散的东西。

“我还得出去一趟，明天我早起要用的东西，刚才忘记买了，你再看看哪一样水果你爱吃。”

周夕墨说完又跑了。

梁凉本想说“你别急，我也没什么事”之类的话，但是周夕墨早已离开了。

他只好一边喝饮料，一边继续观看这对于周夕墨来说是“家”的房间，觉得自己实在是被尊贵地、热情地款待了。这很出乎他的预料，也让他的内心里产生了一种说不出的惬意和窃喜。这好比一个人正在绞尽脑汁地想方设法地想要得到一样东西，不想这样东西时，却在用一种可以知晓的信息回馈着一种非你莫属的认可和默许。

梁凉起身站到门后的简易衣柜前，见里面只挂着两条长裙子。一条是蓝色的长裙，是他第一次见到周夕墨时她身上穿的那一条，他不禁用手摸了摸那条长裙的布料，很轻薄也很亲肤，半透明的内里还衬着一条修身的内衬裙。他这才注意到，这蓝色长裙的旁边是一条青绿色的带着白色小花的紧身筒裙，很难想象，他第一眼见到的美若仙子的周夕墨穿上这种裙子会是什么样子。

应该另有一番景致吧。

他下意识地摸了摸筒裙上的白色小花，有绒绒柔柔的厚度，是一个点一个点印到布料上的，每一朵看上去都很清雅灵秀。花纹处有仿若透明的凹陷，使得整朵花像春天飘飞的棉絮，带着春光易逝的卑微和不舍，只在他的面前一闪而过，便再不知着落了。

这蓦然闯进视线的，

都应该是你心绪的翩跹顾盼。
然后，
再落进纸间，
成为你送我的那些相思有增无减。
仿若你执了这一把摇扇，
半遮了双眼，
穿这衣裙，
静守我身后的那尊木架几案。
美过那一塘盛开映日的瑞莲。

看着看着，他便用这样一些文字记住了这个可以永恒的瞬间。他的灵感像山野间的溪水，潺潺流淌在这个四四方方的空间里。他惊觉刚刚灵光显现的诗，又给自己注入了养料。这养料既是天然屏障的一种保护，也是可以让他继续积聚力量的源泉，并以此集结诗朋酒侣，在平等且对等的交流中，体会诗意盎然的诗情画意，体悟诗以言志的波澜壮阔。

梁凉被自己的诗感动了。

他再次真切地感受到，诗既能让自己的灵魂得到适时的拯救，也可以在适当的时刻进行自救。当然，如果自己需要，还可以用不同的方式获得意义非凡的自我救赎。只是这一次与以往有着迥然的不同，好像在他的内心深处，有一种说不清、道不明且带着令他心悸烦躁的不安，有同情，也有悲悯，又好像不同于同情和悲悯，应该是怜爱，又好像也不是。他说不清，反正觉得自己灵感中的那一字一句、一行一段都显现清晰后，就开始坐立不安了。

四

梁凉坐回椅子上，桌面上空空荡荡的，只有一个本、一个小首饰盒和一把紫檀雕花木梳。很难想象，这位让他一见钟情的女子竟过着如此简朴的生活，但是即便明明知道周夕墨的生活如此简朴，也无法抵挡周夕墨在自己内心当中早已被牢牢固定的奢华，甚至是高不可攀。这时，穷与富，有或无，与判断一首诗的价值究竟是靠着字数的多少还是靠着内容和质量的高低，抑或靠外在的象形描写还是内在的灵动描摹一样，都已经不足以成为判断和衡量的唯一标准了。

梁凉拿起那个本子，犹疑不定之间，发现是一个崭新的笔记本。这不禁让他想起，曾经有过一段时间，他的生活出现了一段没有任何事情和心情可以涂抹的空白，写诗的欲望消失得无影无踪，甚至无法想象曾经有过的创作究竟是南柯一梦，还是往昔才华的昙花一现。

从表面上看，那些时光里，他与平时的自己根本没有差别，但是只有自己知道，他的生命或灵魂就像在一条干涸很久的河道里，不但早已失去了水的流动，还被暴晒在烈日的炙烤中，仿佛整个河道是一眼可以望尽的平原，茫茫无际，不但没有流水，也没有鱼虾，更没有停靠在岸的船只。整个河道成了被世界废弃的狭长角落。即便冷眼看去，它依然是河流，但它仅仅是徒有虚表的存在。

梁凉清楚地记得，那段时光里，他严重怀疑过自己所看到的一切，甚至怀疑自己记忆中的所有储备。仿佛整个人虽然活着，但是已然成了行尸走肉。

无法感受花朵盛开时的艳丽，无法感知气候变迁时的冷热交替，也无法认同自己身边人的对错，好像一切都与自己背道而驰，甚至在无情地背叛自己。那段时间里，即便看到了春花、品闻着美味，也不过是看到叶落悲秋时一样的伤感和食之无味，包括飘雪的季节里，看到雪花漫天的旋舞也无法感应那种空灵的飘逸。

那段时间，他完全脱离了自己的周遭，包括家里书柜中的书籍，床铺上的被褥、枕头，乃至饭桌上的碗筷，以及老妈的唠叨和梁冰的冷凛与冰冰凉。

那期间的自己好像是因为柳绒的出现，好像是因为他在柳绒的身上看到了一些模糊又熟悉的有关自己的过往。也正是从那时开始，在他灵魂的土壤中，灵感慢慢地苏醒、慢慢地复苏。只是非常遗憾，在他的未来世界是否允许柳绒进来，他充当了一个最绝情的把门人。

梁凉猛地将手里的笔记本放回桌上，既是这个不经意的想法，也是门外传来的周夕墨的脚步声。

他扭头看着虚掩的门，想起曾经鬼使神差地与柳绒在一起的那些约会。一起去看电影、一起说笑着散步，然后一起购物、一起相约着去湖边看月落，一起看阳光洒满街头巷尾的路面和步道砖上一只跟着一只爬进砖缝的蚂蚁和不知名的小虫。那段时光里，他不得不承认，与柳绒在一起确实很美好，也很开心，只是怎么就那般遗憾。

待真正谈及婚嫁之事时，他才真真切切地认识到了问题的严重性。

他这才发现，自己不过是不讨厌与柳绒在一起，至于其他，好像什么都没有。而他从没爱过柳绒，没有过心动，也没有过牵挂、没有过日思夜想，更没有等待中的煎熬，有的只是一想到如果结婚了，就要一生一世与柳绒厮守在一起，完成所有人希望的白头到老，梁凉便想迅速逃离。对于婚姻来说，他觉得有很多东西需要准备，不能那么仓促，不但对自己负责，对另一个人负责，而且必须对一起组建的那个家负责。

而梁凉的逃离在于自己一点准备都没有做好，这些准备的首要条件是离不开物质支撑的。

“你在想什么？”

推门走进来的周夕墨问他。

“没想什么，真的没想什么。”

梁凉不自觉间的语无伦次让他明了了曾经的自己原来是被一个已经离开这个世界的人拯救过。尽管那个人不知道，他自己也不明了，但是这一刻，他百分之百地这样认为。

“送给你的。”

周夕墨将一本诗集放到他面前的桌子上。

梁凉刚想说“我们之间不用这样”，但是一看诗集的名字，他一个字都没有说出来。

“你喜欢？”

梁凉表情严肃地看向周夕墨。

他无法想象，自己最喜欢的一本诗集怎么会在自己的生命中，在与周夕墨一起的时光里，以这样一种方式再次出现在自己面前。

“你不知道，你所有的诗我几乎都看过，估计你会喜欢这本诗集。”

周夕墨说这番话时，眼里闪出一种睿智的光亮。这光亮让他认为，这世界不会有，只有诗里才会有。

“这是我最喜欢的一本诗集，我的那本太旧了，不然就想送你我的那本了。”

“你刚才出去就是为了买这本诗集？”

梁凉惊异于周夕墨再次跑出去却是为了买这本她喜欢的诗集送给自己。

“也不只是买这本诗集，明天我要用的东西也一起买回来了。”

周夕墨说这些话时，梁凉无疑感到非常意外，也非常感动，这意外和感动缘于生命中根本没有过这样的设想或是想望。茫茫人海中，有一个与自己灵魂相像又可以遥遥相望的人，有朝一日，在凡尘的拥挤不堪中，不期而遇地相遇、相识、相知。

“谢谢你，这礼物实在是太珍贵了。”

他觉得再多的感慨，在这样的时刻，说一句和说很多句没什么区别。

“你早点休息吧，我走了。”

梁凉将诗集和周夕墨的诗稿放到一起，站起身，说话间便离开了。

“等一等。”

梁凉推开门，要往外走时，送别他的周夕墨突然脱口而出。

“还有什么事？”

梁凉带着百分之百的耐心和好奇心问周夕墨。

“我觉得，读别人的诗不过是能看到光，我送你的这本诗集能让看到的人……”

周夕墨不说了。

“继续说，我在听！”

他觉得周夕墨的欲言又止不是不想说，也不是不能说，而是很重要的话要用很尊重的态度和很重视的语气说，一定是这样的，无论什么事，只要涉及诗，他的判断力会瞬间得到几乎无限度的提高。

“觉得自己就是一束光！”

周夕墨说。

“我知道！”

梁凉说的时候，冲着周夕墨笑了。

“谢谢！”

周夕墨关上了门。

梁凉看了看被关上的门，觉得那扇门并没有关上，而是从那扇门里发出一种周夕墨所说的那种光亮，甚至他已经走在路上时，还是觉得很不可思议地能感受到那种光亮。明明自己的内心已经心潮澎湃到无法遏止，却硬要泰然自若地仿佛什么都没有发生；明明听到周夕墨的话，自己的内心非常感动，却只是简单地说了一句“我知道”，便没再继续往下进行。

为什么不像电影里演绎的那样，与周夕墨进行下一个话题或是下一个可以进行话题讨论的其他事情。恍然间他觉得自己真是枉费了“诗人”这个称号，好像所有与爱情有关的浪漫，在这样的时刻，最应该用一种可见可显现的细节进行，而不是以这样的方式悄无声息地离开。

这不礼貌。

这也不儒雅。

五

“你天天都这么晚回来？”

梁凉刚走进客厅便愣住了。家里这异样的感觉，应该是老妈回来了。他这才看见，坐在角沙发上的梁冰正在向他示意赶紧坐到老妈的身边。他却装作漫不经心的样子，经过老妈身边时，不过是礼貌地点了点头，便装着有事情要忙的样子，径直走进了自己的卧室。

梁凉不是不想跟老妈说话，而是梁冰的眼色让他的逆反心理即刻升级到了顶点。

梁凉从书柜中拿出自己的那本诗集，将一新一旧两本诗集放到一起，感觉上像自己和周夕墨两个人，就此像两本诗集一样，永远在一起，永远不分离。

“你咋回事？老妈吃完饭就坐在那儿，连电视都没看，就等着你回来呢。”

梁冰横冲直撞地走近梁凉。

“你们可以看电视，你们可以先睡觉，你们可以聊天，你们干吗要等我？”

梁凉觉得自己有很多的怨气，恨不得在这个时候，一股脑儿地都冲着梁冰毫不保留地倾泻出来，因为这怨气更多的是来自梁冰和老妈对梁凉个人情感的干预和干涉。

“你呀，快去吃点水果，柳绒她妈送的。”

梁冰带有埋怨的语气让他听得更是心烦气躁，他不得不压住自己内心所有的烦躁，不得已地坐到老妈的身边。

“吃点水果吧。”

老妈对他说。

梁凉没动，他不想让老妈看出自己内心的顺从，尤其坐在老妈另一边的梁冰，虽然表情和神态都带着一种隐约可见的傲慢和说不清的惬意，但是梁凉想到头一天几乎整夜不归的梁冰，觉得梁冰没资格跟已经很久不回家的老妈一起嫌自己回来得晚。

“吃吧，柳绒她妈特意给你买的，说谢谢你。”

老妈说。

“柳绒自杀了，她妈妈还要谢谢我？妈，您是不是听错了？”

他十分惊异地看向老妈，觉得老妈说出来的每一个字，自己虽然都没听错，但是老妈或许真的是说错了或是自己听错了。

“柳绒她妈说，明知道自己女儿得了那么严重的抑郁症，还托人介绍你们认识，说亏欠了你，说她女儿人生最后最美好的时光都是你给的，说是真心地感谢你。”

等老妈说完，房间里便没有了任何生息。他的眼睛被老妈的这些话说得瞬间蒙上一层看不清东西的泪光。生命是那般宝贵，生命本身是那么伟大，作为一个人，怎么能随随便便地遏制他在这个世界上生龙活虎地存在？

梁凉看着几案上果盘里的水果和旁边椅子上的水果花篮，知道了老妈的话确实没有一星半点差错。而就在此时，他的内心受到了巨大的冲击。仿佛柳绒的笑在风里对着他盛开，又在风里在他的眼前凋谢、飘零，直到落在地上，风化成黑色的泥。

抑郁。

梁凉的思维又开始了从接到梁冰和老妈的电话后，便时断时续地烦扰着他的状态，无限度地顺延和伸展。他想起了柳绒发到自己邮箱里的那个电子邮件，只是，即便及时发现了又怎样？他知道自己成不了柳绒的救世主。

"吃水果吧，人家的一点心意。"

老妈示意他吃水果，温和的态度和语气让他觉得自己如此这般不懂知足，终日只知道嫌弃和抱怨，好像自己就是为躲避这种庇护而生的一种怪物。

"你怎么还哭了？"

梁冰看着他流出的眼泪，惊异地问。

"不是你先提出的分手吗？"

老妈也满脸狐疑地看着他。

"别做没根据的猜测。"

梁凉的眼泪不单单是因为对柳绒的痛惜，更是因为周夕墨。他觉得自己的眼泪是对命运赏赐的回馈和感动，他也正是从柳绒离开人世的这件事情明了，这世上真有缘分，这世上更有爱情。

"你俩！"

老妈看了一眼墙上的石英钟，然后用手指着梁凉和梁冰，表情异常严肃地有话要说。

“啥事？”

他俩异口同声地问。

“我要结婚了！”

梁凉和梁冰听了这突如其来的一句告白，瞬间呆住了。

“我就是告诉你俩一声，别都那个表情，我不爱看。”

老妈说完，拿起一个苹果大口大口地吃起来。

“跟谁结婚？”

过了一会儿，梁冰问了一句。

“那个老赵？”

梁凉没等老妈回答，即刻用玩世不恭的语气问道。

“我也要结婚了。”

无比沉寂的空间，梁冰的声音有如炸雷般，正在吃苹果的老妈看了看梁冰，又看了看梁凉，不知是该问梁冰跟谁结婚还是应该继续吃苹果。

“你没病吧？”

这一刻，一向懒得跟梁冰说话的梁凉不敢再吝啬自己的语言了。他想起了已经离开这个世界的柳绒，觉得梁冰或许也有病。

“大鹏回来了。”

梁冰的这句话显然又成为一颗炸雷，让梁凉和老妈不仅是惊异，而且是震惊。

“那两个新杯子？”

梁凉原以为梁冰在胡说，没想到这脱口而出的话，在这个时候听来，可信度应该是百分之百。

“大鹏刚回来的时候，我确实无法接受，就一直不理他，但是他说了原因之后，我又觉得这三年没白等他，所以这辈子也就这样吧，挺好的。”

在安静的客厅里，梁冰的声音不仅掷地有声，还不容任何人给予阻挠和破坏，以她性格里任谁都无法改变的高冷，说出了在她的一生中，或许是最温暖也最善解人意的一段话。

“不错，都结婚吧。”

老妈用语重心长的声音一边说，一边又拿起一个苹果，好像在这世界末日的尽头，唯有多吃苹果，才好与原来的世界做最好的诀别。

“这四张银行卡，你俩一人两张，钱多的是我给你们的，钱少的是你们赵叔叔给的。”

老妈一边说，一边从身后的包里掏出四张银行卡，分辨清楚之后，分别放到梁凉和梁冰的手里。

“密码是你们各自的生日，我老了，我也得想着为我自己活一回了，人生又没有下辈子。”

老妈说完，起身准备离开。梁凉看着老妈决绝冰冷的态度，觉得自己俨然成为一个孤儿时，幸好还有个周夕墨。

“我也要结婚了。”

梁凉说。

“你也要结婚了？”

老妈和梁冰即刻看向梁凉，如同在看一个怪物。

“你说你也要结婚了？你要跟谁结婚？谁要嫁给你？你什么时候又跟谁谈的恋爱？”

梁冰和老妈已经分不清究竟是谁先问的第一句，谁又问的第二句，反正所有问题都是老妈和梁冰想问他的。

“我遇到了一个我非常爱的人。”

梁凉说完，转身离开了。

六

梁凉躺到床上，不明白“结婚”这神圣又让人心旌荡漾的词怎么就被自己在这样的时间、这样的场合，以及这样的心态之下口无遮拦地脱口而出。最重要的是，如此重要的事情，并没有确切的缘由。他甚至觉得自己也像梁冰一样病得不轻。

他实在不明白自己单方面的一厢情愿，怎么敢说得如此斩钉截铁。

他起身坐到书桌前，为自己的唐突感到不寒而栗，又觉得好像没什么。即便这只是自己的一厢情愿又如何。他只是有些纳闷儿，没有对自己刨根问底地追问的梁冰和老妈实在与之前大不相同。或许，因为大家都在想着自己的终身大事。但无论如何，这一夜，所有人都应该是彻夜无眠了。

这样好，这样大家都不睡，大家都为自己的昨天和明天进行一次最清醒也最有必要的思考。老妈与她的老友老赵必定是经历了许多人生的兜兜转转，才毅然决然地不顾一切地回归到最初的原点。梁冰和大鹏不过是一个人待在原地苦等，另一个出去海阔天空，恰逢狂风暴雨的电闪雷鸣，不得已又靠着记忆飞回原来的巢穴。

一定都是这个样子。

所有人的故事虽然在自身都觉得轰轰烈烈，但在别人眼里，不过是普普通通、平平淡淡，都没什么大不了的新奇或是怪异。他拿起周夕墨送给自己的那本诗集。诗集的封面上印着一个木雕画框，画框的中心有一扇木质的窗棂，几枚木油树的树叶凌乱地随风飘散。黄色的木油树花穗像风中摇摆不停的流苏，一条挨着一条，有如诗集的名字，灵动且飞扬。

不错。

他觉得书还是新的更让人喜欢，带着可以闻到的纸墨香，还有周夕墨的用心，让他的思绪在这一刻带着无法遏制的泛滥，向无穷尽的四面八方无限度地延伸开去。

他忍不住亲吻了封面上的花穗和落叶，像面对似海情深的一种恋情，仿佛书里的诗和书之外属于自己的那些还没有落笔成字的诗都幻化成淡烟疏雨后的静水流深，以及春树暮云般的剪烛西窗，带着感人至深的唯美，让这个暗夜美丽且迷离。

一切都在安然静谧中，寻找到了各自的归宿，并将过往用诗的形式幻化成月色朦胧和露水清凉，即便是渐行渐远，也会单纯盲从地继续幻想着柳树罩阴的一簇木屋旁，若隐若现的花叶与花穗不是飘荡在眼前，而是全部落进梁凉的心里。

他再次真真切切地体会到这世间所有人都无法给予自己精神上的这种滋养。仿佛生命和生命之间、光与光的交锋、影与影的交错、灵魂与灵魂的对望都在这一刻有了一个可以恒久的模式。这模式是他与周夕墨之间，因棋逢对手的对峙和周旋，纠缠与缠绵而形成的一种景象。这景象他寻觅了很多年，也是上苍不负虔诚的赏赐和给予。

梁凉扔下书，拿起手机，打开自己与周夕墨的消息对话框，却惊异地发现，整个对话框里，尽管有了你来我往的有问有答，但依然显得空空如也。他又打开了与周夕墨之间的通话记录，只有几次的通话记录，将全部的时间加起来，没超过十分钟。

怎么会是这样？如此这般，怎么就贸然地说到了结婚？

他觉得自己确实草率、确实荒谬，只是这也确实有迹可循的一个开始，已经在梁凉的生活中，像万物生长的草芽，让他相信这个的开始，不可能没有接踵而来的花开花落。

诗集就是爱情的呈现。

他看着诗集，觉得这就是传说中的秘密。这个秘密里有辽阔的陆地，有高远的天空，有浩瀚的海洋，有鲜活的生命，有无穷尽的美丽梦想，当然也包括他已经开始整理的那些诗。虽然他已经感觉到那些诗的无病呻吟，以及堆砌辞藻，但是它们依然有着不可多得的洪荒之力。

是可以给梁凉助力的洪荒之力。

这助力让他作为凡尘中的一个诗人，即便在暗夜里，也可以感受到一种美好。仿佛在突兀之间，这美好被清晨的那一抹抹白光映亮了。很快，门外传来了梁冰走动的声音。

清晨的光亮转眼之间便照到地板上。寥若星点的浮灰，在清晨的光线里，仿若他的思绪，沉沉浮浮地散落飞扬。他揉了揉眼睛，觉得这一夜不是没睡，而是一直沉迷于绮丽的幻梦中。

七

“老妈呢？”

梁凉进了卫生间，刷牙洗脸后才发现，老妈好像又离开了。他不得不走进梁冰的房间，见梁冰还没起床。

“昨晚，我刚躺下没一会儿，老妈就被老赵的一个电话给叫走了，你赶紧去吃饭吧。”

梁冰几乎是有气无力地示意他赶紧去餐厅吃饭，梁凉顿觉这一家人，一个个的，包括自己，都越来越怪得不可思议，但是走到餐桌前，他却愣住了。餐桌上的早餐不是一般的丰盛。他十分惊异地看着餐桌上的各种食物，几乎有些语塞。

“姐，这包子，这茶蛋，这火腿肠，这八宝粥，这小菜，还有这腊鱼，这……”

“从今天开始，我学习做各种家务，其中就包括这桌早餐。”梁冰不知什么时候蹑手蹑脚地走近他的身边，一边傲慢自豪地说，一边又极力地做着补充道，“当然，还包括买菜、洗衣、刷碗、拖地、养花、看杂志，总而言之，很多很多……”

“你有病啊？”

平时擦地都要抱怨好几遍的梁冰，一口气说了这么多，应该是病得更重了。即便大鹏回来了又如何？他觉得梁冰这么说了，再这么做了，那就是已经出发在老妈走过的那条老路上。他不喜欢梁冰走老妈的老路。

“过日子总得有人做出牺牲吧。”

梁冰一边说，一边坐到自己吃饭的位置。梁凉看了一眼头发散乱、眼睛好歹还有点光芒的梁冰，觉得她好像从来就没有正常过。

“反正，我的意思是，这回你千万要睁大眼睛看真切了，别再给自己套上个铁枷锁，到时候想拿肯定就拿不下来了。”

梁凉看着梁冰，觉得自己有必要提醒一声。

“我这哪是什么枷锁，我这是十字架。但是，无论这个十字架有多重，我都愿意背着。”

梁冰说完站起身，不屑的语气和不屑的转身让梁凉知道这义无反顾的决绝是真爱无疑了。

“不要光想着提醒我，也要擦亮你自己的眼睛，别像上一个。”

梁冰说着说着，突然站到他的对面，一字一板地对他说，好像她梁冰不在这个关键时刻如此这般提醒他一次，就枉做了一回姐姐。

“不用你教育我。”

梁凉自然不服。

"这是老妈离开时特意强调我必须提醒你的。"

梁冰说完，哼笑着说了句"你自己吃吧"，便径直走进自己的卧室。

一旦选择，就再没有了选择！

一旦上路，就再没有了退路！

梁凉看着桌上丰盛的早餐，觉得每一种食物所传递给自己的信息都不是所谓的营养、成分、颜色或形状之类，而是这两句无论怎样审看都不会有任何改变的话。

八

梁凉吃完丰盛的早餐，刚要像平日那样，吃完饭便起身离开，又自觉自己的做法欠妥当。猛然间他觉得，老妈之所以离开得如此毅然决然，虽然包含着太多对自己和梁冰的失望，估计也有绝望。

一对都已经到了而立之年的儿女，却个个跟没有长大的孩子一样，无论大事小情，都不操心，更不往心里去，不仅将这个家当成了避风港，更是当成了不用花费钱财的饭店和旅店。恍然之间他仿佛看到平日的自己懒洋洋地起床，不满意地挑剔着不爱吃的饭菜，然后离开家，既不想着家里的需要，也不想着家里是否有需要，而是一想到回家，一想到要面对老妈和梁冰，就千般万般地头疼。

梁凉走进了平时很少走进的厨房，各种水果、米面油、蔬菜以及各种一时半会儿用不了的调料，所有他目所能及的东西，应该还都带着老妈给予梁冰和自己的爱，让他觉得，这弥足珍贵的关怀在自己的余生中应该所剩无几了。

或许，只有眼前这么多了。

这让他心里很不是滋味，觉得自己错过了一些最珍贵的东西。那些曾经可以让他快乐的过往，却在自己的无视中，渐行渐远。他这样想着时，惊异地发现，厨房墙体上每一块方瓷砖的右下角都有一朵淡粉和灰白叠影一起的合欢花。每一朵合欢花的旁边都有一只灰黑色的小蝴蝶，整个图案很小很小，小到不注意根本发现不了。

梁凉这才发觉，在这个家里，作为一个老妈和梁冰公认的顶梁柱，作为唯一的一个男人，自己的担当和责任从小到大全部委托在老妈一个人身上，而自己却一向无视这些。如果不是因为这一刻，仿佛眼前的这一切都不曾存在。

他拿起一把水果刀，将一个大白梨的皮一条一条地削掉，然后切成菱形的块，放到一个圆盘里，再把鲜红的樱桃放到白梨果肉的旁边。虽然他的刀工有限，但是却在这不经意的动手操作中，完成了一项好像从没想过要怎样做才能做好的家务。

“好看！”

梁凉不禁由衷地赞叹了一句自己的杰作，然后将盘子端到眼前，倾情想象着白梨的花朵，从春天和煦的第一缕春风到之后每一场的细雨绵绵，蓄积着为这果实的成熟而努力的所有力量。那又何尝不是一如凤凰涅槃般的花开花落？虽然仅仅是一个再平凡不过的果实而已，却在辗转奔波的颠沛流离中，来到自己家，再到自己的手中、眼前的盘子里，以及他的想象中。而这种美就在日常生活中，但需要动手、需要去发现，更需要带着美的眼睛和心灵去欣赏。然而又有多少人成天忙碌于所谓的做不完的事情中，忽略了美就在眼前的存在。梁凉似乎在这顿别样的早餐后，也找到了别样或是初始的自己。是的，他许久没有像今天早晨这样如此用心地去发现外物、发现自己了，之前的种种借口都会在此刻以后得以改变。

他的眼眶湿润了，更加觉得与老妈在一起时那些带有温度的记忆，包括刚刚的须臾片刻，都在明了了这一切的瞬间，成了一去不复返的过往，而这些过往又恰好给了他感动的理由。

梁凉有了一种忽然间就无法遏制的冲动，是对世间万物千姿百态的感慨万千，也是对这万物花开能结果实的感怀景仰。想着那一朵又一朵柔弱美丽的花，同世间万事万物一样欣喜着朝阳与暮色的白与昼，那般娇弱，又那般楚楚动人，但是却让自己在一念心烦中弃之不顾地从不关注。

哪怕只有一眼。

哪怕只有一念。

从来就没有过。

他觉得自己对这个世界充满了各种各样的羞愧，即便是对诗歌，也依然有着说不清的愧对。

九

“你没去参加婚礼？”

一大清早，袁莺莺见到梁凉就没说过一句话，但是见到庄北后，却非常关切地问询，好像这一大早，袁莺莺所有的关注点都在庄北是否去参加朱莎婚礼这件事情上。

“你以为她是想让我去参加她的婚礼？她不过是想用这种方式来向我示威。我才不上她的当！”

庄北态度决绝，还没等坐到椅子上，就一把将那份贴着大红喜字的请柬狠狠地摔进桌子下方的废纸篓里。

“以后，无论什么时候，都得注意这种唯利是图的作者。”

突然，庄北义正词严地看了看袁莺莺，又看了看梁凉，态度和表情都极其严肃地说。梁凉却看到了庄北眼里布满的血丝。

“有些话，我都不愿意跟你们讲，就她那作品，如果我不给她改，就她那水平，能有发表的资格？但是即便有一天，她靠着那些我给她修改的作品成了所谓的作家，这么跟你们说吧，也是个冒牌的假货。”

梁凉看着庄北，没点头认可，也没摇头反驳。只是觉得这件事对于庄北来说，或许是他人生中难以逾越的一道坎。

“你在想啥？”

袁莺莺好像看出了他的心思。

“什么都没想。”

梁凉回答完，觉得庄北这种人道貌岸然且口是心非，如果用道德绑架他，他不会服气，但是一想到他见到周夕墨时的卑躬屈膝，梁凉就明白，面对婚前女友朱莎即将嫁人这件事，他依然抱有熊掌鱼翅都想得到的贪念，只是他仿佛也看到了大同小异的自己。当然，也包括袁莺莺。

他们都逃脱不了自私自利的利欲熏心。对于任何事，自己都应该是无言以对。房间里，又像头一天那样开始了长久的沉寂，谁都不再言语，谁也不想再言语。所有人都只任时间分分秒秒地成为过去，而自己却都如局外之人般对此无动于衷且视而不见。

“庄北，给你讲个故事。”梁凉终于在袁莺莺离开时，主动打破了这种局面。

“你给我讲故事？”庄北很敏感地看着他，疑惑的眼神里分明在判断并分析他要讲自己故事的用意和动机。

“是，给你讲我自己的故事。”

梁凉点着头，非常认真地回答。

“让我给你的故事写小说？”

庄北问梁凉。

“不是，我就是因为有了一个重大的决定，也是因为在做决定之前很坚定，但是，多少又有些忐忑。”

梁凉有意将“忐忑”两个字说得确实忐忑。

“请讲。”

庄北多少有些不耐烦地示意梁凉。梁凉对庄北说出了自己的一见钟情，但是他的一见钟情有别于影视作品里那种只凭一面之缘便可以成就连理之好的套路。梁凉的故事是由外向内不断深入、不断牢固、不断坚定的一种执念。

是梁凉不到不得已绝对不会对庄北说出的有关于自己和周夕墨之间的秘密。在他看来，这秘密已然成为照亮他眼前生活的一盏明灯，也成了他用来自造光芒的动力所在。他甚至觉得，这是可以支撑他面对四季花开花落以及寒来暑往的一切力量。

“说到底，就是你爱的那个人还不知道她是不是也爱你，对不对？”

庄北问梁凉。

“也对也不对。”

梁凉回答。

“那你就别惦记了，就当那个人不在了。”

庄北脱口而出，可是庄北的话却让梁凉想到了柳绒，但是他跟庄北说的人明明是周夕墨。他不能把死这个悲伤的字用在周夕墨身上。

“如果那个人真的死了呢？”

梁凉这样说话时，心里真的感觉到了忐忑。

“那就让那个人永远地活在你心中。”庄北说完，突然看向他，眼睛一眨不眨地问道，“梁凉，你不会是真有这样的故事吧？”

“哪能呢。”

梁凉慌忙掩饰。

“其实，这消失本身跟不在了又有什么区别？不过是说法不一样而已，是形式上的不同，在意义上一模一样！”

梁凉听了，心里释然了很多。好像释怀的不只有柳绒带给自己的某些不愉快和之后情感上的牵绊，尽管他也知道，那不过是命运跟自己打了一个擦边球，没什么大不了的。他原谅了自己，也原谅了什么都知道的知情人。但是周夕墨却绝对不同。他觉得周夕墨不仅是周夕墨自己，她还是另一个梁凉。

十

于是，他给周夕墨发送了一首诗。作为诗人应该以这种方式，应该是自己与周夕墨之间很好相处的最佳方式。以诗为载体，在灵魂与灵魂之间，用诗的文字架构一座可以往来智慧交流的桥梁，并在这座桥梁的至高处，恣意盎然地看风景。

他想起了第一次见到周夕墨时的那一池睡莲，只不过是跟庄北说完自己的故事后，低头思忖了片刻，便出手成诗地完成了已经发给周夕墨的文字：

只因这世间浊气太重，
睡莲，
便成为一盏又一盏的花灯。
为迷路之人送光明，
给灵魂以出淤泥而不染的警醒。

他将这几句发送给周夕墨后，正想着哪一字或哪一句的用字用词是否贴切时，竟然收到了来自周夕墨续写出来的诗句：

白天，
睡莲绽放着从容，
一刻不停。
仿若舞动着迎风开合的美丽花屏，
引翠鸟叶上放歌还有翩然蜻蜓的飞影。
夜里，
睡莲携手皓月久伴宇宙时空。
引多少英雄，
把酒吟咏千古还在流传的风雅颂。

梁凉看着自己瞬间诗兴大发，与周夕墨的“白天”相对应的“夜里”，觉得这意外的天作之合应该再有其他方式的续接。

“晚上想领你去个地方。”

梁凉随即又发给周夕墨一条邀约的信息。

正在诗兴劲头的他，就凭这首刚刚合作完成的诗，自己就非常有必要领周夕墨去个非常有意义又非常有必要去的好地方。

“去莲湖。”

梁凉收到了来自周夕墨的回复。

“对，是去莲湖。”

梁凉看着周夕墨心有灵犀的回复，觉得这绝对意义上的心有灵犀实在是不可思议。

十一

莲湖是城市边缘地带的一个大型休闲公园。他很小的时候跟爸妈和梁冰一起去过。那个时候，莲湖还没有现在的规模，那个时候，他还很小。早已模糊的记忆里，只剩下了雪糕的冰凉和很甜很甜的雪糕的味道。梁凉考上大学后，曾经跟同班的几个同学去过莲湖，但是那种去完全是没有心思，因为所有同学的心思都在即将开始的大学生活里。

他只记得当时几个同学，在去莲湖和离开莲湖的路上，包括想去和离开后的所谈论话题里，都是上大学后的各种理想、各种期待、各种想望和各种期盼，而莲湖不过是一个安放好心情的摆设。

十二

周夕墨穿着梁凉在她家里见到的那条白色小花的紧身筒裙。这不得不让他想起第一次见到这条裙子时脑海中浮现出来的景致，包括那首与其心情和心境相关的诗。只是周夕墨一改原来的内敛和淡定从容，披肩长发，从她笑意盈盈的表情中分明可以看出，周夕墨凸显身形的轮廓中再也藏不住的万种风情，却又有褪不去的那种清纯。

“这裙子真好看。”

梁凉脸上带着无法抑制的笑容，由衷且惬意地对周夕墨说。他觉得这谁家女儿初长成的纯净和步态轻盈的举手投足，在他看来，不仅与自己一直以来都在找寻的审美相对应，更是与自己的余生都有着割舍不了的牵绊。

“我也觉得好看。”

周夕墨笑着回答。

“走过去可以吧？”

周夕墨问梁凉。

“当然可以。”

他爽快地回答完，心情无比愉悦地在想，这样的决定居然还要问自己的态度，怎么可能回答不可以。在这个他一直感到无比孤独的城市，突然间身边就有了这么一个让自己心仪很久的周夕墨，因一场意外的邂逅，然后又因为浪漫的文字相遇而成就了一场更加奇妙的不期而遇。

是共同奔赴的不期而遇。

十三

梁凉与周夕墨走进这座城市中所剩无几的、最后一块原生态的、没被污染太多的有如蓝天白云间的莲湖，然后在微微吹来的暖风中，品闻青草的香，赏看细沙里的碎石，聆听树枝和树叶间爬虫和小鸟的啁啾嘤鸣。他知道，这世上不只有孤独的烦恼、未尽的美梦，还有远山的景致可以赏看，还有近处的道路、行人，以及始终都在的空气、水，以及阳光无穷尽的供给。他知足地明了，一个人无论白天还是黑夜，无论年轻还是年少，也无论自己一个人还是身边有人陪伴，都不是孤独的，也不是孤单的。因为还有城市欣欣向荣的繁华一直在陪伴，还有过去的、现在的和未来的，都在记忆中、在脑海里、在每时每刻的希冀里。

像梁凉的那些诗。

还有眼下这仿佛一尘不染的，让梁凉意欲永生滞留驻守的，没被侵蚀、没被腐化甚至没被世间的任何东西干扰过、触碰过甚或没有被接近过的梁凉的喜悦与欢喜。梁凉笑了，笑得异常开心。

“你在笑啥？”

周夕墨问。

“我在笑一个不一定能保守一辈子的秘密。”

梁凉回答。

“我很好奇，你怎么能想到我要领你来的地方是这儿？”

当他和周夕墨都看到笔直的马路尽头，莲湖高大的洋槐树和银杏树成排、成片、成林地在两个人的视线中时，梁凉问周夕墨。

“看看你收到信息的时间，不是我怎么能想到，而是我们两人同时想来这里才对。”

周夕墨及时更正了他判断上的疏忽。

“知不知道我什么时候对你有的印象？”

梁凉问。

“那你知道我从什么时候开始对你有的印象？”

周夕墨问。

“杂志社的那次活动？”

梁凉问完，觉得这样问不对，毕竟在那之前，自己陪周夕墨在曲廊画壁画的事，相信周夕墨不会忘记。

“这本《穿越人海》送给你吧。”周夕墨拿出一本《穿越人海》杂志，对梁凉说，“这一本你肯定也有，但是我送你的这一本应该是意义非凡。”

周夕墨说完，将杂志放到梁凉的手上。

梁凉看着手里的杂志，有些搞不懂周夕墨为什么送自己一本诗集后，又送了自己这本杂志。

“有一天，我等车的时候，因为时间太长，就在身边的报刊亭买了这本杂志，于是我就看到了你写的这首诗。”

“《我的高傲》那首？”

此时已经将手里的杂志翻到目录页的梁凉看到了那一期刊发的梁凉写的那首《我的高傲》。

“你喜欢这首诗？”

梁凉问，或确切地说，他在探问。“非常喜欢！”周夕墨说完，又补充道，“这样的诗，现在那些所谓的诗人，谁能写得出来？这样的诗才是真正传达生命感动的诗，不矫揉造作，不媚俗，更没有无用的景观描摹，有的只是骨子里的高贵和淡定从容。”

“是不流于俗世的从容，是不媚俗的淡定，也是诗人应该具有的诗人品质。”周夕墨说完，将自己的视线看向四周，然后又将视线落到梁凉的目光中。

“你不觉得你的这首诗是稀世珍宝？”周夕墨说完，没等梁凉回答，又补充了一句道，“现在，既缺少这样的诗，更缺少这样的诗人。”

周夕墨把她要说的话全部说完，便不再说话了，好像周夕墨希望来这里，就是为了对他说出这一番话，而梁凉想来这里，也是隐隐约约中有一种说不清的未卜先知。

绝不让暖暖的身体，长出一根媚骨。
有事无事的时候，翻看自己的身体。
如果有一根骨头出现了骨质疏松状，
我绝对立刻取出，焚烧。

植入坚硬的石头，老家有种坚硬的石头。

亿万年也不会风化，更不会柔软，
山里有些人有些事还是值得被歌颂的，
虽然不被报道，不被称为流行风。

梁凉看着杂志里的这首诗，觉得有了周夕墨的褒赞，好像哪一行里的哪一个字都在熠熠闪光。长久以来，他一直觉得自己不管在家里还是家外，更有人前人后，包括宋舰，都遥遥千里万里地与自己相隔甚远。好像他坚守的不仅是自己的高傲，更有自己不同于所有人的奢求与奢望。像一个不谙世事的少年，总想要这世界可以清明如水的纯净，结果却是在明明知道这世界浊气漫天、泥沙成河般的已经不见净土的残酷现实，却依然在静守一隅的孤独之处，我行我素。

我的高傲，是低于土地的种子，
我的高傲，是跃于天空的飞翔，
我的高傲，是命运在碾杀我的时候，
我还能高傲地笑出自我。

梁凉看着自己的诗，仿佛再次站到诗里描述的灵魂至高处，一边看着眼界中的繁华以及更远处的车水马龙，一边觉得自己虽然没能做出顶天立地的丰功伟业，却也生生不息出这确实是世间少有的傲骨，以一种任谁都无法侵犯的高傲，藐视着一切，又敬畏着一切，而热爱一切又感念一切的敬重和折服本身就像撒满了可以发芽的种子，在类似仰望或必须仰视中，生长、成长，再生长、再成长。

他被自己的诗感动了，仿佛那些诗句变成了铿锵有力的心声，带着势不可当的力量，让他不只拥有原来的倔强，还拥有了更加不屈不挠的刚强。

他的身心，包括灵魂，在这短暂的快乐之旅中，无法阻挡也不可阻挡地获得了新生，是积极向上的朝气蓬勃，也是一路向前的勇气与自信。梁凉真正意义上地拥有了可以让自己的灵魂向更高远处飞翔的翅膀。

“谢谢你。”

梁凉对周夕墨说。

“应该是我谢谢你才对。”

周夕墨平和、礼貌地说。这让梁凉再次感到，诗既是面对四面楚歌也绝不甘于屈服的挣扎、呐喊以及抵抗与回击，又是一种带有自豪和自信的痴狂和执着，是情绪的释放，也是生命发出的耀眼光芒。

梁凉终于明了自己一直以来的坚守与坚持，原来只有诗才会让自己的灵魂获得更持久的坚守，而这一切的获得全部源于爱。

爱无疑成了他因此而获得一首好诗的神丹妙药。用诗的形式，在自救的过程中，让诗这种载体恰如其分地成为获得这种爱并滋养这种爱的仙草和甘霖、雨露和阳光。

他非常感动，既感动于茫茫人海的这种相遇、相知，更感动于自己在诗意天空中一直做着的信仰与操守，这很重要。在他认知已经变得更加通透的这一刻，这重要突兀出一个他与自己也是与周夕墨之间心照不宣的有关“爱”的命题。

用自己的聪明才智去守护生命、滋养生命。

用诗的形式，做今生最浪漫，最有效也是最可靠的一种真正意义上的放生。为己，更为他人。

十四

梁凉与周夕墨走向一条环绕湖心的羊肠小路，两人的脚边是生长茂盛的芒草，风吹过来，带动着草叶的细尖儿迎风摇摆。不远处，有黄白相间的野花，毫不逊色于湖边的莲一般，每一朵、每一簇都高傲着半透明的花茎，在一片片绿意中，妩媚着别样的风情。

他俩肩并肩地一路走着、说着，仿佛这世间的一切都在他们的周遭渐渐退去，仿佛满眼尽在的风景，不只有湖边成片成片的莲，更有附近不远处的山川河流。完全可以想见，这样的地点，有春风吹来时，有雨花飘飞时，有雪花洒落时，会有着怎样的满眼风景和可以入心的风情。

"你看这树的叶子和树根。"

梁凉和周夕墨走到一棵古树前，不禁停住了脚步，一边对周夕墨说，一边安静地凝神观看老树的树根处。突兀出来的根脉以及满树碧翠招摇的叶子，让他觉得，这世间万物都如此有灵性，在这样一个时刻，带着天性中的可爱和超自然。

"你看这树叶。"

梁凉摘下一片叶子，平展到手上让周夕墨看。

周夕墨拿起那片树叶，迎向夕阳的光。

梁凉看到树叶的四周现出橘红色的轮廓，像一幅西洋油画，色彩融揉着复合的颜色，好像稍稍抖动一下叶子，那些色彩便像被重新调色般即刻变回原来的模样。

"你再看树叶上的叶脉，仔细看，是不是跟那棵大树一模一样？"

梁凉一边对周夕墨说，一边觉得自己俨然变成了一个心里有朝阳、脸上有笑容、脑子里有梦幻的孩童。

“用它做书签，留个纪念。”

梁凉说完，将周夕墨手上的树叶拿到自己的手里，然后将那片翠绿中泛着一个小点点的鹅黄树叶，小心翼翼地放进周夕墨送给自己的那本杂志里。

“真是没想到。”

梁凉听到来自周夕墨声音轻盈的慨叹。

“我也没有想到。”

梁凉没回应的时候便已经明了，或许周夕墨比自己还感慨这不可思议的尘缘。因为在周夕墨的认知里，或许写诗和与自己喜欢的诗人在一起，还有自己都觉得有必要仰视的诗歌编辑在一起，是此等无上的荣光，既是开心的愉悦，也是不可多得的幸运。

周夕墨看着梁凉笑了。

梁凉也笑了。在他的笑容里，更多的是梁凉从没有过的自得和惬意。他甚至觉得，一片叶子足以继续创意出余生不可知的故事。当然也包括他和周夕墨都在努力找寻、努力创造、努力将其推向极致的诗。将所有故事都浓缩在一枚树叶里，即便仅仅是一枚树叶，注定会被日后的日久天长所遗忘。但是在这一刻，至少是有意义也有价值的。

“你看！天上只有几颗星星和那个刚出现的上弦月。”

他们走到阶梯石台的最高处时，抬起手臂，指向已经泛黑的天幕。梁凉这才发觉，星月已经在自己的举手投足间静默地变幻着，不仅是位置，也有那些光影。

“时间过得就是这么快。”

梁凉很感慨。

“看上去都很孤单的样子。”

周夕墨说。

“是很孤单的样子。”

梁凉一边轻轻地回应着周夕墨，一边看着那高悬明亮的月和稀稀落落的几颗星，不禁在想，孤单抑或寂寞原本就是人生常态。这众生，哪一人能不离开自己的工作岗位而只是一味地投身自己的所谓梦想？又有哪一些朋友可以永远地在一起不离不弃？飞鸟飞过的地方，连影子都会消失。春天匆匆的脚步，不过是盛开的花朵证明了它们曾经来过。夏天、秋天和冬天之后的任何一个季节都不会因为这个春天的花开得太艳而顾及它们的美丽应该再长久一些而情愿姗姗来迟。

世间的万事万物，包括人类，都在努力着向前。即便知道前方不一定都是美好，但是心里依然怀揣着美好。

“孤单了也不用怕。”梁凉看着周夕墨，轻声说了一句后，又补充一句道，“寂寞了也不用怕。”

“问你一个问题。”

周夕墨看向梁凉。

“请讲。”

梁凉表情严肃地看着周夕墨，只见周夕墨白皙的脸上映着天边最后一抹不易被发现的霞光，棱角分明中，透着几处可见的微红光亮。他知道周夕墨要问的问题一定是她一直以来的困惑或者是对他某种认知的求证。

“你想问什么问题？”

梁凉看着周夕墨，觉得眼下的这番景象不仅是春风吹来、春天到来、春色都来的些微不同，这分明就是一场春色满园的情绪盛宴，是灵魂与灵魂邂逅的诗意盎然。他甚至有了诗兴大发的敏锐洞察，觉得周夕墨就是千古流传来的一位不可多得的窈窕淑女，而自己就是诗里词间的谦谦君子。仿佛周夕墨和自己早在上千年前的诗经里，便携手历经过岁月的静好。当然，也一定包括所有沧桑。他再次感受到了诗的美好与曼妙。

诗不一定能感化这世界，也不一定能改变这世界，但绝对可以净化这个世界。梁凉相信。

“你理解的诗是什么？或者说，诗究竟是什么？”

梁凉听了周夕墨的话，即刻判断出自己的想法果然准确。周夕墨将他已经预知到的问题在这个幽静邃美的时刻，恰到好处地提了出来。

“是爱！”

梁凉脱口而出。

他对于周夕墨提出的问题，丝毫没想用什么公式化的冠冕堂皇去进行一一解释，比如诗是人类智慧的结晶，诗是在千百年来的人类学习、劳动和工作中，怎样积攒了灵魂里这最生动鲜活的不息不灭的生命活力而迸发出来的心灵感慨。即使这世界有千种万种对爱的表达方式，在他看来，最好的也是最直接的、更是最恒久的对爱的表达方式只有诗。

“那散文呢？”

周夕墨又问。

“也是爱。”

梁凉依然脱口而出。

“你的意思是，小说也是爱？”

周夕墨问他的时候，不禁笑了，梁凉见了也笑了。他觉得自己的回答虽然不一定是最精准的，还完全可以看作无知的敷衍，但是只有这个“爱”字才是所有问题的最佳答案。是的，唯爱不灭，爱是伴随着一个人从出生到死亡的一种情感，任何人都有爱，不管这人是什么身份、在人海中扮演什么角色，他都是有爱的，只是每个人的爱给予的对象是不同的。

不过是一个字，却简洁到可以进行高度概括。

“也对，没什么不对。”

周夕墨一边点头赞许着梁凉的回答，一边略有所思，这反而让梁凉觉得自己的这个回答不但不算小聪明，还应该叫作大智慧。

爱！

如果这世上没有人们爱的牵绊，怎会对夜空高悬的星月寄托了那么多思念；如果不是因为那些思念始终不能释怀，人们又怎能用各种方式、各种手段去演绎、去诠释、去怀念，甚至不得已地放弃、埋葬。

都是因为爱。

也都是因为被爱！

十五

梁凉与周夕墨不得不提前道别了，原因是周夕墨第二天要跟公司的经理去参加一项大型公益广场浮雕的招投标活动。但是他和周夕墨都知道，这并不是两个人必须提前道别的主要原因。或许是因为爱。

回家的路上，梁凉不止一次地这样想。

“想不想去我家看看？”

梁凉记得，当时自己这样对周夕墨说。

“暂时……”周夕墨停顿了一瞬间后说道，“我觉得……”

周夕墨的欲言又止虽然让他听着很不受用，但是在他的内心里，却不希望周夕墨答应。这不是因为梁凉的口是心非，而是他内心里这样想也这样邀请了之后，才想起了梁冰，当然也有老妈。

他更希望能在一个很郑重其事的场合，能郑重其事地将周夕墨请到家里，郑重其事地将周夕墨介绍给老妈和梁冰，只是这郑重其事的时机肯定不是眼下，但也不会是很久的将来，因为头一天梁凉在梁冰和老妈面前的那些信誓旦旦，他深信老妈和梁冰不会忘记，也不会忽略，更不会就此错过。

“其实……”

梁凉看着周夕墨走向自己的住处时，周夕墨突然转过身，看着他，再次欲言又止。

“我们之间没有其实。”

梁凉看着周夕墨，似笑非笑地说。

“我不是不想……”

周夕墨依然是欲言又止。梁凉没有回答，而是轻轻地顺势抓起周夕墨的手温和地说道：“我知道你想说什么。”

梁凉说话的时候，内心里在想，这早已被自己小心翼翼地放进心里的人，何必急于封存了所有。重要的是，这个人不只是要放进心里那么简单，还要将其放在自己通往未来的梦想里。只是不想因为周夕墨欲言又止的为难而难为她，哪怕是一星半点，哪怕是一个语气上的不妥当。

“给你这个。”

周夕墨说话时，动作麻利地从包里拿出一张叠好的白纸，冷不防地放到梁凉的手里。

“不是发稿的，是送给你看的。”梁凉刚要打开，周夕墨急忙阻止道，“回家再看，这外面黑。”

周夕墨说完，顺着身后那排低矮的绿篱跑进楼门口。

梁凉站在原地，呆呆地看着周夕墨的背影，愣愣地琢磨着刚才周夕墨的那些话，觉得自己手里拿着的不只是叠好的纸，而是滚烫沉重的心；不只是周夕墨的，也是他自己的。但是他实在无法遵守周夕墨的指令，而是将周夕墨的交代全部抛到脑后，急忙打开叠着的那张白纸，是一首诗。

那一天，只因与一首诗的遇见，
我的想象，
便疯长成荏苒浩瀚的无极限。
飞远的，都去了天边。
忘情地旋舞情诗的风骨，
缠绵缱绻。
不只在夜色阑珊，
也在白天。
倾情点染着无尽的心事，
一句一嗔念。
意欲一生不弃不散，
拳拳的雪蚕生尘烟，
都是梦里的合欢……

白纸上是周夕墨写的一首长诗，字迹工整，每一个字都仿佛墨迹未干地在梁凉的眼前，犹如一脉脉温情隽永的真情倾诉，让他的心在一阵阵悸动中，逐渐平和于安稳。直到他再回看诗的标题，才知道这是一首周夕墨针对自己的那首《我的高傲》所完成的有感而发。

“《与一首诗的遇见》真是一首好诗！”

梁凉不禁自言自语地嘟哝了一句，然后看了一眼天上的星月，觉得这世间如此美好，全都是因为出现了一个人。而这个人早在自己不知时，款款地走向自己。这无疑成了世上最美的一首浪漫情诗。这浪漫的情诗让他整个人都在这只剩下自己一个人的天地间，可以永远不再孤单。

十六

梁凉回到家，把周夕墨写给自己的那首诗小心翼翼地放到那本《穿越人海》杂志中，像收藏一段极其珍贵的属于自己的过去，唯恐漏下一丝一毫。

他再次为自己的选择和喜好而感到欣慰。曾几何时，谁人会将一首诗重重地看在眼里，谁会因为杂志里的一首诗而如此这般地远远近近地看着这位写诗的人，最重要的是，被梁凉无比珍惜的这份尘缘，恰好是一场双向奔赴的喜欢与被欢喜。

他感受到了自己人生的幸运。

他知道了自己从前不过是喜欢用诗的形式来表达自己对人生、对生活以及对生存的感受与感慨，自己不过是从青春年少到现在的而立之年依然喜欢用这样的方式来存活于天地之间。但是周夕墨却用这种白纸黑字的赠予，给足了他想要的归属感和安全感。这让他觉得自己的余生不仅不会再有孤单，更不会有孤独。不仅如此，在通往未来的漫漫长路上，自己不会再是孤身一人。

十七

“庄北，这一期的小说……”

梁凉发现《穿越人海》里没有了朱莎的小说。

“我知道你要说啥。”

庄北早有准备地回答。

“要我说，还是应该从大局出发，作者爱写、读者爱看，我们当编辑的不过是他们通往文学殿堂的一座桥梁……”

袁莺莺知道庄北的心情不好，有意在一旁进行着善意的补充。

“你俩都给我打住！”

庄北冲着梁凉和袁莺莺扬了扬手，竟然现出一丝得意扬扬的神态。

“我知道你俩想问为什么没有了朱莎的小说，人家说了，以后再也不写小说了，人家要好好地跟老公过日子了。”

梁凉和袁莺莺听了，互看一眼后，因为都不想再自讨没趣，便都没再言语。

“没什么了不得的，咱《穿越人海》又不缺作者，更不缺读者，再说，小说不过就是小说，小说又拯救不了全人类。”

庄北用不屑的神态毫不掩饰着自己的自暴自弃。

“你不觉得朱莎就这么放弃了文学创作确实很遗憾？”

袁莺莺将两个手臂搭在桌子的边沿处，显得很关切也很用心地问着庄北。

庄北则心绪平和地对袁莺莺说：“遗憾的事多了，你也不想想，如果这个世界没有遗憾，能这么丰富多彩？”庄北说完，用手指了指梁凉和袁莺莺道，“你俩都说说，是能有梁凉的诗？还是能有你袁莺莺的散文？什么都顺心顺意，那就什么都没有。如果‘乐’的前面没有那个‘快’字，总乐人就乐傻了。”

“有道理。”

梁凉和袁莺莺听了，几乎异口同声地回答。

梁凉很是感慨，觉得这写字为文的人，天赋仅仅是占有优势的一个方面，重要的应该是面对生活的本质，有用文字进行回应的能力。即便是对抗或发泄，哪怕是无奈的自我安慰。虽然这不是想象，但也绝对不是不费吹灰之力就能够做得到的。这需要一种不懈的坚持、一种持之以恒的毅力，是日积月累的长途跋涉中的孤独与寂寥，甚至是根本就看不到希望的长期沮丧。

“庄北，你真没去参加婚礼？”袁莺莺终于忍不住又问了庄北后，一脸坦诚地补充道，“可是，你结婚的时候，她去参加了呀。”

“她那叫讨好。”

庄北即刻回应给袁莺莺一脸玩世不恭的表情。

“讨好？”

梁凉不解地问。庄北的回答让人觉得庄北与朱莎不是因为不爱，而是因为利益计较得失的驱使，才没能成为夫妻，但是梁凉从没想过在这样的关系中，居然还有这样的解释。

“讨好就是讨好，讨好根本不是爱，连喜欢都不是。”庄北说完，又急忙补充了一句道，“如果双方在利益的共同点上达不成一致，就一拍两散，各自安好。不然，彼此折磨是小，浪费各自的宝贵时间就等同于犯罪。”

庄北说话间的义正词严和态度决绝让梁凉即刻决定，以后在自己与袁莺莺和庄北共事的过程中，要再多几分大度和更加节制的理性与冷静。毕竟一个整天在散文的字里行间寻找风花雪月的人，自身的生活想必也是万般枯燥乏味。而从庄北再也不会有光彩的眼神里，让他看到了失落中的失望。尽管在袁莺莺和庄北的眼里，诗歌并不重要，但是这不影响他想对他们实施的种种宽容和包容。

“美好的爱情和婚姻都在文学作品里呢。”

袁莺莺最后用这样一句话结束了梁凉、庄北和自己之间各自要说却不能尽兴说出来的千言万语。而梁凉自己也从这样一种外表平静而内心汹涌澎湃的状态里，靠着一种完全可以感知到的美好进行了无声无息的化解和消融。

梁凉决定再不与庄北和袁莺莺进行任何无意义也无价值的讨论和探讨。尤其关于朱莎是否再创作之类，与己无关仅仅是一方面，最重要的是他想到了自己的职责和重任在肩。作为诗歌栏目的编辑，自己为本杂志出了多少力？又做出了多少贡献？口口声声说诗歌是生命和全部，但实质呢？梁凉不得不反思和从内心里开始鄙视自己了。不行，必须改变此刻之前的所有，必须让自己回归到一种理性思维和工作中来。

他开始认真看稿，这应该是可以让他成为一个合格的诗歌编辑所应有的底气和必须，更应该是让他可以因此而成为让更多人喜欢的诗人。可是他的思维却在不知不觉间，鬼使神差地将所有的关注点都投入自己与周夕墨的身上。

他觉得自己与周夕墨之间冥冥当中有一座可以互通的桥梁。这桥梁的两端站着能够看到彼此的他和周夕墨。这感觉很微妙，也很神奇，好像自己与周夕墨之间，只要对方挥挥手或者点点头，便能让对方心知肚明地了然所有的心意和用意。即便两人之间相隔着一座桥梁，但是真的可以互通的灵魂或是已经依靠在一起的灵魂早已进行了意义非凡的跨越。

梁凉知道了自己的心里和眼里都是因为这世间有了周夕墨，而让自己在怦然心动后，一败涂地甘愿失去灵魂的自由。

他起身给自己沏了一杯茶。

茶是他在上班的路上遇到的，是一款被放置在路边摊的藤编木架上，一眼就被他相中的“月光美人”。据卖茶的人说，这款白茶不仅奇香无比，还形状奇异，因为每一片茶叶的上片都是绿色的，而茶叶的下片却是黑色的。一片片茶叶看上去仿若皎白的月光照在月白色的牙床上，品饮一口，不仅能感到回甘无穷，还能让人觉得神清气爽。这么美好的名字和传说，让他觉得，不过是一款茶，却可以这样的方式，让自己与周夕墨更亲近一些。虽然这很牵强，但是却让他知道了自己的不可救药。

梁凉看着杯子里的茶叶，在沸水中，犹如人生某些峰回路转的意外，实在是妙不可言。好像种种的心不由己，让他喝了一口，便觉得满满的馥郁回甘，以及缠绵醇厚的回味，不只在一杯茶的品饮中，更有日后某一时刻的回想中。

这让梁凉忍不住暗中凝视了一会儿庄北。在茶香的引领下，幻化出无法遏制的力量，让梁凉一次又一次地在想，此时此刻的周夕墨是依然像以往那般倚挂在墙壁上挥毫泼墨，还是在装修公司的办公间里画着各种画稿的草图，抑或因为太辛苦、太劳累而没有去上班。

“在干吗？”

梁凉给周夕墨发了这只有几个字的信息。

周夕墨没有回复。

梁凉却是人坐在椅子上，心早已游走他乡般游离出了编辑部的窗外。

窗外依然与清晨时一样，成片成片的白色云朵在湛蓝的天空中不停歇地游移，像大雁南飞，又像羊群漫山遍野。近处的楼群和树木在蓝天白云中显得很渺小。更远一些的楼群清一色地成了一条边框不规则的苍灰色纽带，在天边，闪闪烁烁，像地平线，又不是地平线。

梁凉了然了更真实的自己。因为一个人，使得自己不能很好地安然于一种该有的状态。而思维又总在一枚落叶的因果也要探寻究竟的敏感中，不思悔改，又沉溺其中。好像这世间的一切都与自己有着某种不可思议的关联。这种关联自己左右不了，也掌控不了，更逃脱不了。

这就应该是电影里演的、书里写的、传说里千古流传的爱情吧。

梁凉这样想。

这让他从杂志社前庭后院那些高高大大的银杏，由抽芽发叶到纯白棉朵的绽放体悟到这世间花开花落的整个过程，不仅是要一个众所周知的结果，而且是让同行于岁月风尘中的人们也对这一年一季的花开心生仰慕与敬畏。

万物皆有灵，都是一样的生命。

梁凉无师自通地得到了这样一个无声的回应。是自己给自己的回答，这让他很庆幸自己与周夕墨的遇见，因为她，也因为她眼中的自己。

梁凉终于知道自己在以往的那么多年，为什么会眼睁睁地看着凡间众人的来来往往，从不在意缘深缘浅，觉得都与己无关而无动于衷。很多事情他并不是不愿意靠近，也不是不愿意思量，而是觉得这世间与自己想法相近或相似之人不是寥寥无几，而是没有。

但是现在有了周夕墨。

没错，情感的复杂怎可用日常一门一木一户一屋檐的简单比对去寻求正确答案？好像这一门一木一户一屋檐的附加之外，人不重要，人的心也不重要，人的灵魂才最重要。

梁凉的内心不由得泛起了对周夕墨能够出现在自己生命中的深深感激。

这种人海中的相遇不仅是梁凉和周夕墨之间的缘分本身，更有成全彼此的天意在其中。仿佛两个志趣相近又相似的人在始于颜值的有缘相遇后，不仅因为有可以仰慕的才华而彼此欣赏，更有着欣欣然乐于接受以及心甘情愿的面对。当然，还包括他对周夕墨未来余生意欲占有的一己私心。

“你们都欣赏的‘黑土’从这一期开始也发表诗歌了。”

梁凉对袁莺莺和庄北说的这句话原本说得不紧不慢，不承想却在编辑部并不紧张的空气中，犹如一颗炸雷，瞬间被引爆了。

“你说什么？‘黑土’又写诗了？给我写散文的那个‘黑土’？”

“就是那个来参加见面会迟到的给我写小说的‘黑土’？”

没等袁莺莺的疑惑问完，庄北的疑问也发向了梁凉。

“是的。”

梁凉回答得瓮声瓮气。

“她怎么又写诗了？”

袁莺莺懵懂地看向庄北，满脸的疑惑不解，仿佛“黑土”在庄北那里受到了不公平的待遇，不得已才开始写起了诗。

“她怎么能写诗？”

庄北比之前更满脸的疑惑加不解地一边看向袁莺莺说着话一边再看向他，好像梁凉在袁莺莺和庄北之间做了什么拉拽人才的手脚。

“我把这一期的用稿发给你俩看看。”

“不用了。”

梁凉原本想让袁莺莺和庄北见识一下自己非常喜欢也非常欣赏的周夕墨的诗，但是袁莺莺和庄北异口同声的回答让他知道自己的兴奋和开心仅仅是自己一个人的事，甚至这事对于袁莺莺和庄北来说，不但不是可以让他们兴奋的事，更是能让他们不高兴的事。

梁凉想起那个来过编辑部，但仅仅是站了一脚的实习生，包括自己刚来编辑部报到时郭主任说的还要来个美术编辑的话，或许这些对于袁莺莺和庄北来说，都是未来还没来的与己无关。梁凉只好将还要说的很多很多话直接留给自己。

“水面上漂浮着的草秆和腐叶能有什么分量。”

梁凉起身离开，准备去卫生间，可是刚走出门口，就听到袁莺莺对庄北说的这句话。不用琢磨，也不用猜想，这话是冲着周夕墨的诗来的。因为从见面会结束后，袁莺莺就很少提及“黑土”。

“这年头，谁还愿意去河床最低处探究那里究竟沉淀着什么东西。”

庄北不愧是小说编辑，关键时刻，收放自如地改变了风向。

“还能沉淀什么？不过是人间灰尘罢了。”

袁莺莺的话听上去尖酸刻薄，但是在梁凉听来，不但出口成章，而是出口成诗。

好一个“人间灰尘”。

梁凉不禁停下了脚步。

他觉得自己写了那么多诗，好像哪一句都没有袁莺莺这张口就来的一句更直接到位。“人间灰尘”，这才是真正的诗句。红尘万丈的凡间俗世，灰尘无时不在。

有人变成灰尘，也有灵魂变成了“灰尘”。

“你站在这儿干什么？”

梁凉回来时，正在考虑是直接进屋还是站在门口再听听袁莺莺和庄北之间在议论什么话题时，袁莺莺突然出现在梁凉眼前。梁凉看着她，觉得袁莺莺冰冷的质问带着一股阴凉的风，让他觉得浑身不自在。

“你……”

梁凉扭过头，看了一眼身后，刚要说什么，竟发现袁莺莺的目光有惊诧，更有诡异，游离闪躲之间，让他无法捉摸。

“你……”

梁凉欲言又止，只觉得袁莺莺的眼里像极其幽深的一潭春水，清澈明了的表面之下是深不可测且势不可当的咄咄逼人。

“你……”

梁凉顺着袁莺莺不动声色中的暗示和指引，发现了只露出了肩膀的庄北身边站着朱莎。

梁凉呆住了。

“送喜糖来了。”

袁莺莺说得不仅幸灾乐祸，还极其兴高采烈，刚刚梁凉提到周夕墨的诗歌时，袁莺莺的沮丧被朱莎的突然造访一扫而光。

“送那玩意儿有啥意义？”

梁凉刚要发表意见，袁莺莺即刻用手势进行了制止。

梁凉即刻识相地将自己还要说的话全部封存了。

十八

“喜马拉雅山上都没有的物件，凭什么还要傻傻地等待？”

临下班时，袁莺莺的这句话算是对庄北前女友朱莎前来造访的一句判断性总结。虽然梁凉听得懵懵懂懂，但因为有庄北在，也不好过问这句话的意思，不过，在他的内心已经对袁莺莺出口成诗的能力给予了可望而不可即的高度评价。

知识鸿沟。

梁凉只能这样自我嘲讽，但是也很庆幸自己在这种平和过程中不知不觉的成长。好像一棵小草或是一朵小花，春来了自然地生长，正常地开花，然后在夏雨的浇灌中，茁壮于风风雨雨的洗礼，最后在秋凉的凛冽中，葬于冰天雪地的一片苍茫。而一直没言语、一块喜糖都没吃的庄北则像被抛弃的一束玫瑰干花，成为梁凉和袁莺莺不断猜忌中的一个不知道什么的存在。而周夕墨的诗，被这样一件突如其来之事彻底忘记般不再会被袁莺莺和庄北提及任何，却被梁凉小心谨慎地圈定在一个自己认可的最佳位置。

那个位置像梁凉的秘密花园，没人知道那是他的爱情。

十九

宋舰给梁凉发来了歌曲小样的录音，是宋舰作词、那位音乐人作曲并演唱的一首只有几十秒的 Demo 试唱，没有加入过多的乐器伴奏，也没有修饰过多的原声，听上去非常惆怅和忧伤，虽然只有几句，却是不失情真意切的演绎。完全可以预见，这首被编曲、配乐、和声后的歌曲效果一定不错。只是让梁凉没有想到的是，到头来，宋舰竟然用了这样一种方式跟自己做了这样一种最直接的交流。

误读了你温柔的目光，
以为那是情感的海洋。
掏出了心递到你手上，
为了你我雪藏了倔强。

这世界真的很美。梁凉听了，觉得每一句歌声听来都很像在说话，但是却比说话本身更趋于委婉。或许人生只有这样，才能锦上添花地让人觉得不白白地来过这人世间，且有万般不舍地无论何时都不想离开。

梁凉觉得，宋舰并没有任何改变，虽然宋舰没再写诗，而是写了歌词，但是宋舰真的还是那个宋舰。笑呵呵的外表之下，总是小心翼翼地藏着他不想述说的烦恼，一如不再跟自己往来的那段时光，一如现在给自己发来的这歌曲小样，都让梁凉觉得，变的应该是自己。总是计较一些利害得失，总是不合于众人的独来独往，当然也包括眼下的自我反省和自我认知。

梁凉的心境一次又一次地被带入歌声的情绪中，这无疑是宋舰再次投来的一枚橄榄枝，这橄榄枝上不仅有他与宋舰曾经一起度过的美好时光，更有一起再续前缘的诚意和真心，以及没能及时告知他们一直在努力前行的一份不算歉意的歉意。

梁凉释然了。

他在音乐陪伴的夜里，梦见了花开，也梦见了花落，更懂得了自己与宋舰曾经的那些努力，如果不是因为被继续无限度地叠加，只能成为越来越遥远、越来越模糊的记忆。

幸好这记忆被歌声进行了储存与回放。宋舰不过是在向前努力奔跑中暂时忽略了他。而梁凉了然了另一种意义的天长地久。

二十

老妈打来了电话，说要找一个好日子，老赵、梁冰和大鹏，包括梁凉和他的女朋友，一起吃顿饭。梁凉答应了，但是答应完，他又提及了柳绒，觉得一个鲜活的生命刚刚离去，所有人便如此这般喜气洋洋，这样不好。

老妈听了，说这件事不用太往心里去，个人有个人的命，但是梁凉依然觉得，很多事即便与自己无太大关系，也不应该就此无视。尽管他与柳绒之间不过是被人为地创造了一次可以相爱的机会，只是非常遗憾，到头来，他和柳绒两个人都成了对方人生的过客。

梁凉和柳绒不过是在各自的生命长河中，一个不经意的偶然，相伴相守了那么一小段时光，既没到达预先设想的目的地，也没有出现各自抱有侥幸或意外可以出现的奇迹。

梁凉挂断电话后，不禁打开了那个依然不使用的邮箱。他发现了柳绒发来的所谓“遗书”，只有四个字。

生无可恋。

他即刻将电话回拨给老妈，没想到老妈说柳绒离开之前，将这四个字也发给了她的妈妈、她的爸爸、她的爷爷和她的奶奶，还包括她念书时的老师。

梁凉听了，虽然心里的愧疚减少了很多，但是他还是觉得，自己也有一份没有尽到的责任和义务。比如说跟柳绒在一起时，自己完全可以跟她谈一些文学或者诗歌，可以一起谈论诗的美好，谈论诗对人生的启迪，以及对灵魂的滋养，但是，现在想这些已经没有任何作用了。这些都因为柳绒的离开而成为没有任何意义和价值的过去式。

生无可恋。

梁凉可以保证，如果这个世界可以有那么一丁点的留恋，相信柳绒不会将这样四个字发给那么多亲人。这说明柳绒的世界充满着失望和绝望，但是，也说明柳绒自身也缺乏一种能力。

是爱自己的能力，也包括爱他人的能力。

梁凉再次感受到自己身上的责任和担当，虽然他自己依然是为人做嫁衣，但是他觉得自己有义务让更多人喜欢这人类文明中最绚丽夺目、最有光彩也最可以照亮人心的文学瑰宝。同时他还觉得，自己有义务引领诗歌，使之发扬光大，让更多人在迷茫状态中，在沮丧和失落烦躁的情绪中，得到一缕光、一片绿地或一块让心灵可以栖息的安居归属。虽然诗不一定能挽救生命，但至少可以让生命对这个世界有一份弥留之际前的留恋。

二十一

时间过得很快，好像只是一眨眼的工夫，一切便有了颠覆性的改变。

梁凉的《执念》很快整理成册并交付了出版社。诗集的出版已经指日可待。按照已经担任出版社主编的同学的话说，别人的书要按照正常出版的周期进行，你的《执念》，我们出版社必须以最快的速度出版，原因是对待宋舰和对待你不能有任何差别，既要一视同仁，还要让你的这本诗集在排版设计上更胜一筹，原因是，诗词，诗词，诗在前，词在后。

“真是高见！”

梁凉听了同学这超高情商加智商的承诺，心里异常感动。这不仅是因为感动于大学同学的鼎力支持，也感动于他自己的生命中有宋舰这样的同学在。尽管他与宋舰相处的过程中，有一些在他看来不尽如人意的地方，但是从大方向上看，这何尝不是另一种最完美的结果。

都在向好的路上，一如当初那般地奔跑着；都在依然不懈怠的执念中坚持着，这非常难得，虽然也非常不容易，但是这鲜活而持久的坚持足以让生命更生动、更美好。

梁凉始终认为，作为诗人，要努力带头回应时代的声音和时代的精神，包括时代的印记。诗歌与现实的冲突、僵持、抗衡，包括最后达成的一致与和解，都应该具有时代感。也正因为如此，诗人才更应该尊重这个时代生存的人，包括他们的心声、他们的心事、他们的烦恼，以及他们的秘密。

梁凉又请袁莺莺和庄北去酒店喝了酒，虽然是休息日，两人却没有任何犹疑地保证了随叫随到。还是原来的那家酒店，点的菜和酒与那一次几乎没什么不同，但是，三个人的心态都完全不同于以往了。

“袁莺莺换高跟鞋了。”

庄北喝了两杯酒后，用一种近于暧昧的眼神对梁凉说。

“是吗？原来袁莺莺不穿高跟鞋？”

梁凉被庄北这突如其来的话题搞得一头雾水。

“你什么眼神？你怎么写的诗？我原来穿什么鞋你都不知道？”

袁莺莺拿起手中的筷子，不停歇地点着梁凉的餐盘，好像梁凉没关注过她穿的什么鞋是个天大的失误。

“原来她穿的高跟鞋，都是细跟的，现在穿的都跟我夫人穿的差不多，是马蹄跟。”

庄北的话说完，袁莺莺刚喝的一口酒差点儿没能顺利下咽。

“夫人？你夫人？”

袁莺莺和梁凉同时说出了各自的惊异。

“‘我夫人’不对？谁说我必须喊我老婆为老婆，而不能喊她为夫人？”

梁凉敢保证，从自己到编辑部工作，就没听过庄北说到自己的新婚妻子，即便是他口中的老婆，好像庄北的婚姻是影视剧里带着事有蹊跷的阴谋和不可言说的秘密，而这一句“夫人”让梁凉和袁莺莺都感受到了庄北婚姻生活的美好与和谐。

“哪天我也得让我老公喊我一声夫人，只是他连老婆都不喊。”

袁莺莺说话时，将自己的头摇得像拨浪鼓似的，眼睛直勾勾地盯着酒杯里的酒，好像酒精可以代替她的老公喊她一声“夫人”。

“这酒喝得开心。”

庄北带头说。

“非常开心！”

袁莺莺随即跟着补充。

最开心的却是梁凉。从表面上看，虽然不过是一顿再普通不过的请酒，但是他内心的感激，却说也说不清，道也道不完，好像上天如此眷顾自己，让自己天天与诗的文字在一起，又可以想念着才下眉头又上心头的周夕墨。

梁凉这样想着时，即刻离开酒桌，偷着给周夕墨打了一个电话。周夕墨正在书店里选书。他说了句“先别走，在书店里等我”，便匆忙与袁莺莺和庄北散了场，并用最急促的脚步赶向书店。

二十二

梁凉到了书店。尽管偌大的书店里书架林立，人影绰绰，但他还是一眼便看到了周夕墨。站在书架前，全神贯注地挑选书的同时，或者是眼睛的余光，或者是内心的感应，反正周夕墨不经意间的一个回头恰好看到了走向周夕墨的梁凉。

周夕墨笑了，笑容如花般灿烂。

梁凉也笑了，笑得从未如此开心愉悦。

“你在选画册？”

梁凉走近周夕墨的身边，发现周夕墨既没选诗集，也没选小说，更没选散文，而是在挑选各种各样的画册。

“我再拿一本《水墨山水》。”

周夕墨看了一眼手臂上搭着的《国画工笔花鸟鱼虫》和《国画写意花鸟鱼虫》两本画册，对梁凉说话的同时，又像在自言自语地选了一本《水墨山水》画册。

“看看，是不是很好看？”

周夕墨将那本《水墨山水》画册的封面示意给他看，梁凉不住地点头赞许时，只觉得周夕墨无论选什么画册都好看。

“那我再拿一本行草字帖。”

周夕墨顺手拿了一本封面上书着龙飞凤舞的行草字的字帖。

“好，很好，非常好。”

梁凉没等周夕墨让自己看字帖，便脱口而出了自己的由衷赞叹。

“你也喜欢？”

周夕墨拿起字帖让他看，梁凉看都没看地回答：“你喜欢我就喜欢。”

梁凉回答完，发现周夕墨愣愣地看着自己，好像从不认识自己一样，他这才发觉自己的唐突和失态。

“我刚跟那两位编辑一起喝的酒。”

梁凉尽最大努力地向周夕墨做着解释，但是又觉得完全没必要。喜欢，抑或很喜欢，又如何？只是这样想过之后，觉得自己更像一个愿意被束手就擒的懦夫。可是，即便这样，也没什么不好。

梁凉拿过周夕墨刚刚挑选的书，心里这样想。

“我怎么觉得你好像有话要说？”

周夕墨问梁凉。

“我确实有话要说。”梁凉说完，看了看手里的画册，觉得人或是诗人，在生命面前、在画册面前、在周夕墨面前，有些语言虽然可以说，但不一定会表达完美。但是他觉得自己有必要在周夕墨的面前认真地说一回，“我在想，你选完画册后，为什么拿了一本《心理学》的书，而不是诗集。”

周夕墨听了，即刻要解释，而梁凉即刻向周夕墨摆了摆手说道：“我一直认为诗是最崇高的。诗也赋予了我太多太多的使命与责任，但是我现在才发现，虽然诗是一个神圣的存在，但是喜欢诗的人真不多，可是被禁锢在精神家园里走不出来的人却特别多。我觉得你和我是不是有必要和更多人的心连在一起，产生和谐的共鸣，让更多的人通过诗歌的力量，感知自己内心真正的方向和需求，包括欲望和梦想，并且以此来推断自己能达到的一种认知。”

梁凉滔滔不绝地说这番话时，看到了周夕墨眼里流露出来的崇拜。他知道人类文明的历史，即便辉煌壮阔到无以警示他人的如何存在或是他人不再需要光芒，但至少他能够参与便足以。

梁凉看到周夕墨又拿了一本相同的《心理学》，然后，郑重其事地对他说：“你说得非常对，我们一起进步。”

离开书店的路上，梁凉看着街上曾经熟悉的景致，觉得与往常相同，却又有着迥异。相同的是，原来的街道、原来的车辆、原来的楼群，包括那些广告，都几乎没有什么变化，但是他与之前相比，已经大有不同。一方面是因为自己身边的周夕墨；另一方面是因为他对诗、对人生、对情感，甚至对一切的认知都有了提升甚至升华。

恍然间梁凉觉得，当下自己见过的大多数诗属于个人的小情感、小伤感或小心思，既不能与民族山河的豪放气势相融合，也不能成为人类灵魂中方向的引航力量，但是，无论其自身怎样渺小，都不乏可以成为照亮自己或是他人前行路上的光芒。而一介凡人需要的并不多，就像自己，写出一首周夕墨喜爱的诗足以。而自己拥有那首周夕墨送的诗，也同样足以。

梁凉看了一眼周夕墨，身上穿着的还是他最初看到她时穿的那条蓝色长裙。即便因为他与周夕墨彼此挨靠得比较近，布纹里的瑕疵也可以看得清晰，但是仿佛那仅仅是瑕疵的不足，在他看来像星星点点的珠串，在风中飘来荡去，然后一如被浸润了雨后泥土里的潮湿气息一般。一股最原生态的植被所特有的清香怡爽，仿佛曾经有过的开心或不愉快，即便难挨的漫漫长夜，都因为这些而有了一个崭新的开始。并伴着他身边的这个从入眼的那一瞬间便成为入心那一刻的周夕墨。

梁凉自知自己又做对了一件事。

他的世界，在周夕墨不经意的一低眉和一颦一笑中，有了与之前不同的新意。这在他看来，仿若从透着微光的双眸处蔓延扩展出了一种更加柔软的温度，让他从一脉弱小出发，顺着宽阔顺畅的河床，在风的吹拂中，像一叶可以在水中游弋，也可以随时立于岸边的草丛，欢快忘我中，忘却了世间所有的存在。

一如天上可以出现的明月。

一如天上可以落下的太阳。

梁凉明了了周夕墨一向秉持的定然是坚守心中的诗，是宝珠璀璨暗中索求的世间少有。这样的女生既有修行的思维，也有修行的境界；这样的女生既耐得住红尘寂寞，也扛得住凡间的诱惑，甚至对于德行品味这种在利益面前被太多人所无视的繁华庸俗，无疑都会被周夕墨当成一缕清香和清净所在，了无尘烟又无所畏惧地摒弃。像蚌壳里的珍珠，一粒沙，长期在海水的冲刷中被打磨、被历练，无畏艰难地成长，只在修行中成就正果。

“我这就领你去个地方。”

梁凉对周夕墨说。

“我知道你要领我去哪儿。”

周夕墨笑着对梁凉说。

“又是心有灵犀？”

梁凉问。

“有莲花的那条曲廊，对吧？”

周夕墨回答。

“对。”

梁凉回答了周夕墨，觉得只有他们即将去的地方，才会让他们更清楚地看清自己，也只有那个有莲的地方，才是他认可的圣地。

白天，
绽放从容一刻不停。
引蜻蜓飞影和着叶上翠鸟歌声，
舞弄人间动态连续的花屏，
一幅一幅无比生动。
夜里，
睡莲携手皓月久伴宇宙的时空，
引多少英雄，
把酒吟咏千古还在流传的风雅颂。

“你看，这么快就到了。”

梁凉像个孩子似的异常惊喜，像第一次看见周夕墨时一样，只是这一次，他也仿佛置身画中。

“那天晚上，我就是在这里看见你的。”

他对周夕墨说的时候，发现已经满池摇曳的莲花正花开艳丽地在微风中摇曳，与周夕墨画的那些壁画一样，不只是他的眼前，也在他的心里和记忆中，成了一种永恒。他这才明白，心里有风景，在哪儿都一样；心里若无景致，即便身在最美的地方，也会觉得荒凉。

而人心又是一块极为不好耕种的土地，别看那么一小块，可是气候复杂、环境复杂，耕种它的人更复杂。有多少人的那块土地已经荒芜沙化，种植不出任何东西来了。又有多少人荒废了最佳的种植季节，即使种了点东西下去，生长出的也是良莠不齐。而有些人却把那块土地耕种得很好，种上优良的种子，除去杂草，那些种子长成了树，开了花，还结了果。

而梁凉的诗，在这一刻，俨然变成了虚幻的化身。

天空万里无云，有的只是站在他身边的伊人。

（全篇完）